Stefan Holl

Ein Schloß am Wörther See

Stefan Holl

Ein Schloss am Wörther See

Roman

Moewig

Originalausgabe

Lizenz durch: EM-Entertainment München,
Merchandising, Film und Fernseh GmbH,
Mauerkircherstr. 182, 8000 München 81
Umschlagentwurf und -gestaltung: Werbeagentur Zeuner, Ettlingen
Umschlagfotos: action press, Hamburg (Vorderseite)
Peter Bischoff, Worpswede (Rückseite)
Druck und Bindung: May & Co., Darmstadt
Printed in Germany 1990
ISBN 3-8118-1161-4

1. Kapitel

Der Ehrengast

Die Verschwörung nahm ihren Anfang unter dem Gemälde des alten Kommerzienrats Samuel Berger im Rittersaal des Schloßhotels. Der Kommerzienrat blickte streng auf den riesigen dunklen Eichentisch hinab; es schien, als habe er seine Angestellten noch immer im Griff. Die hatten sich unter dem Gemälde versammelt und tranken einen letzten Schluck auf ihn.

Gerade hatten sie den »Alten« mit allen Ehren auf dem kleinen Friedhof von Velden am Wörther See zu Grabe getragen. Jetzt, nach der Beerdigung, schwankte ihre Stimmung zwischen Erleichterung und Angst.

Der Alte mit seinem grauen Kaiser-Franz-Joseph-Bart war ein Herrscher alter Schule gewesen. Mit eiserner Disziplin hatte er das Schloßhotel regiert und hatte seine Angestellten getriezt, wann immer es ihm gerade in den Sinn kam. Im Laufe der Jahre hatten sich jedoch alle an seine Launen gewöhnt: Vor dem Alten hatten sie ergebenst ihren Diener gemacht, hinter seinem Rücken aber war alles so gelaufen, wie sie es wollten.

Rainer Jansen hatte unbestritten die längsten Erinnerungen an den ungekrönten König von Velden – und die schmerzlichsten. Mit sechzehn war Rainer Jansen nach Velden gekommen, ein magerer, unscheinbarer Page aus Wien.

Bereits am dritten Tag seines Dienstes hatte ihm der Alte, hinter einer der Marmorsäulen in der Halle versteckt, eine Lektion erteilt, die er nie vergessen würde: Jansen war mit dem Silbertablett und einer Nachricht für einen Gast über den roten Läufer geeilt. Plötzlich war der alte Samuel hinter der Marmorsäule hervorgesprungen und hatte seinen Pagen mehrmals geohrfeigt: Er solle gefälligst neben dem Läufer gehen! Der sei schließlich für die Gäste da und nicht für überbezahlte Angestellte, die ihn nur abnutzten.

Rainer Jansen hatte wahrlich eine harte Schule durchlaufen: Jetzt war er vierzig Jahre alt, Hoteldirektor – und seit zwei Stunden endgültig befreit von dem mißtrauischen Alten. Ein neues Leben konnte beginnen. Das heißt, könnte beginnen, wenn nicht . . .

»Der König ist tot – es lebe der König!«

Das war Anja Weber. Als Chefsekretärin, Direktionsassistentin und Mädchen für alles hatte sie dem Alten fünfzehn Jahre lang treu gedient. Er hatte sie mehrmals in der Woche entlassen, wieder eingestellt, befördert, degradiert – und alles in dem widerlich näselnden österreichischen Offizierston, der sie selbst im Traum verfolgt hatte. Jetzt hob sie ihr Sektglas gegen das Gemälde und mußte dabei trotz allem ein paar Tränen vergießen.

Jansen entfernte sorgfältig ein Stäubchen von seinem grauen Nadelstreifenanzug und blickte Anja Weber empört an: In ihrem engen schwarzen Trauerkleid wirkte die blonde Chefsekretärin entzückender denn je und viel jünger, als sie war – aber den Zahn mit dem König mußte er ihr gleich ziehen.

»König?« höhnte er. »König – ich hör' wohl nicht gut! Ein großes Wort für den unbedarften Neffen eines großen Mannes. Der Kommerzienrat jedenfalls hat den Schnösel nie ernst genommen.«

»Trotzdem hat er ihm das Hotel überlassen«, gab Schulz, der Chefportier, zu bedenken. Seine goldenen Schlüssel am Revers der Livree trug er stolz wie einen Verdienstorden. Schulz sah aus wie eine leicht mißlungene Kreuzung zwischen einem Dackel – so schaute er manchmal aus der Wäsche – und einem dieser ewig grantelnden Volksschauspieler.

Jansens Hand umklammerte das Sektglas. »Leonhard Berger kann dieses Hotel nicht führen, das wissen wir alle. Habt ihr ihn bei der Beerdigung gesehen? Nicht mal richtig vorgestellt hat er sich. Ein ungehobelter, arroganter Schönling . . .«

Alle nickten zustimmend. Chefportier Schulz und vor allem Holzer, der Oberkellner des Hauses, stimmten besonders eifrig zu.

Nur Anja war nicht einverstanden. »Was habt ihr eigentlich gegen ihn? Ich fand ihn ganz sympathisch. Und warum sollte er das Hotel nicht führen können? Er hat eine gute Ausbildung. Zuletzt hat er in Paris gearbeitet, im ›Petit Palace‹, einem renommierten Hotel . . .«

»Drei Monate und drei Tage«, fiel Jansen ihr ungehalten ins Wort.

»Das wird seine Gründe gehabt haben.« Das immerhin hatte Anja bei dem Alten in all den Jahren gelernt: Niemals vorschnell urteilen!

Jansen legte seine Hand auf Anjas Arm. »Natürlich! Nach drei Monaten war das Hotel pleite – und die gesamte Mannschaft war der Meinung, daß die französische Armee unverzüglich Rache nehmen und in Österreich einmarschieren müsse. Nein, Anja – wenn er hier den Chef spielen will, dann werden wir ihm das ganz schnell abgewöhnen. Nicht wahr, meine Herren?« Er sah sich befallheischend um.

Schulz und Holzer nickten wieder eifrig.

»Na, dann sind wir uns ja einig. Also, auf in den Kampf!«

Jansen hob sein Glas und stieß lächelnd mit seinen beiden Mitverschwörern an.

Anja Weber blickte zu dem Gemälde hoch, als erhoffe sie sich von dem Alten Rat. Doch die widerlich näselnde Stimme war verstummt. Der Kommerzienrat schwieg für immer.

Leonhard »Lennie« Berger fuhr in seinem weißen Porsche mit offenem Verdeck am Wörther See entlang und ließ das Schloßhotel nicht aus den Augen: Das beeindruckende Schloß mit den vielen Türmchen und den roten Geranien an den Fenstern, inmitten eines wunderschönen alten Parks mit hohen Bäumen und weiten sattgrünen Rasenflächen gelegen, war das Eldorado seiner Kindheit gewesen – bis er sich als Achtzehnjähriger mit seinem Onkel entzweit hatte.

Trotzdem hatte ihm der alte Kommerzienrat das Studium an der Hotelfachschule in Genf finanziert. Allerdings unter einer Bedingung: Er wollte seinen Neffen nie wiedersehen. Ein sonderbarer Sturkopf, an den Lennie trotzdem mit einer gewissen Sentimentalität zurückdachte.

Nach Abschluß der Fachschule hatte Lennie Karriere gemacht, war in New York und in Zürich gewesen, in London und schließlich in Paris, wo er die Leitung des »Petit Palace« übernommen hatte. Nach drei Monaten hatte er das Hotel so weit in Schuß gebracht, daß die Eigentümer beschlossen, das »Petit Palace« zu vergrößern und in das »Grand Palace« umzubauen. Sie hatten das Hotel gerade vorübergehend geschlossen, um die ersten Umbauarbeiten in Angriff zu nehmen, als Lennie das Telegramm mit der Nachricht vom Tod seines Onkels und von seiner Erbschaft erhalten hatte.

Bei der Beerdigung hatte er ein wenig abseits gestanden. Er konnte es immer noch nicht fassen. Er, Lennie Berger, zweiundvierzig Jahre alt, war plötzlich Schloßherr und

Hotelbesitzer, niemandem mehr verantwortlich außer sich selbst. Der Traum seiner Kindheit hatte sich erfüllt.

Vor ihm lag die Auffahrt zum Schloß. Langsam fuhr er an den Rosenrabatten vorbei. Ihretwegen hatte er sich damals mit seinem Onkel gestritten. Hier hatte er den riesigen Strauß für seine erste Liebe gepflückt . . .

Schnell verdrängte er die Erinnerung. Er mußte sich jetzt für den bevorstehenden Kampf rüsten. Bei der Beerdigung waren ihm das skeptische Verhalten und die fast feindseligen Blicke der Angestellten des Schloßhotels nicht entgangen. Es würde sein wie immer: wie der erste Tag in einer neuen Schulklasse, wie der erste Tag in einem neuen Job, wie sein erster Tag als blutjunger Empfangschef im altehrwürdigen »Waldorf Astoria« in New York – immer versuchten die Alteingesessenen den Neuling aufs Kreuz zu legen.

Aber er kannte alle Tricks, er würde ihre Intrigen schnell durchschauen, er . . . Nun ja, ein komisches Gefühl im Magen hatte er schon.

Er stellte den Wagen ab, stieg aus und blickte nachdenklich auf das Anwesen, dessen Besitzer er nun war. Dann ging er forsch auf den Eingang zu und betrat die Hotelhalle.

Das Foyer war leer. Lennie sah sich einen Moment lang unschlüssig um, als er Stimmengemurmel hörte. Zielstrebig ging er auf den Rittersaal zu. Ein paar Schritte noch, dann würde er dem Feind gegenüberstehen.

Als er die Tür aufstieß und eintrat, standen alle, die im Raum waren, auf und sahen ihn mit großen, erwartungsvollen Augen an.

»Guten Tag, meine Damen und Herren! Ich nehme an, Sie sind die treue Gefolgschaft meines Onkels Samuel. Nun, ich bin Leonhard Berger.« Stumm wartete er auf eine Reaktion, doch alle schwiegen.

»Bitte, setzen Sie sich doch wieder. Ich nehme an, Sie

haben noch einiges zu besprechen. Ich wollte nicht stören. Ich werde Sie alle ja im Laufe der kommenden Tage kennenlernen.«

Alle setzten sich, nur Rainer Jansen blieb stehen.

Förmlich sagte er im Namen der Belegschaft sein Beileidssprüchlein auf.

Lennie dankte ihm ebenso förmlich. »Herr Jansen, nehme ich an?«

»Ja.«

»Sie sind also der Hoteldirektor?«

»Ja.« Jansen wies auf das Gemälde von Samuel Berger. »Ein schwerer Verlust, Herr Berger. Ohne die Seele des Geschäfts wird es hart werden – sehr hart. Aber wir sind ein gut eingespieltes Team. Das Werk des Kommerzienrats wird weiterleben. Sie wissen sicherlich, daß es der ausdrückliche Wunsch Ihres Onkels war . . . daß wir alle dieses Hotel weiterführen . . .«

Da war sie also schon, dachte Lennie, die Kriegserklärung – überraschend schnell für österreichische Verhältnisse, für dieses Land, in dem niemand gern direkt sagt, was er meint, in dem man lieber hinter dem Rücken flüstert. Aber gut, wenn dieser Herr Jansen es so haben wollte – bitte schön!

»Das war mein Onkel. Jetzt führe ich das Hotel. Sie verstehen?«

In der bereits geöffneten Tür drehte er sich noch einmal um. »Es war nett, Sie alle kennenzulernen. Aber jetzt möchte ich Sie nicht mehr länger von der Arbeit abhalten. Auf gute Zusammenarbeit!«

Lennie sah, wie Jansen zusammenzuckte. Das Gesicht des Hoteldirektors verzog sich zu dem kläglichen Versuch eines Lächelns. Lennie war mit sich zufrieden. Zumindest Jansen ahnte, daß von nun an ein frischer Wind wehte.

Als Lennie vor das Portal trat, warf er einen nachdenkchen Blick auf sein Reich: Vor ihm lag der See glitzernd in der Morgensonne, die weißen Stühle auf der Terrasse waren noch feucht vom Morgentau.

Lennie wollte sich gerade abwenden, als ein roter Jaguar vor ihm zum Stehen kam. Aus dem Nobelgefährt stieg ein junger Mann von vielleicht dreißig Jahren, mit offenem Lacoste-Hemd und blaßblauen Designerjeans – Lennies erster eigener Gast.

»Willkommen im Schloßhotel!«

Der junge Mann antwortete nicht. Statt dessen warf er Lennie die Autoschlüssel zu. »Stellen Sie den Wagen auf den Parkplatz, und bringen Sie dann den Koffer auf mein Zimmer.« Und schon war er im Hotel verschwunden.

Verblüfft und belustigt zugleich betrachtete Lennie die Schlüssel in seiner Hand.

In diesem Augenblick tauchte ein junger Mann in einer grünen Schürze auf – offenbar der Hausdiener. Er hatte einen Rechen in der Hand. Den stellte er jetzt an der Hauswand ab und wandte sich mit einem breiten Grinsen an Lennie.

»Geben S' mir den Schlüssel! Ich mach' das schon, Herr Berger.«

»Du weißt, wer ich bin?«

»Gewiß doch, Herr Berger. Sie sind der neue Boß. Jetzt kommt endlich frischer Wind in die Bude. Ich bin der Toni.«

Lennie sah sich den jungen Mann an: Bürstenhaarschnitt, lustige blaue Augen, kräftige Muskeln unter dem kurzärmligen Hemd und ein offenes, ehrliches Gesicht. Der Junge machte einen pfiffigen Eindruck.

»Der frische Wind weht schon, Toni«, sagte Lennie, »darauf kannst du dich verlassen.« Spielerisch warf er dem Hausdiener die Schlüssel für den Jaguar zu und schickte sich an, ins Hotel zu gehen.

Durch ein halbgeöffnetes Fenster konnte er in das Foyer blicken. Vor dem Empfangspult stand der neue Gast.

»Ist hier niemand?« rief der junge Mann ungeduldig.

Als nichts geschah, schlug er mit der Hand auf die Klingel – einmal, zweimal, dreimal . . .

Lennie wollte schon loslaufen, als endlich das mürrische Gesicht des Chefportiers aus dem kleinen Büro hinter dem Empfang auftauchte. »Bimmeln S' hier nicht rum! Wir sind nicht in der Straßenbahn!«

»Ach nee«, meinte der junge Mann spöttisch. »Wo sind wir denn, bitte?«

»In einem Vier-Sterne-Hotel.«

»Die Sterne sieht man aber höchstens, wenn man sturzbesoffen ist . . .«

Schulz wandte sich zum Schlüsselbrett und murmelte vor sich hin: »Also von Ihnen laß ich mich nicht provozieren!«

Wieder schlug der Gast auf die Klingel.

Schulz fuhr herum. »Was wollen Sie denn, Herr?«

»Ein Zimmer – und dann will ich den Besitzer sprechen. Ich werde mich über Sie beschweren.«

»Wissen Sie, was mich das kostet?«

»Hoffentlich Ihre Stellung.«

»Nein,« sagte Schulz, »nur ein müdes Lächeln: ha, ha, ha!«

»Ja, wo bin ich denn? Sie . . . Neandertaler, Sie! Rufen Sie sofort Ihren Chef, oder es passiert was . . .«

Lennie hatte den Ärger kommen sehen. Jetzt stürmte er in die Halle und wandte sich direkt an den Portier. »Was geht hier vor, Schulz?«

»Der Herr hier hat mich Neandertaler geheißen . . .«

»Warum denn?«

»Er will unbedingt mit Ihnen sprechen, Herr Berger. Und ein Zimmer will er . . .«

Lennie blickte den Portier ruhig an, holte tief Luft und sagte dann leise: »Na, dann geben Sie ihm doch ein Zimmer, Sie Neandertaler!«

Im Wäschezimmer im dritten Stock legte das Zimmermädchen Ida den Kriminalroman aus der Reihe »Kommissar Redox« unwillig beiseite, als das Haustelefon schrill und unüberhörbar klingelte.

Kommissar Redox war ihre heimliche Liebe: Mit ihm konnte sie sich identifizieren, ihm eiferte sie nach, immer auf der Suche nach Verbrechern, die sich ihrer Ansicht nach hauptsächlich in Hotels wie diesem aufhielten. Hinter jedem Wochenendtrip eines unverheirateten Paares witterte Ida ein geheimes Mordkomplott gegen einen ahnungslosen Ehepartner – das Gift war natürlich im Parfumfläschchen versteckt. Und schon manchmal hatte Ida Polizeihauptkommissar Graßhofer auf die falsche Fährte eines vermeintlichen Hoteldiebs oder Scheckbetrügers gelockt.

Jetzt wurde Ida unsanft aus ihren Detektivträumen gerissen. Anja Weber teilte ihr mit, Zimmer 311 sei soeben an einen Herrn Dieter Breuer vergeben worden. Sie solle schnell nachsehen, ob alles in Ordnung sei.

»Das ist so ein Playboy-Typ«, warnte Anja. »Also sei auf der Hut.«

Das war Ida immer. Eigentlich war sie eine bildhübsche schlanke junge Frau mit langen blonden Haaren, einer Wespentaille und langen Beinen, die so mache Männerblicke auf sich zog. Aber im Dienst – im Dienst war alles ganz anders. Da verwandelte sie sich in ein naives, leicht beschränktes Mädchen. Dann flocht sie die Haare zu einem unförmigen Zopf, den sie am Kopf feststeckte, und verbarg ihre Wespentaille unter ihrer Zimmermädchenkluft, die sie züchtig bis obenhin zuknöpfte.

Jetzt schlurfte sie breitbeinig und langsam in Zimmer 311. Kein Mann, schon gar nicht ein Playboy, würde dieses einfältige Weibsbild von Zimmermädchen auch nur eines Blickes würdigen.

Im Badezimmer wischte Ida noch einmal die Wanne aus und kontrollierte gerade den Toilettenpapiervorrat und die Kloschüssel, als sie Stimmen hörte. Neugierig öffnete sie die Badezimmertür einen Spalt.

Toni trat zusammen mit dem Gast ein. Der fesche Hausdiener hatte offensichtlich den Koffer getragen und wartete nun auf ein Trinkgeld. Doch dieser Herr Breuer machte keine Anstalten, Tonis Bemühungen zu belohnen.

Schon verdächtig, dachte Ida. Leute, die zuviel Trinkgeld gaben, und Leute, die gar kein Trinkgeld gaben – die waren auch zu größeren Verbrechen imstande.

Durch den Türspalt sah Ida, wie der neue Gast den schweinsledernen Koffer betrachtete, als gehöre er nicht ihm. Der Koffer, fand Ida, paßte auch nicht zu diesem Herrn Breuer, einem ungepflegten Menschen mit fettigen Haaren und einem dünnen Oberlippenbärtchen. Jetzt machte er sich an dem Koffer zu schaffen und versuchte, die Schlösser zu öffnen. Als ihm das nicht auf Anhieb gelang, zauberte er ein Taschenmesser aus der Hosentasche und sprengte die Schlösser mit der Klinge auf.

Aha! Also so was! Also nein! Also doch . . . Ida konnte es nicht fassen. Endlich war sie einmal fündig geworden! Das mußte weiterbeobachtet werden. Diesmal war sie mit Sicherheit nicht auf der falschen Fährte!

Breuer hatte den Koffer geöffnet. Er schien über seinen Inhalt überrascht, denn er stieß einen schrillen Pfiff aus.

Erschrocken wich Ida zurück. Dabei stolperte sie über einen Plastikpapierkorb.

Mit einem Sprung war Breuer im Badezimmer. »Was machen Sie hier?«

In ihrem breitesten Dialekt berlinerte Ida: »Ick bin de Ida. Ick hab det Badezimmer sauberjemacht . . .«

Rasch huschte sie an Breuer vorbei aus dem Badezimmer. Beim Hinausgehen hörte sie noch sein verächtliches »Bauerntrampel, dämlicher . . .«

Der war also auf ihre Maskerade hereingefallen – aber sie nicht auf ihn!

Im Hotelbüro sichtete Anja Weber besorgt die Zimmerreservierungen. Es sah nicht gut aus. Die Saison begann, und die Buchungen tröpfelten nur. Der alte Kommerzienrat hatte in den letzten Jahren immer nur vom Ruf des Hauses gezehrt – aber das Publikum hatte sich verändert. Die Tage zu Kaisers Zeiten, in denen sich der österreichische Hochadel im Schloßhotel die Klinke in die Hand gegeben hatte, waren lange vorbei. Der Adel war verarmt, man hätte schon längst neue Quellen anbohren, Werbung in großem Stil machen müssen. Aber der Kommerzienrat hatte das strikt abgelehnt. Das war unter seinem Niveau.

So zehrte das Haus von seinem alten Glanz und kam immer mehr herunter, und die Tage wurden immer stiller. Anja setzte große Hoffnungen in den neuen Chef, denn sie hing am Schloßhotel – dem Geruch nach Tradition und Ehrwürdigkeit, überhaupt an dem ganzen eigenwilligen Flair des Hauses.

Unvermittelt wurde die Tür zum Büro aufgestoßen. Mit einem fröhlichen Lächeln stand Lennie im Raum. »Hallo! Das ist wohl mein Büro?«

Anja erhob sich. »Ja, Herr Berger. Ich bin Anja Weber, Sekretärin, Direktionsassistentin und Mädchen für alles in diesem Haus.«

Lennie ergriff mit beiden Händen ihre Hand und schüttelte sie herzlich. »Mädchen für *alles*? Klingt gut.«

Sie lachten sich an.

Der neue Besitzer des Schloßhotels gefiel Anja. Er hatte eine angenehme, liebenswürdige Stimme und ein sympathisches Lachen. Und er sah so aus, wie nach Anjas Meinung ein Mann aussehen sollte: nicht schön, aber gepflegt. Die halblangen dunklen Haare, der schön geschwungene Mund, die braunen Augen, die sie so lieb ansahen . . . Das Gesicht eines Mannes, dachte Anja, neben dem man aufwachen möchte. Schnell schob sie diesen Gedanken beiseite.

»Übernehmen Sie, Anja? Ich geh' jetzt essen . . .« Das war die Stimme von Schulz.

Schon war Lennie an der Tür. Er nahm den Portier am Arm und zog ihn ins Büro. »Einen Augenblick, Herr Schulz. Ich möchte Sie um eines bitten: Wie immer sich einer unserer Gäste benimmt – er ist König, und er bleibt es.«

»Ich bin Gegner der Monarchie!« polterte Schulz. »Mein Vater hat zwei Wochen im Knast gesessen, weil er einem Monarchen die Zunge herausgestreckt hat!«

»Bei mir kommt das nicht vor«, sagte Lennie heiter, aber bestimmt. »Sie halten Ihre Zunge gefälligst im Zaum. Alles für den Gast – ist das klar?«

»Ist gebongt.«

Anja sah Schulz an, daß er nicht meinte, was er sagte. Na, das konnte ja noch heiter werden.

Das wurde es spätestens dann, als Direktor Jansen kurz darauf Lennie um eine Vollmacht bat. Damit, so meinte er, alles so weiterlaufen könne wie bisher.

Mit samtweicher Stimme klärte Lennie seinen Hoteldirektor auf. »Aber lieber Herr Jansen – es soll ja gar nicht so weiterlaufen wie bisher! Wenn Entscheidungen zu treffen sind, dann wenden Sie sich an mich. Ich bin ja da.«

»Tag und Nacht?«

»Genau wie mein Onkel. Der war doch auch Tag und Nacht in Bewegung.«

Jansen hatte Mühe, seinen Zorn zu unterdrücken. »Immer in Bewegung? Daß ich nicht lache! In den letzten Jahren hat sich Ihr Onkel nur ein einziges Mal bewegt: Als man ihn von der Kapelle in die Familiengruft getragen hat . . .«

Anjas Blick wanderte von Jansen zu Lennie. Der Neffe des Alten war einfach zu freundlich. Dieses Verhalten konnte er Jansen unmöglich durchgehen lassen. Sie mußte eingreifen.

»Aber Rainer«, sagte sie indigniert, »das geht nun wirklich zu weit!«

»Zu weit?« rief Jansen. »Das geht noch nicht weit genug! Einmal muß es doch gesagt werden: Der Herr Kommerzienrat Berger – das ist doch nur eine Legende. Der Alte hat sich um nichts gekümmert. Ich habe das Schloßhotel geführt, ich allein! So, jetzt wissen Sie es!«

Die beiden Männer standen sich gegenüber wie Kampfhähne. Gleich würden sie aufeinander losgehen.

Plötzlich wandte sich Lennie ab und begann, in den Papieren auf dem Schreibtisch zu blättern. Er ignorierte Jansen einen Augenblick lang völlig. Dann drehte er sich wieder um und sagte mit leiser Stimme: »Und jetzt leite ich dieses Hotel, Herr Jansen. Wenn Sie weiterhin Direktor des Schloßhotels bleiben wollen, dann würde ich Ihnen dringend raten, dies zur Kenntnis zu nehmen und sich danach zu richten.«

Jansen preßte die Lippen aufeinander und verließ wortlos das Büro.

»Vor ihm sollten Sie sich in acht nehmen«, meinte Anja leise. »Der hat was vor.«

»Hunde, die bellen, beißen nicht, Anja. Es ist Ihnen doch recht, wenn ich Sie Anja nenne?«

Anja spürte, wie sie rot wurde.

Wenn der »Bauerntrampel« Ida sich unbeobachtet fühlte, dann konnte sie sehr leichtfüßig durch die Gänge schweben und sehr leise – wie gerade jetzt.

Vor dem Zimmer des verdächtigen Herrn Breuer bückte sich Ida und blickte durchs Schlüsselloch. Was sie sah, bestätigte ihre Vermutung: Der Koffer auf dem breiten Doppelbett war nicht Dieter Breuers Koffer. So wie dieser Kerl die Hemden, Hosen und Anzüge prüfte, sich eine Jacke vorhielt, als wolle er feststellen, ob sie ihm passen könnte . . . Nein, sagte sich Ida. Dieser saubere Herr Breuer hatte nicht etwa nur die Schlüssel verloren oder verlegt. Der hatte den Koffer gestohlen!

Plötzlich schlangen sich von hinten zwei Arme um ihre Taille. Blitzschnell richtete Ida sich auf und rammte dem Angreifer den rechten Ellenbogen in den Magen. Dann wirbelte sie herum, holte aus und schlug mit aller Kraft zu.

Als ihre geballte Faust das Kinn traf, stöhnte der Mann kurz auf und sank dann zu Boden.

Jetzt erst erkannte Ida ihr Opfer. »Ach, du bist's, Toni! Entzückend.«

Toni lag wie ein Maikäfer auf dem Rücken und rührte sich nicht. Keinen Mucks gab er von sich.

»He, Toni! Wach auf!«

Endlich schlug Toni die Augen auf und rieb sich stöhnend das Kinn. »Ja, ich, verdammt noch mal! Du solltest meinen Griff mittlerweile kennen . . .«

Sie lachte ihn an. »Ja, und du kennst jetzt Red Renox . . .«

»Red Renox? Wer ist das denn?«

Ida reichte Toni die Hand und zog ihn hoch. »Red Renox ist der Kommissar aus *Tod im Spielzeugschrank*. Der erledigt seine Gegner immer so. Hab' ich stundenlang geübt . . .«

»Der Kerl ist mir unsympathisch«, brummte Toni.

»Und mir ist der Kerl da drinnen unsympathisch. Der hat Dreck am Stecken, Toni! Den müssen wir im Auge behalten . . .«

»Spielst du schon wieder Detektiv?«

»Ich beobachte und kombiniere – wie Red Renox. Dieser Breuer da, der plant irgendwas. Aber der wird schön dumm aus der Wäsche gucken . . .«

»Halt dich doch da raus, Ida, bitte! Das bringt doch nichts! Du hast hier schon genug am Hals.«

»Genau!« bekräftigte Ida, schob Toni beiseite, packte ihren Putzeimer, sagte: »Stör mich nicht bei der Arbeit!« und leerte den Inhalt des Eimers aus dem Fenster . . .

Der Wasserschwall aus dem dritten Stock landete zielsicher auf dem grauen Nadelstreifenanzug von Rainer Jansen.

Und genau dieser Wasserschwall brachte für Lennie Berger das Faß zum Überlaufen. Er hatte an diesem Morgen mehrmals erleben müssen, wie der ewig mürrische Schulz den Gästen unwirsche, ja sogar freche Antworten gegeben hatte, er hatte den Widerstand der alten Mannschaft gespürt, er hatte in allen Ecken des Hotels die Verwahrlosung entdeckt: die zerschlissenen Sessel in der Halle, die verrotteten Armaturen in den altmodischen Badezimmern, die kaputten Glühbirnen, die längst hätten ausgewechselt werden müssen – ach, es war kein Ende abzusehen. Und jetzt leerten die Zimmermädchen auch noch ihre Putzeimer über der Terrasse aus! Das war zuviel.

Wutentbrannt stürmte Lennie aus seinem Büro und herrschte den pudelnassen Jansen an, er solle solche Sauereien gefälligst abstellen. Der Blick, den Jansen mit dem Oberkellner wechselte, dieser Verschwörerblick, der ihm sagen sollte: »Mit dem werden wir auch noch fertig«, entging Lennie nicht. Aber er hatte keine Wahl. So kurz vor Beginn der Saison fand er kein neues Personal. Das Hotel mußte irgendwie über die Runden kommen. Also würde er sich etwas einfallen lassen müssen . . .

Er öffnete die Tür zu dem kleinen Büro hinter dem Empfang. »Anja, schauen Sie doch bitte mal . . .«

Als sie vor ihm stand, schlug er mit der Hand auf die Buchungsunterlagen, die er vor dem Zwischenfall mit Jansen eingehend studiert hatte.

»Die Bilanz sieht gar nicht so schlecht aus, Anja. Nur das Personal, das Personal . . .«

»Sie sind alle sehr tüchtig«, warf Anja schnell ein.

»Im Boykott gegen mich? Sehr tüchtig!«

»Ach, das geht doch nicht gegen Sie persönlich, Herr Berger! Es ist nur so: Ihr Onkel war lange krank, da mußten wir eben alle sehr selbständig arbeiten . . .«

»Und jetzt bin ich da und quatsche Ihnen rein – verstehe! Aber daran werden sich alle gewöhnen müssen. Zur Sache: Wieso ist die Belegung im Augenblick so schwach?«

»Vorsaison! Da sieht es immer schlecht aus. Im Juli und im August dagegen sind wir voll belegt.«

»Das ist keine Kunst am Wörther See. Aber wir brauchen *jetzt* Gäste!« Lennie hatte begonnen, unruhig im Zimmer auf und ab zu gehen. »Wir brauchen irgendeinen Knüller, der uns Publicity bringt. Geld für große Reklame haben wir nicht, also müssen wir uns etwas einfallen lassen, worüber die Zeitungen schreiben – kostenlos natürlich . . .«

»Kostenlos schreiben die Zeitungen nur über Skandale: ein ermordeter Gast, Salmonellenvergiftung, so was. Ich glaube nicht, daß uns das helfen würde.«

Lennie hatte seine Wanderung unterbrochen und blickte auf die Terrasse, wo immer noch niemand saß. Plötzlich wußte er, was geschehen mußte.

»Ich hab's! Wir brauchen einen Ehrengast! Wir brauchen den millionsten Besucher des Schloßhotels!«

Anja starrte Lennie fassungslos an. Dann brach sie in schallendes Gelächter aus. Beim Lachen zeigten sich auf ihren Wangen zwei Grübchen, was Lennie sehr gut gefiel. Aber das Lachen gefiel ihm weniger gut.

Mit Lachtränen in den Augen rief Anja: »Wir haben in diesem Jahr gerade den hundertsten Gast, Herr Berger! Hundert! Und Sie wollen den millionsten Gast empfangen? Nein . . .«

»Na und? Das Hotel besteht seit 1875 – da kommen doch leicht eine Million zusammen. Und wer zählt schon nach? Wichtig sind nur der Rummel und die magische Zahl eine Million. Kommen Sie, Anja! Wir machen uns an die Arbeit. Rufen Sie die Zeitungen und das Fernsehen an, ich kümmere mich um den Rest.« Lennie sah Anja mit einem strahlenden Lächeln an. »Morgen begrüßt das Schloßhotel Velden seinen millionsten Gast! Hier – für elf Uhr ist ein kleiner Bus vom Reisebüro Atlantis angemeldet. Da ist der Millionste dabei – wie wir beide von jetzt an wissen.«

Über dem Portal des Hotels flatterte ein weißes Transparent mit der Aufschrift »Das Schloßhotel Velden grüßt seinen 1000000. Gast!« Eine Musikkapelle in Kärntner Tracht spielte Heimatlieder, Journalisten und Fernsehleute hatten sich auf dem Rasen vor dem Hotel versammelt. Einheimische und erste Urlauber drängten sich neugierig in der Auffahrt. Alle warteten auf den Ehrengast.

Der Bus vom Reisebüro Atlantis war pünktlich auf die Minute.

Lennie und Anja begrüßten die Neuankömmlinge mit einem strahlenden Lächeln, wobei Anja laut zählte: »999994, 999995 . . .«

Rainer Jansen stand mißmutig abseits.

»999999!« rief Anja laut, übersah geflissentlich ein dickliches älteres Ehepaar, das sich vordrängte, um die besseren Zimmer zu bekommen, und ging zielstrebig auf einen etwa dreißigjährigen unauffällig gekleideten Mann zu, der offensichtlich ohne Begleitung war. »Eine Million! Einen Tusch für unseren millionsten Gast – unseren Ehrengast!« verkündete sie dabei strahlend.

Rainer Jansen sah mit unbewegter Miene zu, wie Lennie Berger auf den jungen Mann zueilte und ihm die Hand schüttelte: »Ich gratuliere Ihnen. Sie sind unser millionster Gast!«

Drei hübsche junge Mädchen in Kärntner Tracht stürzten sich auf den völlig verdutzten Neuankömmling und küßten ihn.

Die dickliche ältere Ehefrau war wütend. »Halt! Ich bin der millionste Gast! Der Kerl da hat gemogelt. Wir sind die Ehrengäste!« Sie boxte ihren phlegmatischen Mann, der allerhand gewohnt sein mußte, energisch in die Rippen. »Sag doch was, Werner! Tu doch was, sei mal ein Mann . . .«

Aber niemand kümmerte sich um sie. Alles konzentrierte sich auf den Ehrengast.

Der Bürgermeister gratulierte herzlich und hielt eine kurze Ansprache. »Im Namen der Gemeinde begrüße ich Sie herzlich bei uns in Velden. Ich bin sicher, daß Herr Berger dafür sorgen wird, daß Ihr Urlaub hier zu einem unvergeßlichen Erlebnis wird . . .«

Rainer Jansen beugte sich zu Holzer, der neben ihm stand und das Geschehen mit einer Mischung aus Widerwillen und Bewunderung für den neuen Chef beobachtete. »Ein unvergeßliches Erlebnis, Holzer – dafür werde ich sorgen.

Darauf kannst du dich verlassen. So ein mieser Bluff! Nichts als Humbug, Bauernfängerei!«

»Das hätte eben dir einfallen sollen, Jansen. Du siehst doch: Es wirkt. Der Chef hat eben was drauf.«

»Fall mir jetzt nicht in den Rücken! Ich verlasse mich auf dich!« sagte Jansen ärgerlich. »Der Chef wird noch so klein werden!« Der Abstand zwischen Jansens Daumen und Zeigefinger betrug maximal einen Zentimeter. »Ich habe in der Fürstensuite eine nette Überraschung vorbereitet für unseren Herrn Ehrengast. Wart nur ab!« Er rieb sich voll Vorfreude die Hände.

Als Jansen eine halbe Stunde später zum Empfang kam, fertigte Schulz gerade einen Gast ab. Jansen wartete geduldig.

»Wenn Sie heute noch nach Cannes wollen«, erklärte Schulz dem abreisenden Gast, »dann empfehle ich Ihnen, über Italien zu fahren. Einige Schweizer Pässe sind nämlich noch gesperrt . . .«

»Na und?« wunderte sich der Gast. »Was geht mich das an? Ich habe doch einen deutschen Paß . . .«

Kaum war der Gast gegangen, fragte Jansen neugierig: »Na, wie geht's unserem Ehrengast? Wie heißt er noch?«

»Harald Petersen. Ein netter Kerl. Kommt aus Köln. Ich spiel' ihm nur ungern einen Streich, aber was sein muß, muß sein, nicht wahr?«

»Keine Beschwerden?« Rainer Jansen war enttäuscht.

»Keine! Ein wirklich bescheidener Mensch. Ich wollte ihm die Fürstensuite geben, wie Sie es gesagt haben, aber er bestand auf ein normales Zimmer. Also habe ich ihm das kleine Zimmer neben dem Aufzug gegeben. Wird Herrn Berger freuen: der Ehrengast in der Besenkammer. Und in der Fürstensuite habe ich die Frau Bürgermeister untergebracht . . .«

Jansen wurde bleich. »Die Frau des Bürgermeisters? Um Himmels willen! Schulz, Sie sind ein Trottel!«

In drei Sätzen war Jansen an der Treppe. Der Aufzug war ihm jetzt zu langsam. Zwei Stufen auf einmal nehmend, hetzte er in den dritten Stock. Oben angekommen, blieb er einen Moment stehen, um zu verschnaufen. Dann stieß er, ohne anzuklopfen, die Tür zur Fürstensuite auf.

Jansens Blick fiel sofort auf das breite Himmelbett mit dem goldenen Baldachin, in dem angeblich schon Sissi – Kaiserin Elisabeth von Österreich – einmal geschlafen hatte. Vor dem Prunkbett stand die Frau des Bürgermeisters. Sie hatte gerade ihr Kleid abgelegt und trug nur noch ein hautfarbenes Unterkleid.

Beim Anblick des erhitzten Hoteldirektors schrie sie leise auf. »Sind Sie verrückt, Herr Jansen? Sehen Sie denn nicht . . .«

»Gnädige Frau, bitte . . .«

»Gehen Sie raus! Sofort! Ich verbitte mir . . .« Sie schlüpfte rasch in einen blauseidenen Morgenmantel, knöpfte ihn zu und wollte sich auf das Bett setzen.

Jansen sprang auf sie zu und hielt sie fest.

»Ich hätte nie von Ihnen gedacht . . .« stammelte die Frau des Bürgermeisters hilflos. Sie war an die Fünfzig – ein wenig vollschlank zwar, aber mit ihren blonden, hochtoupierten Haaren noch recht attraktiv. Sie schien gleichermaßen geschmeichelt wie empört zu sein.

»Also, wissen Sie, Herr Jansen . . . Wir kennen uns nun schon so lange . . . Ich habe nie bemerkt, daß . . .« Mit hochrotem Kopf befreite sie sich aus den Armen des Hoteldirektors und bewegte sich rückwärts auf das Bett zu.

»Das Bett«, sagte Jansen hastig, »das Bett . . .«

Zu spät: Frau Bürgermeister saß bereits. Jansen, der sie hatte zurückhalten wollen, wäre beinahe über sie gefallen.

Im gleichen Augenblick brach das Bett unter der schweren Last zusammen. Sekunden später begrub der goldfarbene Baldachin zwei wild strampelnde Menschen unter sich.

»Aber Herr Jansen! Warum haben Sie nicht gleich gesagt, daß das Bett zusammenbricht, sobald man sich daraufsetzt!«

Das war also schiefgegangen, dachte Rainer Jansen nach dem Zwischenfall in der Fürstensuite. Aber so schnell würde er nicht aufgeben.

Bis zum Wochenende hatte er noch Zeit, dem Ehrengast Harald Petersen den Aufenthalt im Schloßhotel zu vermiesen. Für das Wochenende hatte Lennie Berger ein großes Fest organisiert, zu dem sowohl die örtliche Prominenz als auch die gesamte regionale Presse eingeladen waren. Bei dieser Gelegenheit würde man Herrn Petersen natürlich fragen, wie es ihm am Wörther See und vor allem im Schloßhotel gefiele. Der millionste Gast sollte allerhand zu erzählen haben – aber nichts Positives.

Also bot Jansen seinem neuen Chef an, sich persönlich und besonders aufmerksam um den Ehrengast zu kümmern.

Lennie nahm das Angebot ahnungslos an.

Dieser Harald Petersen erwies sich für Rainer Jansen als harter Brocken. Der junge Mann – zum ersten Mal in seinem Leben in Österreich und zum ersten Mal in seinem Leben in einem Luxushotel – genoß jede Sekunde seines Aufenthaltes.

Als ihm Jansen die Suppe total versalzte – er hatte heimlich den ganzen Inhalt eines Salzstreuers hineingeleert –, lobte Harald Petersen das außergewöhnliche Aroma und aß mit Genuß. Die Fahrt mit dem Motorboot des Hotels, von der sich Jansen einen seekranken Petersen erhofft hatte, führte nur zu einem Fiasko für Jansen: Als er Petersen für einen Augenblick das Steuer überließ, gab dieser unvermutet Gas, und Jansen fiel über Bord. An einem Tau, das er gerade noch packen konnte, wurde Jansen hinter dem Boot hergeschleift – und anschließend von Petersen wegen seiner sportlichen Leistung überschwenglich gelobt, obwohl Jansen als Nichtschwimmer Todesängste ausgestanden hatte.

Jetzt mußte Holzer ran, beschloß Jansen. Der ausgefuchste Oberkellner hatte immer Ideen, wenn es darum ging, einen Gast zu ärgern.

Die Gelegenheit ergab sich, als Lennie am Abend mit seinem Ehrengast auf der Seeterrasse saß und bei Holzer die beste Flasche Champagner, die der Kellner zu bieten hatte, bestellte.

Bereits nach wenigen Minuten war der Oberkellner zurück mit einer Flasche Dom Perignon, um deren bauchigen Leib eine weiße Serviette geschlungen war.

Routiniert öffnete Holzer die Flasche und schenkte Harald Petersen ein. Doch bevor dieser nach seinem Glas greifen konnte, hatte Holzer es bereits in der Hand und kippte den gesamten Inhalt in einem einzigen, genüßlichen Zug hinunter. »Prima! Da jauchzt die Leber.«

»Holzer!« rief Lennie empört.

»Ja, bitte? Am Apparat!«

»Ich erwarte Sie nach Dienstschluß in meinem Büro.«

»Nach Dienstschluß«, sagte Holzer förmlich wie ein Gewerkschaftsvertreter, »habe ich Feierabend. Ich komme morgen nach Dienstbeginn, wenn's dem Herrn recht ist.« Und schon hatte er das Glas seines Chefs in der Hand, trank es aus, stellte es auf den Tisch und meinte freundlich: »Wie schon gesagt – ein guter Tropfen! Läßt sich trinken. Prost, die Herren . . .«

Jansen hatte die Szene beobachtet und fand, daß Holzer

wie immer übertrieb. Der verrückte Kerl machte noch seine schönen Pläne kaputt. Lennie würde ihn vermutlich entlassen.

Ida hatte sich ihre Dachkammer im obersten Stock des Schloßhotels recht gemütlich eingerichtet: Neben einem kleinen Fernsehapparat stand ein Bücherregal – das hauptsächlich Krimis enthielt –, und zahlreiche Poster von Popgruppen hingen an den Wänden. Durch das winzige Fenster konnte sie auf den Schloßpark und auf den See dahinter blicken.

Jetzt saß Ida in einem durchsichtigen türkisfarbenen Unterhemdchen und einem spitzenbesetzten Höschen am Tisch. Ihr blondes Haar, sonst immer aufgesteckt, fiel ihr locker über die nackten Schultern.

Ida lackierte sich gerade die Zehennägel, als sich die Tür öffnete.

»Oh, pardon«, sagte Toni hastig. Er glaubte offensichtlich, daß er sich in der Tür geirrt habe. Er wollte sich rasch umdrehen, blieb dann aber stehen. »Ida?« fragte er ungläubig.

»Wer sonst?« brummte Ida, ohne ihre Tätigkeit zu unterbrechen. »Was gibt's?«

»Ich hätt' dich beinah nicht erkannt.«

»Dann ist es ja gut. Dann erkennt mich der Typ von 311 bestimmt nicht.«

»Also für den hast du dich so hübsch gemacht!«

Die Eifersucht in Tonis Worten war unüberhörbar. Insgeheim genoß Ida das, obwohl sie sich mit ihren zweiundzwanzig Jahren immer wieder fragte, woher sich Männer – oder solche netten Jungs wie der Toni – das Recht nahmen, nach einer Schmusestunde oder ein wenig mehr gleich Ansprüche anzumelden. In der Hinsicht waren sie alle gleich.

Jetzt amüsierte es sie, wie Toni hinter sie schlich und sich an sie drängte. Scheinbar unbeteiligt lackierte sie ihre Nägel weiter.

»Ich muß wissen, was der Typ vorhat. Heute nachmittag auf der Terrasse hat er sich an die reiche Frau Hirsch herangemacht – die mit den dicken Klunkern um den Hals und den protzigen Ringen an den Händen. Der Schmuck, den sie trägt, ist eine Million wert – nicht Schillinge, sondern echte deutsche Mark!«

»Du wirst dich nicht mit dem Kerl treffen!« forderte Toni energisch.

»Ich wüßte nicht, wer mich davon abhalten sollte.«

»Schließlich sind wir beinahe verlobt, Ida.«

Sie drehte sich um und lachte ihn an. »Beinah ist nicht verlobt.«

Sie mochte Toni. Der Junge hatte den natürlichen Charme eines Kärntner Bauernbuben und war nicht unattraktiv. Ida mochte seine Art, stets direkt aufs Ziel loszugehen, sie mochte seine immer etwas rauhen Hände auf ihrer Haut, sie mochte seine leidenschaftlichen, drängenden Küsse. Aber verlobt? Das hätte er wohl gern. Doch dazu gehörte mehr. Toni war nur ein Junge, er war noch kein Mann. Er war genauso alt wie sie, aber Mädchenjahre, das fand Ida jetzt wieder einmal bestätigt, zählen in diesem Alter dreifach. Toni benahm sich auch jetzt wie ein junger Hund, der mit seinen Pfoten und seiner Nase alles berühren muß.

»Hör auf, an mir rumzuknabbern!« fuhr Ida ihn an. »Was willst du denn damit erreichen?«

Toni küßte sie statt einer Antwort heftig auf den Mund. Wieselflink drängte sich seine Zunge zwischen Idas Lippen, und genauso schnell glitten seine Hände unter ihr Hemdchen. Halbherzig wehrte Ida ihn ab. Plötzlich hob er sie hoch, nahm sie auf seine Arme und trug sie zum Bett.

Vorsichtig ließ er sie aufs Bett sinken und beugte sich über sie, preßte seinen Mund auf ihren Hals und streichelte dabei unentwegt ihren Körper.

Eine Sekunde lang drohte Ida schwach zu werden. Doch dann schob sie ihn mit beiden Händen energisch von sich und sprang auf. »Schluß jetzt! Ich muß mich um den Kerl von 311 kümmern. Spar du dir deine Kräfte für die Koffer.«

Während Toni mit sehnsüchtigem Blick auf dem Bett lag, schlüpfte Ida flink in ihr Cocktailkleid und war aus dem Zimmer, bevor sich ihr Beinah-Verlobter überhaupt aufrappeln konnte.

Ida verschwand durch den Personalausgang und betrat wenig später durch den Haupteingang des Schloßhotels die Halle. Schulz, der Chefportier, stand am Empfang, blickte sie kurz an und nickte freundlich.

Ida war zufrieden. Der hatte sie also nicht erkannt.

In der Bar mit dem langgezogenen Eichenholztresen, dem Tanzparkett und dem gedämpften rötlichen Licht herrschte Five-o'clock-Stimmung. Wie Ida enttäuscht feststellen mußte, waren hauptsächlich nur »Gruftis« auf der Tanzfläche. Mit Grufti bezeichnete Ida alle Menschen über Dreißig. Sie drängte sich zwischen den Tanzenden hindurch, wobei ihr kurzes Cocktailkleidchen verführerisch wippte, und genoß es, daß die älteren Herren ihr über die Schultern ihrer Tanzpartnerinnen hinweg nachsahen.

An der Bar setzte sich Ida auf einen der hohen Stühle und bestellte bei Max, dem Barmann, einen Whisky Soda.

Max musterte sie lange, als er ihr den Drink servierte. »Kennen wir uns nicht?«

»Sollten wir? Ich wüßte nicht.« Ida verließ sich ganz auf ihr starkes Make-up und auf die veränderte Frisur – und auf ihre dialektfreie Aussprache.

Jetzt drehte sie sich auf ihrem Stuhl um und beobachtete die Tanzenden. Ihr Opfer hatte sie schnell gefunden. Der alerte Herr Breuer klebte an der korpulenten Frau Hirsch und versank fast in ihrem riesigen Dekolleté.

Die kleine Band auf dem Podium spielte *Diamonds are a girl's best friend.*

Ida mußte unwillkürlich lächeln. Die Diamanten der Frau Hirsch waren offenbar auch die besten Freunde des Playboys Breuer. Der sollte sich noch wundern! Sie würde ihn nicht aus den Augen lassen, diesen sauberen Herrn.

Sie griff nach einer Zigarette und steckte sie sich zwischen die Lippen.

»Feuer?«

Ida drehte sich um. Um Himmels willen! Das war Lennie Berger, der neue Chef! Bei der Vorstellung des Personals gestern nachmittag hatte er sie kaum beachtet. »Danke.«

»Eine Frage: Waren Sie als Kind auch schon so hübsch?«

»Viel hübscher: pummelig, mit Sommersprossen und knallroten Haaren!«

Lennie lächelte sie an, und wie gestern fiel ihr auch jetzt wieder auf, wie schön seine sanften braunen Augen waren.

»Schade, daß ich Sie damals noch nicht gekannt habe. Möchten Sie noch einen Drink? Ihr Glas ist leer.« Ohne Idas Antwort abzuwarten, bestellte er zwei Scotch. »Wie gefällt es Ihnen hier?«

»Wenn Sie Velden meinen – prima. Das hier ist allerdings mehr ein Schuppen für Opas.«

Lennie lachte. »So wie ich einer bin? Im Schloß gibt es auch eine Disco. Ich glaube, dort wird es Ihnen besser gefallen. Hätten Sie Lust, mit mir hinzugehen?«

»Warum nicht? Aber ob man Sie da noch reinläßt?«

»Touché! Ich heiße übrigens Lennie Berger. Für Sie einfach Lennie.«

»Und ich heiße Aida – wie die Oper. Oder wie Ida mit A davor.« Sie hob ihr Glas. »Entzückend! Cheers, Lennie.«

In diesem Augenblick sah Ida, wie Dieter Breuer Arm in Arm mit Frau Hirsch die Bar verließ. Sie entschuldigte sich bei Lennie, sie müsse mal telefonieren, und eilte den beiden nach. Als Breuer und seine Begleiterin zu Breuers Wagen gingen, notierte sie sich das Kennzeichen des Jaguars. Es war eine deutsche Autonummer. Dann lief sie zu der Telefonzelle in der Halle und meldete – natürlich anonym – der Gendarmeriestation in Velden einen vermutlich gestohlenen roten Jaguar. Bevor man sie nach ihrem Namen fragen konnte, legte sie auf.

»Alle Verabredungen abgesagt, Aida?«

»Alle! Bis auf eine – die mit Ihnen, Lennie.«

»Prima!« Lennie strahlte sie an. »Dann fahren wir erst mal kurz um den See, und dann zeige ich Ihnen Velden bei Nacht. Einverstanden?«

Aus Dutzenden von Lautsprechern hauchte Elvis Presley sein gefühlvolles *Hold me tender, hold me tight.* Aidas blonder Kopf ruhte an Lennies Schulter, ihre Hüften drängten sich an ihn.

Es war genau die Stimmung, die Lennie für einen Abend seine Sorgen vergessen ließ: das herabgewirtschaftete Hotel, die finanziellen Nöte, den Ärger mit dem Personal. Im Halbdunkel der Disco, zwischen all den jungen Menschen, fühlte sich Lennie endlich wieder einmal jünger, als er tatsächlich war.

Überhaupt war der Abend bis jetzt ein Erfolg auf der ganzen Linie: Er war mit Aida in seinem Porsche rund um den See gefahren, hatte mit ihr zusammen gegessen – Aida hatte zum ersten Mal in ihrem Leben Austern probiert, die er ihr in den Mund geschoben hatte – und hatte danach mit ihr unter sternenklarem Himmel lange auf einem Bootssteg gesessen. Ihr leises Geflüster, das sanfte Plätschern der Wellen und vor allem der zärtliche Kuß von Aida hatten Lennie überwältigt. Mit diesem Mädchen wollte er es langsam angehen lassen. Er wollte nichts überstürzen.

Im Spielcasino von Velden hatte er ihr ein paar Chips in die Hand gedrückt, und sie hatte auf die Nummer 22 gesetzt, ihr Alter – und hatte gewonnen. Und jetzt die Disco.

Nur eines irritierte Lennie: daß Aida immer wieder nach dem Paar schielte, das an der Bar saß. Was gingen Aida dieser windige Herr Breuer und die unförmige Frau Hirsch an? Lennie mochte nicht fragen. Ihm fiel nur auf, daß Frau Hirsch heute nicht ihren teuren Schmuck angelegt hatte. Hoffentlich lagen die Pretiosen nicht auf ihrem Zimmer, sondern im Tresor des Hotels. Er würde später sicherheitshalber den Portier danach fragen. Doch der Schmuck der dicken Frau Hirsch interessierte ihn weit weniger als das Mädchen in seinen Armen.

»Ich mag dich, Aida«, flüsterte er ihr ins Ohr. »Ich mag dich sehr.«

Aida hob den Kopf und blickte ihn so zärtlich an, daß er nicht widerstehen konnte. Er mußte sie einfach küssen.

Plötzlich löste Aida sich aus seinen Armen. »Ich bin gleich wieder da, Lennie.«

Während Aida sich durch die Tanzenden schlängelte, schlenderte Lennie zur Bar. Dort entdeckte er seinen Ehrengast Harald Petersen mit seinem Hoteldirektor. Jansen kümmerte sich offensichtlich sehr intensiv um Petersen. Die beiden kippten einen Obstler nach dem anderen, und es war eindeutig, daß Petersen den Schnaps besser vertrug als Jansen. Nun ja, das mußte Jansen selbst wissen.

Lennie war beruhigt, daß Jansen sich wirklich wie versprochen persönlich um den Ehrengast bemühte. »Machen Sie ihn nicht betrunken, Jansen!« drohte er lächelnd. »Übermorgen wird er noch gebraucht . . .«

»Keine Sorge, Chef«, lallte Jansen. »Ich hab' alles fest im Griff.«

In diesem Moment steuerte ein junges Mädchen auf Lennie zu und drückte ihm einen Zettel in die Hand: »Danke für den entzückenden Abend. Ich rufe dich an. Aida.«

Sekunden später lief Lennie suchend durch die Halle. Nichts zu sehen von Aida! Die Polstersessel mit den bunten Tiermotiven waren nicht besetzt, und der Nachtportier, den er aufwecken mußte, hatte natürlich niemanden gesehen, auf den die Beschreibung von Aida paßte.

Im Park war es still.

»Aida!« rief Lennie leise in die Nacht.

Aber er bekam keine Antwort.

Lennie lief an den Rosenrabatten entlang und betrachtete sein Schloß von außen. Im Licht der Scheinwerfer, die in den Beeten verborgen waren, wirkte es mächtiger als bei Tag. Die ockergelbe Fassade mit den beiden Türmchen auf den Seitenflügeln des Schloßes ragte majestätisch in den Nachthimmel, hinter den meisten Fenstern war es schon dunkel. Der überwältigende Anblick bestätigte Lennie in seinem Vorhaben mehr denn je: Das Schloßhotel mußte erhalten bleiben. Doch zuerst mußte er Aida finden.

»Aida! Wo bist du?«

Auch jetzt bekam er keine Antwort.

Es war ein Tag wie aus dem Bilderbuch: Der Himmel wölbte sich strahlendblau über dem Wörther See, auf dem Wasser blähten sich die Segel der kleinen und großen Boote im leichten Wind. Im Schloßhotel war der Teufel los.

Als Lennie mit seinem Ehrengast den Ablauf der Feierlichkeiten besprechen wollte, war der verschwunden. Die Koffer waren zwar noch auf dem Zimmer, aber Harald Petersen war wie vom Erdboden verschluckt. Lennie schickte seine Sekretärin auf die Suche.

Kurz danach stand Holzer in seinem Büro – um sich zu verabschieden, wie er sagte. Der Oberkellner war überzeugt, daß ihn der neue Chef nach dem Vorfall mit Petersen fristlos entlassen würde.

Durch ein paar geschickte Fragen bekam Lennie schnell heraus, daß die ganze Geschichte eine Intrige von Jansen gewesen war. Es war keine schwierige Aufgabe, Holzer mit ein paar netten Worten zum Bleiben zu überreden.

Der alte neue Oberkellner war sichtlich erleichtert und wiederholte pausenlos, wie dankbar er Lennie sei. Er würde künftig alles tun, was in seiner Macht stünde, um Lennie tatkräftig zu unterstützen. Von diesem Moment an hatte Rainer Jansen nur noch einen potentiellen Verbündeten.

Lennie thronte hinter dem gewaltigen Schreibtisch seines Onkels und wühlte in Papieren, als Rainer Jansen in sein Büro stürmte.

»Na, Jansen? Sie sehen aber verkatert aus. War wohl doch zuviel Obstler gestern nacht, was?«

»Ist unser Ehrengast schon wieder aufgetaucht?«

»Nein.« Lennie schüttelte den Kopf. »Er ist wie vom Erdboden verschluckt.«

»Nicht nur Harald Petersen, auch Anja ist verschwunden. Ich schätze, sie ist mit ihm auf und davon ...«

Lennie spielte den Verblüfften. »Warum sollte sie das tun?«

»Um uns zu schaden. Das heißt eigentlich mehr, um Ihnen Ärger zu machen, Herr Berger. Anja hat bisher die ganze Organisation allein gemacht. Daß Sie jetzt ... das paßt ihr nicht. Ich kenne Anja. Sie scheut vor nichts zurück, um ihre Ziele zu erreichen.«

Lennie nickte nur. »Solche Menschen soll es geben, Herr Jansen. Aber ich weiß jetzt Bescheid, danke. Ach ja, Jansen: Sagen Sie doch bitte in der Telefonzentrale und beim Portier Bescheid. Wenn eine Dame namens Aida mich sprechen will, dann soll man sofort durchstellen.«

Lennies Schwarm Aida hatte sich inzwischen wieder in die trampelige Ida verwandelt. Mit einem Putzeimer bewaffnet, rutschte sie hinter dem Empfangspult auf dem Boden umher – sehr zum Ärger von Schulz, der ständig in Gefahr war, über sie zu stolpern.

Schulz war gerade mit Herrn Breuer beschäftigt, der seine Brieftasche im Hotelsafe deponieren wollte.

»Besser, sie liegt auch im Tresor – wie der Schmuck von Frau Hirsch. Sind nämlich 'ne Menge Scheine drin.«

Aus den Augenwinkeln beobachtete Ida, wie der Verdächtige aufmerksam auf das Klicken des Zahlenschlosses lauschte und sich ab und zu über das Empfangspult beugte, um einen Blick auf Schulz zu erhaschen, genauer auf dessen Hände, die die Zahlenkombination einstellten. Aha, dachte Ida. Genau wie die Safeknacker im *Tödlichen Tresor.*

Ihre Aufgabe war erfüllt. Sie konnte jetzt gehen und ruhig abwarten, wie Breuer in der kommenden Nacht den Tresor mit dem Schmuck von Frau Hirsch ausräumen würde. Mit der Beute verschwinden würde dieser saubere Herr allerdings nicht – dafür wollte Ida schon sorgen.

Sie stand auf, packte ihren Eimer und wollte gerade durch die Halle verschwinden, als Lennie Berger auftauchte.

»Na, so fleißig?«

»Ick jeh schon. Ick weeß, dat ick tagsüber nich hiersein darf.«

»Na, lassen Sie mal gut sein. Wie heißen Sie?«

»Ick bin de Ida.«

»Ich bin Leonhard Berger. Sollten Sie mal irgendein

Anliegen haben, ich meine Wünsche, Sorgen, Beschwerden, dann kommen Sie ruhig direkt zu mir.«

Ida richtete sich auf. »Entzückend, Herr Berger.« Im selben Augenblick wußte sie, daß er wußte . . . Aber er ließ sich nicht anmerken, daß er gemerkt hatte, daß . . .

Es war soweit. Heute sollte das große Fest stattfinden. Noch schien alles in bester Ordnung.

Lennie überwachte persönlich, daß die Tische für das kalte Büfett vor dem Spielcasino ordentlich aufgebaut wurden, genauso wie das Podium für die Kapelle und die beiden kleinen Bars. Er ließ die Handwerker nicht aus den Augen, die den Tanzboden verlegten, und er kontrollierte mit Argusaugen, daß die Stühle und Tische mit den gelben Sonnenschirmen, die man von der Hotelterrasse geholt hatte, richtig aufgestellt wurden. Der ganze Ort sollte mitfeiern, wenn der millionste Gast des Schloßhotels geehrt wurde, und alles sollte perfekt sein.

Außer Anja wußte nur noch Lennie, wo Harald Petersen war. Anja hatte ihn schlafend auf einem einsamen Bootssteg in der Nähe des Hotels gefunden. Petersen hatte mit Jansen die ganze Nacht durchgefeiert. Jetzt wollte er nur noch seine Ruhe haben.

Nach Rücksprache mit Lennie hatte ihn Anja in der einsamen Sennhütte untergebracht, die zum Hotel gehörte. Lennie wollte sicher sein, daß sein Ehrengast dem verheerenden Einfluß des Herrn Jansen entzogen war. Rainer Jansen mochte sich noch so sehr die Hände reiben über den vermeintlich drohenden Skandal – Lennie war es, der zuletzt lachen würde.

Lennie ließ gerade den Blumenschmuck auf den Tischen neu arrangieren, als er ans Telefon gerufen wurde. Sekunden später knallte er den Hörer auf die Gabel, warf sich in seinen Porsche und raste zum Hotel. Das hatte gerade noch gefehlt! Vor dem Portal stand der rote Jaguar von Dieter Breuer.

»Wie kann so etwas passieren?« tobte Dieter Breuer ungehalten und trommelte auf die Theke.

»Meine Brieftasche mit zweitausend Mark ist weg! Wahrscheinlich fehlt auch der Schmuck von Frau Hirsch, oder?«

Bleich und fassungslos rang Schulz nach Worten. »Ich weiß auch nicht. Der Tresor ist nicht aufgebrochen worden . . . einfach aufgemacht . . . Das ist noch nie . . .«

»Die Rechnung zahle ich selbstverständlich nicht. Lassen Sie sofort mein Gepäck holen! Ich reise ab. Sie hören von meinem Anwalt!«

Lennie hastete zum Empfang. »Das ist uns sehr peinlich, Herr Breuer. Natürlich wird die Versicherung . . .«

Breuer ignorierte ihn vollkommen. »Wo bleibt mein Koffer?« schrie er und lief aus dem Hotel.

Ida wartete auf den Stufen des Portals und hielt Ausschau nach Polizeihauptkommissar Graßhofer, den sie vorsorglich angerufen hatte. Wie sie dabei erfuhr, hatte Graßhofer mittlerweile festgestellt, daß der Jaguar des Herrn Breuer gestohlen war. Toni hatte strikte Order von Ida, den Koffer des Herrn Breuer gehörig zu schütteln. Das kaputte Schloß würde das nicht lange aushalten. Falls der Schmuck nicht im Koffer war, sollte Toni sich bei Breuer entschuldigen und ihn so lange hinhalten, bis die Polizei den sauberen Ganoven als Autodieb verhaften konnte. Der Plan war so perfekt, daß er von Idas Idol Red Renox hätte stammen können.

Da erschien auch schon Toni in seiner grünen Schürze, den Koffer im Laufschritt hin und her schwenkend.

»Passen Sie doch auf!« rief Breuer und eilte auf Toni zu.

Er kam zu spät: Toni stolperte absichtlich, der Kofferdekkel sprang auf, und der Inhalt des Koffers fiel zu Boden.

Schon war Ida bei dem Koffer. Zusammen mit Toni sammelte sie die Kleidungsstücke auf und flüsterte Toni dabei zu: »Gut gemacht.«

Zwischen Hemden und Anzügen, zwischen Unterhosen und anderen Sachen fand Ida, was sie suchte: die Tüte mit dem Schmuck von Frau Hirsch. Triumphierend hielt sie die Tüte hoch. »Ach, das gehört auch Ihnen, Herr Breuer? Entzückend!«

Breuer wußte sofort, daß er verloren hatte, und reagierte blitzschnell. Mit einem Satz war er bei dem Jaguar, sprang hinein und wollte den Motor starten. Nichts.

Toni beugte sich zu dem offenen Fenster und hielt Breuer grinsend den Verteiler vor die Nase. »Ohne Verteiler fährt auch ein Jaguar nicht!« In diesem Moment war auch schon Polizeihauptkommissar Graßhofer zur Stelle. Handschellen schnappten zu . . .

»Siehst du, Toni«, sagte Ida zufrieden. »Red Renox wäre jetzt stolz auf mich . . .«

Unzählige bunte Lampions schaukelten sanft im Abendwind. Die Musik spielte Heimatmelodien, und unter dem erleuchteten Schild »Casino Velden« scharten sich die Fotoreporter um den Ehrengast des Schloßhotels. Der Bürgermeister, der Kurdirektor, Lennie und Anja standen daneben, als eine Fernsehkamera den jungen Mann groß ins Bild rückte.

Anja Weber schmunzelte. »Sie sind ja ein begehrtes Fotomodell, Herr Petersen.«

»Und Sie sind ein großes Schlitzohr, Anja. Jetzt weiß ich, warum Sie mich auf die Alm geschleppt haben: damit ich den ganzen Rummel hier mitmache.«

»Ja, wir hatten Angst, daß Ihnen das alles zuviel würde und daß Sie noch vor dem großen Fest abreisen könnten.«

Als Harald Petersen lächelnd seinen Arm um die schlanke Taille von Anja Weber legte und sie leicht auf die Wange küßte, zuckten die Blitzlichter der Fotografen.

Lennie schlenderte zufrieden zu einer der kleinen Bars.

Jansen, Anja, Holzer, Toni und Ida gesellten sich zu ihm, und er bestellte eine Runde Champagner. Als alle ein Glas in den Händen hielten, wandte sich Lennie an Jansen.

»Na, Jansen? Sie müssen mir doch recht geben: Durch tatkräftige Zusammenarbeit kann man auch die ärgsten Krisen meistern, nicht wahr?«

Jansen lächelte, als hätte er in eine Zitrone gebissen.

»Darum kann ich Sie alle nur bitten, mit mir gemeinsam die große Lücke auszufüllen, die mein seliger Onkel hinterlassen hat. Auf gute Zusammenarbeit!« Lächelnd stieß Lennie mit seinen Mitarbeitern an.

Als sich die Runde auflösen wollte, sagte Lennie: »Toni, einen Augenblick noch. Und auch Sie, Fräulein Aida . . .«

Ida errötete. »Ida genügt. Ida wie Aida ohne A, Herr Berger.«

»Lennie genügt, ohne Berger.«

»Entzückend«, hauchte Ida und prostete Lennie zu: »Cheers, Lennie . . .«

Lennie sah Toni an. »Ich habe gehört, daß du und Ida so gut wie verlobt seid? Dann werde ich die Braut jetzt küssen – das ist doch hier in Kärnten so üblich, oder?«

Ohne auf eine Antwort zu warten, zog er Ida an sich und küßte sie – allerdings ein bißchen länger als nötig.

Nur langsam löste sich Ida von Lennie. Ihr Blick war ein wenig verklärt. »Ich weiß nicht – vielleicht überleg' ich es mir noch mal – das mit der Verlobung . . .«

2. Kapitel

Ein Dinner für zwei

An diesem Tag hingen die Wolken schwer über dem Wörther See, die Segelboote waren im Dunst kaum zu sehen, die Gipfel der Karawanken waren wie von dicken Daunenkissen umhüllt. Auf der Seeterrasse des Schloßhotels hatten sich nur wenige Gäste eingefunden. Die gelben Sonnenschirme waren zusammengeklappt und hingen schlaff und nutzlos herab.

Rainer Jansen machte seinen gewohnten Rundgang. Solange Lennie Berger in seinem Büro arbeitete, fühlte sich der Mann im grauen Nadelstreifenanzug noch ganz als der mächtige Hoteldirektor. Jawohl, er hatte noch nicht aufgegeben. Er war der Direktor des Schloßhotels, und er würde wieder Alleinherrscher sein, sobald er diesen aalglatten Lennie Berger in die Knie gezwungen hatte. Unentwegt arbeitete Jansens Gehirn an neuen Plänen zur Entmachtung des Hotelerben, dieses arroganten Besserwissers, der hier alles umkrempeln wollte. Jansen hielt von Bergers wahnwitzigen Ideen nichts. Warum sollte man Risiken eingehen und ein erfolgreiches Konzept ändern?

Trotz aller Gedanken, die ihn beschäftigten, entging Jansen nichts. Die Zornesader an seiner Stirn schwoll an, als er sah, daß die Decken auf den Tischen nicht gerade lagen, Aschenbecher nicht geleert waren, Zigarettenkippen auf dem Boden lagen. Skandalös, wie die Schlamperei hier einriß! Jansen ließ seine Wut an dem ersten Kellner aus, der ihm über den Weg lief, und herrschte ihn an, Ordnung zu schaffen.

Sekunden später trat er lächelnd zu einem älteren Herrn, der allein an einem Tisch saß: »Schade, daß sie schon abreisen, Herr Professor.«

»Ja, wissen Sie, hier regnet es offenbar bei jedem Wetter . . .«

»Nur im Sommer«, entgegnete Jansen schlagfertig. »Im Winter regnet es nicht, dann schneit es . . .«

Während Jansen durch den Park zum Hotel zurückging, vorbei an den Rhododendronsträuchern mit den dicken Knospen, die kurz vor dem Aufplatzen waren, den kreisförmigen Rosenrabatten und dem Springbrunnen in der Mitte des Parks, dachte er an sein Gespräch mit dem Bankdirektor. Kahlenberg hatte große Versprechungen gemacht: Wenn er, Jansen, den neuen Chef überreden würde, einen bestimmten Kredit abzuschließen, dann solle es Jansens Schaden nicht sein. Für ihn sollte nicht nur eine saftige Provision herausspringen, sondern auch eine lebenslange Position als Direktor des Hauses. Die Bank habe sich da etwas einfallen lassen . . .

Plötzlich entdeckte er Ida. Der blonde Trampel in seiner grauen Stubenmädeltracht – das würde er ihr auch noch abgewöhnen, der Schlampe – wollte eben eine Tafel mit der Aufschrift »Zimmer frei« am Eingang des Parks anbringen.

»He, Ida! Haben Sie nicht mehr alle Tassen im Schrank?«

»Wieso, Herr Jansen? Ist das jetzt Bedingung, wenn man im Schloßhotel arbeitet?«

»Werden Sie nicht frech!« herrschte Jansen sie an. »Runter mit dem Schild! Das Schloßhotel ist immer ausgebucht –

merken sie sich das!« Wäre ja noch schöner, dachte er, wenn seine schönen Pläne durch einen guten Umsatz in der Vorsaison durchkreuzt würden . . .

Lennie Berger saß in dem alten Lehnsessel seines Onkels hinter dem übergroßen Schreibtisch und betrachtete abwechselnd seine beiden Besucher, die einträchtig nebeneinander auf der dunklen Ledercouch saßen: Bankdirektor Kahlenberg, ein korpulenter Mann mit einer Glatze, und ein finster dreinblickender Araber im Jassir-Arafat-Look.

»Lieber Herr Kahlenberg, Sie haben mich total mißverstanden. Ich habe Sie um einen Kredit von zehn Millionen Schilling gebeten – ich will nicht verkaufen. Ich will auch niemanden an meinem Hotel beteiligen.«

»Warten Sie doch erst mal ab, wieviel wir Ihnen für das Hotel bieten, Herr Berger.«

»Wer ist wir?«

Kahlenberg schnaufte, als hätte er Schwierigkeiten beim Atmen. Mit einer Handbewegung wies er auf den Araber neben ihm.

Das rotkarierte Tuch, das dieser um Kopf und Schultern geschlungen hatte, erinnerte Lennie an ein Küchenhandtuch.

Kleine Schweißperlen bildeten sich auf Kahlenbergs Schädel. »Ich bin nicht berechtigt, meinen Auftraggeber zu nennen, aber ich habe mir erlaubt, einen kleinen Hinweis mitzubringen.« Er deutete auf den vor sich hin starrenden Araber. »Wir zahlen bar auf die Hand.«

Dieser Satz brachte Bewegung in den Araber. Er öffnete den kleinen schwarzen Lederkoffer auf seinem Schoß und ließ Lennie einen Blick auf den Inhalt werfen: Sorgfältig aufeinandergestapelt lagen darin grüne Hundertdollarnoten. Der ganze Koffer war bis zum Rand voller Dollars.

»Was denn? Hat er das ganze Geld im Koffer?« Lennie mußte seine Lachlust unterdrücken.

»Nur was vom Kauf des Mercedes noch übrig ist«, verriet Kahlenberg mit ernsthafter Miene.

»Sagen Sie ihm, er soll den Koffer schließen. Hier gibt's nichts zu kaufen.« Lennie stand auf. Für ihn war die Unterredung beendet.

Aber so schnell war Kahlenberg offenbar nicht zu entmutigen.

»Das hat die Milton-Gruppe auch gesagt. Und jetzt – jetzt bauen sie um und verlegen die Eingänge ihrer Hotels alle in Richtung Mekka.«

»Meine Türen bleiben, wo und wie sie sind.« Mit einer höflichen Geste komplimentierte Lennie die Herren aus seinem Büro.

Im Türrahmen blieb Kahlenberg noch einmal stehen.

»Das letzte Wort ist noch nicht gesprochen. Wir sehen uns wieder, Herr Berger!«

»Gern – wenn Sie mir einen normalen Kredit anbieten. Anja? Kommen Sie doch mal . . .«

Bankdirektor Kahlenberg stapfte wütend davon und zog den Araber mit sich.

Anja Weber, Chefsekretärin, Direktionsassistentin und Mädchen für alles, hatte sich seit seiner Ankunft verwandelt, stellte Lennie fest. Die graue Maus in dem tristen schwarzen Kleid, zu dem Lennies Onkel, der Kommerzienrat, sie gezwungen hatte, gab es nicht mehr. Statt dessen trug Anja jetzt ein tailliertes Sommerkleid, das ihre schlanke Figur betonte. Der strenge Knoten war verschwunden. Die dunkelblonden Haare fielen nun offen auf die schmalen Schultern. Anja Weber war fast über Nacht zehn Jahre jünger geworden. Eine angenehme Erscheinung, fand Lennie. Er verstand mittlerweile, weshalb manche Männer weniger unglücklich über das Verschwinden ihrer Ehefrau waren als über die Kündigung ihrer Sekretärin. Denn Anja wußte über alles Bescheid und war ihm unentbehrlich geworden.

Jetzt legte Lennie ihr seinen Plan vor: Er wollte das vorhandene Personal reduzieren und Rationalisierungs- und Modernisierungsmaßnahmen in die Wege leiten. In jedem Zimmer sollte eine Minibar eingebaut und ein Telefon zum Selbstwählen installiert werden. Die Küche wollte er modernisieren und näher zur Terrasse hin verlegen.

»Ein schöner Plan«, sagte Anja. »Doch er kostet mehr, als wir derzeit verkraften können. Wir sollten uns um einen Bankkredit bemühen.«

»Hab' ich schon. Aber die Bank will gleich das ganze Hotel schlucken. Und das kommt nicht in Frage. Ich habe eine bessere Idee: Ich werde die vier Gästehäuser am See verkaufen. Es macht sowieso viel zuviel Arbeit, wenn wir da Gäste unterbringen.«

»Das wollte Ihr Onkel schon lange. Bis auf die Villa Florentina – das war sein Lieblingshaus. Er würde sich im Grab umdrehen, wenn Sie es verkaufen . . .«

Lennie blätterte in seinen Unterlagen. »Die Villa ist im Augenblick vermietet?«

»Ja – für den ganzen Monat. An einen Herrn Schnäuzler, einen Schriftsteller.«

»Nie gehört.«

»*Trio im Bett* ist von ihm, eine Komödie. Wird gerade an den Kammerspielen in München geprobt . . .«

Die Villa Florentina grenzte an den Schloßpark und lag direkt am See. Es war eine Jugendstilvilla, ockerfarben verputzt wie das Schloß, mit lustigen Balkonen, Säulen, weißen Gipsornamenten, einer großen Terrasse, einem eigenen

Bootshaus und einem Steg, der weit in den See hineinragte. Hier hatte der alte Kommerzienrat seine Tage und Nächte verbracht.

An diesem Morgen räumte Ida gerade das Schlafzimmer auf, als sie ein fürchterliches Wutgeschrei aus dem Wohnzimmer hörte. Selbst wenn sie ernsthaft gewollt hätte, hätte sie nicht überhören können, was dort vor sich ging.

Herr Schnäuzler tobte: »Dieser Regisseur ist ein Trottel! Ein hirnloser Idiot! Nein, meine Elvira ist eben keine Emanze, sie ist eine ganz gewöhnliche . . .«

Der Mann im Nebenzimmer ging aufgeregt hin und her. »Das ist mir egal! Es ist mein Stück. Ich bin der Autor und nicht dieser eitle, aufgeblasene Pfau . . . Nein, darauf können Sie sich verlassen! Aus meiner Komödie macht der keine Tragödie! Ich werde ihm persönlich den Marsch blasen . . . Ich komme . . .«

Ida betrat den Wohnraum. Schnäuzler, ein Mann von fünfzig Jahren mit leichtem Übergewicht und einem Seehund-Schnauzbart, stand schwer atmend mitten in dem großen Zimmer. Seine Hände flatterten vor Erregung.

»Wat schreien Se denn so, Herr Schnäuzler?« erkundigte sich Ida treuherzig.

»Ich habe mit München gesprochen«, sagte Schnäuzler.

»Dann nehmen Se besser dat Telefon. Dann müssen Se nich so laut schreien«, empfahl Ida.

Schnäuzler blickte sie entgeistert an. Dann begann er hastig, Manuskripte vom Schreibtisch zu raffen und sie in eine Aktentasche zu packen.

»Ida – tun Sie mir einen Gefallen: Helfen Sie mir beim Packen. Ich reise ab. Ich muß sofort nach München. Ich komme nicht zurück.«

»Det is ja en Ding, Herr Schnäuzler! Nu ham Se bis zum Letzten bezahlt, und nu wohnen Se nich mehr hier . . .«

Ida holte einen Koffer aus dem Schrank und fing an, mit geschickten Händen Schnäuzlers Kleider einzupacken.

»Mein Stück ist mir wichtiger.«

»Schade, wirklich schade. Dann steht det janze Haus leer – den ganzen Monat?«

»Ich muß in die Kammerspiele! Sonst machen die mein Stück kaputt. Wenn Sie wollen, können Sie ja in das Haus ziehen. Mir ist alles recht. Rufen Sie bitte den Hausdiener?«

»Ick darf hier wirklich wohnen?« fragte Ida entgeistert.

»Seien Sie mein Gast, Fräulein Ida.«

Zwanzig Minuten später war Toni zur Stelle und verstaute die Koffer in Schnäuzlers BMW.

Schnäuzler gab ihm ein reichliches Trinkgeld, dann setzte er sich in seinen Wagen. Aus dem offenen Fenster heraus rief er Ida zu: »Also, Ida – dann viel Spaß in meinem Haus . . .« Dann gab er Gas und fuhr los.

Toni sah Ida fragend an: »Was heißt denn das – viel Spaß in meinem Haus? Hast du was mit dem?«

Ida lachte. »Das Haus ist bis Ende des Monats bezahlt. Er muß weg und hat mich eingeladen, hier zu wohnen.«

»Nicht schlecht, Frau Specht! Ich hol' gleich meine Sachen. Wir zwei im Liebesnest, toll!« jubelte Toni, umarmte sie und wirbelte sie herum.

»Moment, Toni! Ich wohne hier – von dir war keine Rede. Und außerdem mußt du morgen zu diesem Schulungskurs nach Graz. Den Kurs läßt du nicht sausen! Du willst doch nicht ewig Hausdiener bleiben . . .«

»Ja, schon – aber . . .«

»Kein Aber«, sagte Ida streng. »Du fährst, und ich werde hier abends allein sitzen und an dich . . .«

Ihre letzten Worte wurden von dem Geräusch einer einmotorigen Piper verschluckt, die tief über dem See und über dem Hotel ein paar Kreise zog.

»Ich hab' genug gesehen. Das Hotel steht noch, und der See liegt da wie immer. Wir können landen«, sagte der grauhaarige Mann am Steuer der Piper zu seinem Copiloten.

»Wollen Sie selber landen, Herr Generaldirektor?«

»Natürlich!« Harry Weber, Generaldirektor der Merkur-Versicherung, hatte sich diesen Flug zu seinem 65. Geburtstag geschenkt. Er wollte noch einmal sehen, ob er auch nichts verlernt hatte, seit er vor beinahe dreißig Jahren auf dem Flughafen Klagenfurt – damals noch eine winzige Graslandebahn – seine ersten Flugstunden absolviert hatte. Während sie jetzt über dem Flughafen eine Warteschleife zogen, erzählte er dem jungen Mann von seinen ersten Flugstunden. Damals war er ein junger, aufstrebender Versicherungsvertreter gewesen und hatte jede Gelegenheit wahrgenommen, seine Versicherungen zu verkaufen. So hatte er vor der ersten Flugstunde blitzschnell die Tür eines Flugzeugs aus den Angeln gerissen und einen Propeller verbogen – um seinem Fluglehrer Hermann zu beweisen, wie dringend er eine bessere Versicherung brauchte. Hermann hatte ihn gleich wieder rausschmeißen wollen . . .

»Aber natürlich«, sagte Harry Weber, »hat er mich nicht rausgeschmissen . . .«

Langsam rollte die Maschine auf den Hangar zu. Der Pilot lobte: »Das sieht man. Hat Ihnen viel gebracht, der Hermann.«

»Bitte erledigen Sie den Papierkram für mich. Ich muß mich mal umschauen . . .«

Vieles hatte sich verändert in all den Jahren, stellte Harry Weber fest. Der kleine agile Mann, der immer noch wie ein Kind alles anfassen mußte, was er sah, lief behende zwischen den Privatmaschinen hindurch, betastete hier eine Tragfläche und klopfte dort gegen einen Reifen, als wolle er den Luftdruck prüfen.

»He, hier ist kein Rummelplatz! Niemand hat hier was zu suchen, der hier nichts zu suchen hat. Bewegen Sie Ihre Gehwarzen – aber weg von hier, Mann!«

Harry Weber lachte den Mann, der auf der Tragfläche einer Maschine stand, an. Er hatte seinen alten Fluglehrer Hermann sofort wiedererkannt.

»Na, immer noch der alte Donnerkopp, Hermann? Köstlich, köstlich.«

Der Mann im blauen Overall sprang von der Tragfläche, wischte sich die Hände an einem Lappen ab und kam skeptisch näher. »Kennen wir uns?«

»Mensch, Hermann! Ich bin der Harry – Harry Weber von der Merkur-Versicherung!«

»Harry Weber? Der Verrückte, der Wahnsinnspilot? Drei von meinen Mühlen hast du damals schrottreif geflogen ...«

»Die waren aber gut versichert«, sagte Harry lachend.

»Sonst hätte ich dich schrottreif geschlagen, Harry. Bist du immer noch bei dieser Versicherung? Haben sie dich nicht rausgeschmissen?«

»Nee! Allerdings bin ich jetzt Generaldirektor. Also, mach eine Mühle klar, Hermann ...«

»Nur über meine Leiche.«

»Überanstreng dich nicht, Hermann! Ich will ein paar Tage Urlaub machen im Schloßhotel. Und dann fliege ich mit meiner Maschine zurück.« Er wies lachend auf die kleine Piper.

Im Taxi auf dem Weg zum Schloßhotel ärgerte sich Harry Weber maßlos über die Betonklötze und Bettenburgen, die man überall errichtet hatte. Die Landschaft war geblieben, der See mit den bunten Segeln lockte wie früher – aber sonst war so vieles anders geworden. Anders als damals vor zwanzig Jahren. Am See-Ufer erkannte er die Plätze wieder, an denen er mit Elfriede Hand in Hand gesessen hatte.

Elfriede Jendritzki. Sie hatte als Aushilfe im Schloßhotel gearbeitet, eine schlanke, große blonde Frau, die in seine Arme und sein Bett gefallen war wie eine süße, reife Frucht. Nach einer Woche voller Romantik und Liebe war Harry gegangen – mit tausend Versprechungen, die er nie eingehalten hatte. Nicht einmal einen Brief hatte er ihr geschrieben. Damals lief gerade die Scheidung von seiner Frau, und er hatte sich nie wieder binden wollen – ganz im Gegensatz zu Elfriede. Vielleicht . . . vielleicht konnte man diese Erinnerung aufwärmen.

Am Empfang des Schloßhotels wurde er von Anja Weber bedient, die ihm seinen Zimmerschlüssel überreichte. Toni hatte schon Harrys Koffer in der Hand, da drehte sich dieser noch einmal zu Anja um: »Entschuldigen Sie, arbeitet zufällig noch eine Frau Jendritzki im Hotel? Vor zwanzig Jahren . . .«

»Nein«, sagte Anja. »Aber sicher kann Ihnen die Tochter von Frau Jendritzki Auskunft geben. Sie arbeitet hier als Zimmermädchen. Warten Sie, sie müßte jetzt im dritten Stock sein. Rufen Sie einfach Ida . . .«

»Elfriede hat eine Tochter?« Immer, wenn Harry Weber aufgeregt war, mußte er niesen. Und wenn er niesen mußte, dann schlug er sich zur Vermeidung eines Niesanfalls mit der flachen Hand in den Nacken. Das tat er jetzt auch.

Anja lachte ihn an. »Komisch! Das macht Ida auch immer . . .«

»Wie alt ist Ida denn?«

»So um die Zwanzig.«

Nachdenklich ging Harry Weber zum Lift. So, so – eine Tocher . . .

Ida summte fröhlich vor sich hin, während sie das Bett von Zimmer 214 machte. Dieser Tag ließ sich gut an. Frühmorgens die Überraschung mit Herrn Schnäuzler – und jetzt durfte sie tatsächlich für vierzehn Tage Herrin in der Villa Florentina sein. Ein bißchen Angst hatte sie schon gehabt, daß Lennie Berger ihr, einem Zimmermädchen, nicht erlauben würde, so luxuriös zu wohnen.

Aber Lennie war auf seinem Motorboot über den See gekommen und hatte ihr statt dessen gratuliert. »Nur«, hatte er hinzugefügt, »so ein hübsches Mädchen ganz allein in einem großen Haus, das könnte gefährlich werden. Da habe ich als Arbeitgeber doch geradezu die Pflicht, mich zu sorgen. Und der Toni ist auch weg! Wie wäre es denn, wenn wir abends hier zusammen essen? Ein Dinner zu zweit – natürlich ganz harmlos . . .«

Während Lennie sie mit dem Boot hinüber ins Hotel brachte, war Ida sofort klargeworden: So harmlos würde es mit diesem Mann nie werden. Wie er sie scheinbar zufällig berührte, wie er ihr übers Haar strich und die Hand immer ein wenig zu lange auf der nackten Haut ihres Armes liegen ließ . . . Zeichen seiner Sympathie, oder mehr? Ida seufzte, als sie daran dachte.

Ihr Blick fiel auf den Nachttisch. Neben einem Tablett mit Frühstücksresten lag ein Kriminalroman. Der Umschlag war rot wie Blut. Sie konnte nicht widerstehen, setzte sich auf das gerade frisch bezogene Bett und versank in der Welt der Verbrecher und Kommissare. Sie las: »Plötzlich öffnet sich eine Tür, ein Dolch blitzt, und eine Stimme ruft . . .« Im gleichen Augenblick sah sie aus dem Augenwinkel, daß sich die Zimmertür langsam öffnete. Ida erstarrte.

Eine fremde Männerstimme rief: »Ida?«

»Ja?« Das war mehr ein Aufschrei.

»Sind Sie da, Ida?«

»Ja«, sagte sie, stand auf und hatte eine Begegnung der dritten Art: Was sie sah, war ein sonderbarer kleiner grauhaariger Mann, der mit fahrigen Bewegungen auf sie zustürzte und rief: »Dann laß dich umarmen, mein Kind!«

Mit einer blitzschnellen Drehung wich Ida aus, und er stürzte ins Leere – genauer auf das Bett. Genauso rasch hatte Ida ein Messer von dem Frühstückstablett genommen und stand nun drohend vor dem Verrückten.

»Keine Bewegung, oder ich steche zu!«

Der sonderbare kleine Mann lag auf dem Bett und lachte lauthals, anstatt Angst vor ihr zu haben: »Köstlich, köstlich! Ganz die Mama. Genau dasselbe Temperament wie meine Elfriede. Aber ich bin's doch nur, dein Pap . . . Pap . . . Papperlapapp.«

»Bleiben Sie liegen, sonst . . .« sagte Ida drohend. »Was wollen Sie eigentlich von mir?«

Langsam richtete sich der Mann auf. »Ich bin Harry Weber. Ich habe dich gesucht, mein Kind. Oder eigentlich deine Mutter. Ich weiß nicht genau, wie ich anfangen soll. Also, vor zwanzig Jahren . . .«

»So weit reicht meine Erinnerung nicht.«

»Köstlich, köstlich! Wie alt bist du?«

»Wie alt schätzen Sie mich?«

»Zwanzig, einundzwanzig.«

»Na gut! Wenn Sie meinen: Dann bin ich eben zwanzig. Und wenn Sie meine Mutter suchen, die ist in Bielefeld. Sie wissen doch: Seh'n wir uns nicht in dieser Welt, dann seh'n wir uns in Bielefeld . . .«

»Köstlich, köstlich!«

Es endete damit, daß Harry Weber der Tochter Ida von seiner Begegnung mit Elfriede Jendritzki erzählte und Ida dem Harry Weber berichtete, daß ihre Mutter nun zum vierten Male verheiratet sei, weil sie immer so windige

Typen getroffen habe, die mit dauerhaften Bindungen so ihre Probleme hatten. Und schließlich schaute Ida auf die Uhr und geriet in Panik, weil sie an diesem Morgen noch den ganzen zweiten Stock vor sich hatte. Harry fragte sie, ob sie nicht abends zusammen essen wollten, und Ida erzählte ihm von ihrem Haus. Wenn er wolle, dann könne er ja abends kommen, sie sei allerdings keine gute Köchin. Das, meinte Harry, wolle er besorgen.

Erst als Harry Weber das Zimmer verlassen hatte, fiel Ida ein, daß sie ja mit Lennie verabredet war. Ach, dachte sie, der hat das gar nicht so ernst gemeint. Es wird sich schon alles fügen . . .

Die alte Burgruine hoch über Velden ist ein geschätzter Platz für Liebespaare, die zwischen ihren Küssen die Schönheit des Wörther Sees genießen wollen. Man hat den ganzen See mit allen Ortschaften unter sich, man sieht die Menschen auf den Caféterrassen, und die Autos auf der Uferstraße sind winzig wie Spielzeugautos.

Rainer Jansen hatte an diesem Nachmittag keinen Blick für die Schönheit der Landschaft. Unruhig wanderte er zwischen den Mauern hin und her, steckte eine Zigarette an der anderen an und blickte immer wieder auf den steinigen Weg, der hier heraufführte.

Endlich hörte er das Klappern von Absätzen. Über der steinernen Balustrade erschien der Kopf von Anja Weber.

Jansen stürzte auf sie zu.

»Endlich! Ich warte seit einer halben Stunde.« Er machte eine Bewegung, als wolle er sie in die Arme schließen, aber Anja wich zurück.

»Laß das! Das ist Schnee von gestern! Fang nicht wieder mit dem Geturtel an. Warum wolltest du mich sprechen? Und weshalb hier oben?«

Jansen setzte sich auf einen wackligen Steinhaufen. »Ich mußte dich alleine sprechen, Anja. Niemand braucht von diesem Treffen zu wissen. Ich mach' mir Sorgen um das Hotel.« Er zog ein Papier aus der Innentasche seines Anzugs und gab es Anja. »Hier – ich habe ein phantastisches Kreditangebot von Kahlenberg. Zehn Millionen zu drei Prozent. Bitte, gib es Berger, und dränge ihn, daß er schnell unterschreibt . . .«

Ohne das Papier zu beachten, sagte Anja: »Lennie Berger hat mir gerade erklärt, daß er ohne Kredit auskommen will. Die Häuser am See sollen verkauft werden, dann können wir problemlos um- und ausbauen und alles modernisieren.«

Jansen stand auf und ging unruhig auf und ab. »Ich will nur das Beste für das Hotel! Berger kann das alles nicht allein schaffen, man muß ihm helfen. Ich gebe zu, ich war zu Anfang gegen Berger, ich hab' die Belegschaft aufgehetzt – aber ich habe eingesehen, daß es so nicht geht. Holzer und Schulz haben den Krieg beendet – aber nur, weil ich ihnen zugeredet habe. Friedliche Koexistenz – das ist jetzt mein Motto.«

Einen Augenblick lang glaubte er selbst an seine Worte, zumal auch Anja seine guten Absichten nicht mehr zu bezweifeln schien. Von seinem Gespräch mit Kahlenberg, das am Nachmittag stattgefunden hatte, sollte sie nie erfahren.

Sie hatten vor dem Schloßhotel gestanden, Baupläne in der Hand, der Araber neben ihnen. Kahlenberg hatte mit seinen Blicken und Gesten das alte schöne Haus bereits abgerissen: »Aus dem linken Anbau schlagen wir einhundertfünzig Betten heraus, aus dem rechten zweihundert, und wenn wir den Mittelteil abreißen und dieses Gebäude dahin bauen, dann macht sich der Nebenbau in fünf Jahren dicke bezahlt. Denkmalschutz? Dafür ist unser arabischer Freund zuständig. Nicht wahr, Achmed? Bum bum!« Und Achmed hatte mit seinen Händen eine Explosion angedeutet:

»Jawohl! Haus kaputt, bum bum – muß neu bauen.«

Jansens Einwand, Berger werde dem nie zustimmen, hatte Kahlenberg vom Tisch gewischt. »Diesem Kreditangebot mit drei Prozent muß er zustimmen! Das sind Superkonditionen. Und wenn er das Kleingedruckte nicht so genau liest, dann haben wir ihn in einem Jahr. Sie als neuer Direktor werden unseren Plänen doch nicht im Weg stehen, lieber Jansen?«

Anjas Worte rissen ihn aus seinen schönen Gedanken. »Du intrigierst also nicht mehr gegen Berger? Und dieser Kredit ist wirklich gut? Ich kann ihn Berger empfehlen?«

»Das mußt du sogar, wenn dir was an unserem Hotel liegt. Geschenktes Geld ist das! Er muß nur schnell unterschreiben. Die Bank hält sich nur drei Tage an ihr Angebot.«

Lennie Berger stand vor dem Petersdom, und der Petersdom stand am Wörther See: ein handwerkliches Meisterstück, vierzig Tonnen schwer, aufs Detail genau für »Minimundus«, die kleine Welt am Wörther See, nachgebaut. Gerade hatte Lennie mit dem Chef von Minimundus besprochen, daß sie gemeinsame Veranstaltungen durchführen wollten, als er im Hintergrund zwischen all den kleinen Nachbildungen berühmter Bauwerke Anja entdeckte.

»Hallo, Anja! Gibt's Probleme?«

»Nein«, beruhigte sie ihn schnell. »Ich wußte, daß Sie hier sind. Ich wollte Ihnen nur die schönste Nachricht des Tages bringen.« Sie zog den Kreditvertrag aus ihrer kleinen Aktentasche und reichte ihn Lennie. »Die Bank gibt uns den Kredit jetzt ohne Wenn und Aber – zehn Millionen zu drei Prozent. Jansen hat das geregelt. Er hat Kahlenberg nach dem Gespräch mit Ihnen weichgeklopft.«

Spontan nahm Lennie seine Sekretärin in die Arme, und das schien ihr zu gefallen. Sie schmiegte sich kurz an ihn.

»Anja, wissen Sie, was das bedeutet? Wir können alle unsere Pläne sofort ausführen!« Lennie war begeistert. »Dieser Jansen ist doch ein tüchtiger Bursche, den hab' ich ehrlich verkannt. Ich dachte immer, er arbeitet gegen mich. Aber daß er jetzt den Superkredit aufgerissen hat, das muß gefeiert werden. Haben Sie heute abend schon etwas vor, Anja?«

»Nein, nein, ich bin frei«, stammelte sie und errötete leicht.

»Na wunderbar! Dann können Sie ja den Abenddienst für mich übernehmen. Ich bin nämlich eingeladen . . .«

Anjas Lächeln erstarrte zu einer Maske, als Lennie unbekümmert fortfuhr: »Zu einem Dinner für zwei . . .«

Harry Weber war in seinem Element: Er stand in der alten herrschaftlichen Küche der Villa Florentina und werkelte zwischen kupfernen Kasserollen, die Hemdärmel aufgekrempelt, eine Schürze vor dem Leib, mit Unmengen von Gemüse, das er nachmittags auf dem Markt in Velden eingekauft hatte. Ida trug jetzt einen Jogginganzug und half, so gut sie konnte.

Harry redete munter drauflos: »Die Lust zum Kochen habe ich von meiner Mutter geerbt . . . So, nun noch etwas Salz hinzugeben . . . Die Zucchini fein geschnitten, nicht zu dick, nicht zu dünn, die Auberginen mit Zwiebeln und Mandelhack gefüllt, etwas Sahne in die Sauce . . . Schon in der Schulzeit habe ich mich immer mehr in der Küche herumgetrieben als Mathematik gebüffelt. Ein Wunder, daß ich bei der Versicherung gelandet und nicht Koch geworden bin . . . Gibst du mir bitte mal den Thymian rüber, mein Kind?«

»Thymian gibt's hier leider nicht, Herr Weber. Und wieso nennen Sie mich eigentlich immer ›mein Kind‹?«

»Herr Weber, wie das klingt! Nenn mich doch lieber Pap . . . Pap . . . Papperlapapp. Na ja, mein Kind nenne ich dich, weil ich doch mit deiner Mutter . . . Ach, laß uns beim Essen darüber sprechen! Zieh dich jetzt lieber um, mein Kind. Eine edle Mahlzeit verlangt auch eine edle Kleidung. Außerdem ist heute ein besonderer Abend, aber das wirst du noch sehen.«

»Da bin ich ja mal gespannt.« Ida verzog sich schnell aus der Küche.

Sie hatte gerade ihren Jogginganzug ausgezogen und stand in einem winzigen Slip im Badezimmer, als es an der Haustür klingelte. Rasch schlüpfte Ida in ihren dünnen Morgenmantel und öffnete die Tür.

»Hallo, Ida! Mein Schatz, ich mußte dich einfach wiedersehen . . .«

Peter Sommer, ein schlaksiger blonder Mann von vierzig Jahren, Vertreter in Schuhen, ein Ferienflirt aus längst vergessenen Tagen, stand vor ihr.

Ida starrte ihn an.

»Peter?« rief sie verblüfft.

Schon hatte er sie gepackt und ihr einen Kuß auf den Mund gedrückt.

Ida riß sich los. »Laß das bitte! Ich bin jetzt anderweitig gebunden.«

»Ach du kennst mich doch, Ida! Eifersucht ist für mich ein Fremdwort. Ist der Knülch etwa hier? Nein? Dann ist es ja wie in alten Zeiten.« Er trällerte: »Du und ich verliebt zu zwein, auf meinem Zimmer ganz allein. Hör mal: Ich hab' stundenlang im Stau gestanden. Ich will nur eben duschen . . .«

»Wenn du nicht sofort abhaust . . .«

»Dann landen wir auf der Stelle im Bett . . .« Schnell

öffnete er die Tür, dann eine zweite und fand schließlich das Bad. Er verschwand hinter der Tür, und Sekunden später hörte Ida, wie die Dusche zu rauschen begann.

Sie blickte durchs Fenster auf den See und sah das Motorboot des Schloßhotels am Steg liegen. Und dann sah sie Lennie: Er lief um den festlichen gedeckten Tisch auf der Terrasse, begutachtete fachmännisch die drei Weingläser bei jedem Gedeck, die kunstvoll gefalteten weißen Servietten und den silbernen Brotkorb. Dann nahm er Platz und ließ seinen Blick über den See schweifen. Er wartete auf sie.

Jetzt ist der Affe am Tanzen, dachte Ida. Sie riß die Tür zum Badezimmer auf und versuchte das Rauschen in der Duschkabine zu übertönen: »Hör sofort auf und hau ab, verdammt noch mal!«

Eine Hand tauchte auf, packte Ida am Morgenrock und zog sie in die Duschkabine. Wasser prasselte auf Ida herab.

»Ich mag dich doppelt, wenn du so wütend bist, Darling. Komm zu mir . . .«

Peter preßte sie an sich, nackt, wie er war.

Sie riß sich los und zischte: »Zum letzen Mal: Verschwinde, oder ich hol' die Polizei!«

Pudelnaß rannte sie ins Wohnzimmer, direkt in die Arme von Toni.

»Ida – das ist aber eine Überraschung! Hast du gerade gebadet? Dann ziehst du in Zukunft den Morgenmantel besser aus . . .«

»Solltest du nicht erst am Samstag kommen?«

»Der Kurs wurde verschoben«, erklärte Toni strahlend. »Der Pauker ist krank. Mensch, bin ich froh, wieder bei dir zu sein!« Er schnupperte. »Du hast ja gekocht. Wie schön!«

Ida wollte ihn auf die Terrasse drängen, aber dann fiel ihr ein, daß Lennie dort saß. Was nun? Ihre kleinen grauen Zellen arbeiteten auf Hochtouren.

»Schnell in die Küche, Toni! Das Essen brennt an . . .«

Harry Weber hatte sich gerade im Schlafzimmer das Hemd ausgezogen, weil es einen riesigen Fettfleck hatte. Jetzt trug er einen flauschigen weißen Frotteemantel des Hotels.

Er öffnete die Tür zum Flur, als Peter Sommer gerade die Badezimmertür aufriß und herausrief: »Jetzt sei kein Frosch, Ida! Ich . . .« Er entdeckte Harry Weber. »Was machen Sie denn hier?«

»Das könnte ich eher Sie fragen. Was machen Sie denn hier – als verheirateter Mann, halb angezogen? Duschen Sie immer in fremden Häusern?«

An diesem Nachmittag waren sich die beiden in einer Bar in Velden zufällig begegnet. Sie hatten Kaffee getrunken, und Harry hatte Peter von seiner »Tochter« erzählt. Und Peter hatte augenzwinkernd ein Telefonat mit seiner Frau geführt, indem er ihr vorgelogen hatte, er sei in einem Stau hängengeblieben und müsse jetzt am Wörther See übernachten. Danach hatte er zu Harry gesagt: »Ich hab' nämlich 'ne kleine Freundin hier, Sie verstehen? Muß mich mal wieder drum kümmern.«

Jetzt verschwand Peter Sommer wieder im Badezimmer und knallte die Tür hinter sich zu.

Ida stürmte aus der Küche. »Herr Weber . . .«

»Ich weiß,« sagte Harry rasch. »Du hast Besuch bekommen. Ich störe wohl . . .«

»Mein Verlobter ist überraschend nach Hause gekommen . . .«

»Dein Verlobter, Ida? Weißt du auch, auf was du dich da einläßt? Hat er dich über seine Familienverhältnisse aufgeklärt? Der Mann ist verheiratet! Das weiß ich zufällig. Also mein Kind, darüber sollten wir schon mal ausführlich reden . . «

Am liebsten hätte Ida jetzt laut geschrien. Aber sie riß sich zusammen. Woher wollte Harry wissen, daß Toni verheiratet war? Toni war ganz bestimmt nicht verheiratet! Oder doch? Heimlich vielleicht? Sie wußte nicht mehr aus noch ein.

Die Verwirrung wurde noch größer, als sich die drei Männer schließlich auf der Terrasse begegneten und zunächst keiner mit dem anderen etwas anzufangen wußte.

Ida zog sich in die Küche zurück und belauschte von drinnen das Stimmengewirr auf der Terrasse. Am liebsten hätte sie sich in ein Mauseloch verkrochen. Die stritten sich um sie! Offenbar hielten sie sich gegenseitig für ihre Verlobten.

Und da Ida Harry Weber gebeten hatte, den lästigen Peter Sommer an die Luft zu setzen, vergriff sich Harry jetzt an Toni, den er für den Eindringling hielt. Der korpulente kleine Mann wollte den stämmigen Toni die Treppe hinunterstoßen. Toni wehrte sich natürlich.

In diesem Augenblick kam Ida aus der Küche, trat auf die Terrasse, sah die Bescherung und fragte Harry: »Was ist denn jetzt los? Was machen Sie mit meinem Verlobten?«

Harry Weber ließ Toni loß. »Das ist dein Verlobter? Und wer sind dann die anderen?«

Sie zeigte auf Peter Sommer » . . . ein Freund aus früheren Tagen. Er will gerade gehen.«

»Und ich«, kam Lennie ihr schmunzelnd zuvor, »bin Idas Chef, der Besitzer des Schloßhotels. Gestatten Sie: Lennie Berger. Und wer sind Sie, wenn ich fragen darf?«

Der kleine Harry Weber richtete sich, soweit das möglich war, zu seiner vollen Größe auf. «Ich bin Idas Vater . . .«

»Waaaas? Mein Vater? Mein Vater ist Hugo Jendritzki aus Berlin. Wie kommen Sie denn auf den Unsinn?«

Harry Weber hatte noch immer nicht begriffen. »Laß

doch das alberne Sie, und sag endlich Papi zu mir! Damals, genau vor zwanzig Jahren, deine Mutter und ich – du weißt schon . . .«

»Aber lieber Herr Weber, ich bin zweiundzwanzig! Das kann doch gar nicht sein!«

»Warum hast du dann behauptet, daß du zwanzig bist?«

»Hab' ich nicht! Ich habe es Ihnen überlassen, sich ein Alter auszusuchen. Trotzdem: Sie wären sicher ein netter Vater gewesen – einer, der gut kochen kann. Das Ergebnis will ich jetzt mit meinem Verlobten genießen. Es reicht nämlich nur für zwei. Also – wenn die Herren bitte gehen würden?«

»Köstlich, köstlich, dieses Durcheinander«, rief Harry Weber. »Ich darf mich übrigens vorstellen: Harry Weber, Generaldirektor der Merkur-Versicherung. Wenn Sie vielleicht mal Bedarf haben, Herr Berger?«

Peter Sommer hatte sich bereits verabschiedet. Ihm schien es doch sicherer zu sein, nach dieser Pleite zu seiner Frau heimzukehren.

Lennie ließ den Motor des Bootes an und gab Gas. Harry wurde in den Sitz gepreßt. Lennie schrie gegen den Wind: »Sie werden sehen, die Küche des Schloßrestaurants ist auch nicht zu verachten! Und so wird es ja doch noch ein Dinner zu zweit . . .«

Bald saßen sie einträchtig auf der Terrasse des Hotels: der verhinderte Vater und der sorgenvolle Schloßbesitzer. Beim Steak berichtete Lennie von seinen Schwierigkeiten und seinen Plänen.

»Gerade während der Umbauzeit brauchen Sie eine spezielle Haftpflichtversicherung, Herr Berger. Stellen Sie sich mal vor, ein Ziegelstein fällt einem Ihrer Gäste auf den Kopf . . .« Schon hatte Harry aus alter Gewohnheit ein paar Versicherungsunterlagen in der Hand.

Lennie lachte. »Nicht so eilig. Noch habe ich den Kredit nicht, den ich brauche . . .«

»Kein Problem, die Merkur investiert gern. Was brauchen Sie? Zehn Millionen Schilling? Können Sie haben. Für acht Prozent – ach, weil Sie so ein netter Kerl sind, für sieben dreiviertel . . .«

Lennie holte den Kreditvertrag von Kahlenberg aus der Tasche und hielt ihn Weber unter die Nase. »Ich bekomme die zehn Millionen zu drei Prozent!«

Harry Weber schaute ihn ungläubig an. »Das kann nicht sein! Die Sache muß einen Haken haben! Niemand verschenkt Geld. Geben Sie mal her. Haben Sie denn das Kleingedruckte gelesen?« Harry Weber blätterte fachkundig in dem Vertrag, überflog den Text und deutete schließlich mit dem Finger auf einen bestimmten Absatz. »Hier, Paragraph 13: Der Kreditgeber behält sich jederzeit das Recht vor, die Betriebsführung des Kreditnehmers zu überprüfen, und hat die Möglichkeit, den Kreditvertrag jederzeit und ohne Angabe von Gründen zu kündigen. Als Haftung wird ihm der Zugriff auf das Stammkapital des Kreditnehmers eingeräumt. Wissen Sie, was das heißt?«

Fassungslos sah Lennie ihn an. »Das Schloßhotel wäre futsch. Jansen . . . das ist Jansens Plan! Na warten Sie, den knöpfe ich mir vor. Herr Generaldirektor, Sie sind mein Gast. Bleiben Sie, solange Sie wollen.«

»Ein verlockendes Angebot, Herr Berger, aber ich habe morgen eine Sitzung in Hamburg. Doch ich verspreche Ihnen: Ich komme wieder . . .«

Sterne funkelten über dem Wörther See. In der Ferne blinkten die Positionslichter eines Dampfers. Irgendwo in der Nähe sang ein Chor *Kein schöner Land in dieser Zeit* . . .

Eng aneinandergekuschelt saßen Ida und Toni auf dem

Bootssteg am See. Genüßlich und sehr zärtlich gestimmt tranken sie den Champagner, den Harry Weber für das Festmahl gekauft hatte.

»Holst du noch die andere Flasche, Toni?«

Der junge Mann stand auf und ging über den Steg ins Haus zurück.

Ida griff nach dem kleinen drahtlosen Telefon, das zur Einrichtung der Villa Florentina gehörte und das sie mit auf den Steg genommen hatte, und wählte eine Nummer. »Es tut mir so leid, Lennie. Unser Dinner zu zweit. Ich konnte auch nichts machen. Aber aufgeschoben ist nicht aufgehoben. Morgen, übermorgen? Da geht es nicht? Da bist du in Venedig, bei einem Kongreß? Wie schade, ich liebe Venedig. Na dann, bis bald!«

Und als er nicht gleich auflegte, fügte sie leise hinzu: »Ich mag dich, Lennie . . .«

3. Kapitel

Zwei Gauner auf Urlaub

Oskar Schlatterer, in Münchner Unterweltkreisen wegen seiner Verkleidungskünste »der Mime« genannt, beobachtete an Tisch drei der Spielbank Velden, wie die Kugel rollte. Oskar, ein kleiner, schmächtiger Mann von vierzig Jahren, in einem übergroßen weißen Dinnerjacket, blickte aufmerksam durch seine dicke Hornbrille und zwirbelte ab und zu seinen Schnauzbart. Was er am Roulettetisch sah, entzückte ihn. Ein großer grauhaariger Italiener, den die Croupiers mit Conte ansprachen, plazierte seine Chips stets rund um die Nummer 23 und gewann seit einer Stunde ununterbrochen. Vor ihm häuften sich die großen roten, gelben und blauen Chips. Mit seinen manikürten Händen schob der Conte immer neue Jetons auf das grüne Feld.

Doch jetzt schien er eine Pechsträhne zu haben. Als der Croupier zum dritten Mal mit seinem Rechen das Feld abräumte, schien dem Conte die Lust am Spiel vergangen. Resigniert wandte er sich an den Chefcroupier: »Bewahren Sie die Chips bitte für mich auf – aber achten Sie gut darauf. Ich mache eine Pause und komme später wieder . . .«

Mit einer kurzen Handbewegung rief der Croupier einen der Saaldiener herbei. Der erschien eiligst mit einem kleinen schwarzen Lederkoffer, packte die Jetons des Grafen ein und machte sich auf den Weg in Richtung Büro.

Oskar schlenderte unauffällig hinter ihm her. Niemand achtete auf ihn. Im Büro stellte der Saaldiener den kleinen schwarzen Koffer kurz ab und kramte in seiner Tasche nach den Schlüsseln für den Tresorraum.

»Entschuldigen Sie bitte«, sprach Oskar ihn leise an. Als sich der Casino-Angestellte umdrehte, holte Oskar die Sprühdose aus seinem weiten Sakko, hielt sie dem Saaldiener vor die Nase und sprühte ihm ins Gesicht. Ohne einen Laut von sich zu geben, sackte der Mann zusammen.

In aller Ruhe nahm Oskar den Koffer in die Hand, öffnete eine zweite Tür, auf der »Nur für Personal« stand, und lief die Treppe zum Flachdach des Hauses hinauf. Dort hielten sich, wie Oskar ausbaldowert hatte, die Croupiers in den Pausen auf, um Luft zu schöpfen. Auf der kleinen Dachterrasse angekommen, beugte er sich über die Brüstung, pfiff die Melodie von *Üb immer Treu und Redlichkeit* und sah auf die kleine Seitenstraße am Casino hinunter. Er entdeckte seinen Kumpel Alfred, der unten schon nervös wartete, warf ihm den Koffer zu, ging dann zur Toilette, zog das weiße Dinnerjacket aus, wendete es, so daß die schwarze Seite nach außen kam, und schlüpfte wieder hinein. Anschließend entfernte er den Bart und verließ mit einem Lächeln das Casino.

Die Geschäftsleitung des Spielcasinos überreichte alljährlich guten Geschäftspartnern, insbesondere den führenden Hoteliers, zu Weihnachten ein besonderes Geschenk. Im letzten Jahr war dies ein eleganter, kleiner schwarzer Lederkoffer gewesen, mit dem im Casino die Chips an die Tische gebracht wurden.

Natürlich besaß auch Rainer Jansen – als Direktor des Schloßhotels – ein solches Köfferchen. Gerade hatte er alle Papiere und Unterlagen hineingepackt, die seine Reputation als

Hoteldirektor unterstreichen konnten: Zeugnisse des »Plaza Athenée« in Paris, des »Baur au Lac« in Zürich, des »Mandarin-Hotels« in Hongkong und – sein besonderer Stolz – das Empfehlungsschreiben des »Savoy London«, das ihm seine hervorragenden Verdienste bescheinigte. Die Ehrlichkeit gebietet zuzugeben – was Jansen prinzipiell tunlichst vermied –, daß er in all diesen Hotels höchst unwichtige Posten bekleidet hatte: vom Zimmerkellner bis zum vierten Empfangschef. Deswegen hatte er auch alle Briefe so in einer Mappe geordnet, daß man beim flüchtigen Durchblättern immer nur den Briefkopf und die Schlußfloskel lesen konnte, in der sich die Hotelleitung bedankte und Glück für die Zukunft wünschte.

Mit dem Köfferchen in der Hand stiefelte Jansen zum Bürgermeister. Im Rathaus teilte man ihm jedoch mit, daß der Bürgermeister heute erst mit dem Drei-Uhr-Boot eintreffen würde. Wenn er wolle, könne er ja zur Anlegestelle gehen . . .

Jetzt stand Rainer Jansen am Kai in Velden und beobachtete das weiße Touristenboot beim Anlegen.

Als der Bürgermeister, ein jovialer älterer Herr mit buschigen Augenbrauen, von Bord ging, lief Jansen ihm wie zufällig über den Weg.

»Morgen, Herr Bürgermeister!«

»Morgen, Herr Jansen! Prächtiger Tag heute, nicht wahr?«

»So ist es. Wär nur alles so toll wie das Wetter.«

»Probleme, Jansen?«

»Ja, leider – mit Berger. Seit er das Hotel übernommen hat, bin ich nur noch dem Namen nach Direktor. In jede Entscheidung pfuscht er mir hinein.«

»Wenn Sie wollen, kann ich gerne mal mit Berger reden. Das ist doch ein zugänglicher Mann.«

Jansen druckste herum. Sie standen immer noch direkt am Kai, inmitten der ankommenden und abfahrenden Gästen, und eigentlich war dies kein guter Ort für das Gespräch, das er führen wollte. Doch es mußte sein.

»Herr Bürgermeister . . . Sie haben mich vor Wochen einmal gefragt, ob ich eventuell das Kurhotel übernehmen würde. Damals habe ich . . .«

»Ich weiß, Sie haben mir einen Korb gegeben. Lieber Jansen, heißt das . . .?« Der Bürgermeister zog ihn an der Jacke etwas beiseite und setzte sich neben ihn auf eine Bank. »Wären Sie jetzt etwa bereit . . .«

»Ja. Mit meinen Erfahrungen könnte ich dem Kurhotel und damit unserer Gemeinde bestimmt von Nutzen sein – und Ihnen natürlich auch, Herr Bürgermeister . . .« Jansens Worte klangen entsetzlich geschraubt und anbiedernd, als wolle er den Bürgermeister bestechen. Er verhielt sich wie ein Autoverkäufer, der einem längst entschlossenen Kunden immer noch die Vorteile eines Wagens deutlich machen will. Er stand auf, hob seinen Koffer hoch und wollte ihn öffnen. »Ich habe alle Unterlagen bei mir, falls Sie beim Gemeinderat . . .«

Auch der Bürgermeister hatte sich erhoben. »Nein, nein, das ist nicht nötig. Wir kennen Sie alle – und prinzipiell ist der Gemeinderat ja bereits einverstanden . . .«

In diesem Augenblick lief ein kleiner Mann mit einem schwarzen Aktenköfferchen an ihnen vorbei, geriet ins Stolpern und prallte mit Jansen zusammen. Vor Schreck ließen beide ihre Aktenkoffer fallen.

Der kleine Mann griff hastig nach einem der Koffer, murmelte eine Entschuldigung und war Sekunden später verschwunden.

Jansen hob den anderen Koffer auf, klopfte den Staub ab und brummte: »So ein Rowdy!«

Er wandte sich wieder dem Bürgermeister zu: »Also – wie lange wird es dauern, bis der Gemeinderat sich entschieden hat?«

»Das ist eine reine Formsache, Herr Jansen. Sie haben mein Wort, das muß Ihnen fürs erste genügen. Wann können Sie anfangen?«

»So wie ich Berger kenne, läßt er mich sofort gehen.«

An diesem Morgen räumte Ida das Zimmer von Lennie Berger auf. Sie ordnete die Papiere auf dem Schreibtisch, staubte das Telefon ab und entdeckte schließlich die Zeitung mit der Schlagzeile: »Millionengewinn eines italienischen Grafen gestohlen. Casino Velden auf der Suche nach den Tätern.«

Das war ja interessant! Sie setzte sich auf Lennies Stuhl und begann zu lesen. Als sie aus dem Vorraum Stimmen hörte, stand sie schnell auf und versteckte sich hinter dem Vorhang in der großen runden Fensternische. Sie wollte nicht beim Lesen erwischt werden.

Schritte.

Ida linste hinter dem Vorhang hervor. Was sie sah, brachte ihren Kreislauf ganz gewaltig in Schwung: Rainer Jansen hatte seinen Aktenkoffer auf den Schreibtisch gelegt, ihn geöffnet und starrte nun auf den Inhalt, als könne er seinen Augen nicht trauen. Plötzlich hatte er mehrere Jetons der Spielbank Velden in der Hand.

Idas Augen wurden immer größer. Sie erschrak, als aus dem Vorzimmer die Stimme von Lennie Berger drang: »Ja, ich komme gleich, Schulz!«

Jansen warf die Jetons zurück, sprang auf und schloß gerade hastig den Deckel des Köfferchens, als Lennie auch schon im Raum stand.

»Gut, daß Sie da sind, Jansen. Ich muß mit Ihnen reden.«

»Und ich mit Ihnen.«

Lennie nahm lässig hinter dem Schreibtisch Platz und meinte spöttisch: »Ach ja? Über den überaus günstigen Kredit mit drei Prozent, den mir die Bank durch Ihre gütige Fürsprache gewähren wollte?«

»Das ist Ihr Bier, Herr Berger! Da misch' ich mich nicht ein. Nein, ich möchte Sie bitten, meinen Vertrag zu lösen. Mir ist die Leitung des Kurhotels angeboten worden, und ich habe angenommen.«

»Das erspart uns einiges«, sagte Lennie kühl. »Wann wollen Sie gehen?«

»Am liebsten sofort. Ich würde dann alles Anja übergeben . . .«

Abrupt stand Lennie auf und reichte Jansen die Hand, wobei er schon den Kopf wandte, als wolle er deutlich machen, daß der Fall für ihn abgeschlossen sei. Ohne Jansen anzusehen, sprach er in den Raum hinein: »Dann wünsche ich Ihnen viel Glück als neuer Konkurrent, Herr Jansen. Und jetzt habe ich zu tun – Sie entschuldigen mich.«

Lennie lief aus dem Zimmer. Jansen betrachtete nachdenklich den Koffer, in dem die Chips lagen, und Ida fragte sich stirnrunzelnd, was um alles in der Welt dieser Intrigant wohl vorhatte.

Plötzlich lächelte Jansen. Seine Blicke wanderten zwischen seinem Koffer und dem identischen Casinokoffer von Lennie Berger, der offen auf einem Seitentischchen lag, hin und her. Blitzschnell ging Jansen zu Lennies Köfferchen, klappte den Deckel zu und tauschte die beiden Koffer aus. Dann packte er den Koffer mit den Jetons, den er mitgebracht hatte, in den kleinen Aktenschrank neben dem Schreibtisch und verschwand mit Lennies Koffer aus dem Büro.

Ida hatte die Szene mit offenem Mund verfolgt. Jetzt trat sie hinter dem Vorhang hervor und überlegte kurz. Dann war ihr alles klar: Wie immer Jansen auch an diese Beute gekommen war – dieser Mistkerl wollte Lennie den Diebstahl der Chips anhängen! Er wollte Lennie das Verbrechen in die Schuhe schieben und ihm so auch nach seiner Kündigung noch eins auswischen. Na warte, Bursche! dachte Ida.

Um keine Fingerabdrücke zu hinterlassen, wickelte sie ihre Schürze um den Griff des Koffers und verließ mit ihm in der Hand das Büro.

Benjamin Strasser hatte einen schweren Tag und eine noch schwerere Nacht hinter sich. Der junge Public-Relations-Chef des Spielcasinos Velden hatte den Conte beruhigen müssen und dafür gesorgt, daß ihm die gestohlenen zwei Millionen Schilling in Jetons ersetzt wurden. Er hatte mit dem Skandaljournalisten Schneider zusammen eine Story formuliert, die dem Casino nicht allzuviel Schaden zufügen würde, und er hatte mit der Polizei, dem Direktor und den anderen Gästen des Casinos endlose Gespräche führen müssen.

Jetzt war er auf dem Weg ins Schloßhotel, wo an diesem Wochenende ein Heraldikkongreß mit internationaler Besetzung stattfand. Unter den Ahnen- und Wappenforschern waren sicher einige große Spieler, dachte er, die durchaus bereit sein könnten, zum halben Preis oder weniger gestohlene Jetons zu kaufen. Denn was sollten die Verbrecher sonst mit den Chips anfangen? Strasser war sicher, daß der Dieb oder die Diebe es nicht wagen würden, selbst mit den Jetons zu spielen.

In seinem lichtgrauen Sommeranzug – wie immer perfekt gekleidet, mit Schlips und Kragen – ging er zielstrebig durch den Schloßpark. Vor einem Blumenbeet mit gelben und roten Tulpen kam ihm ein Zimmermädchen entgegen, das sein Interesse weckte. Halb unter ihrer Schürze verborgen, trug sie ein Köfferchen genau von der Art, wie das Casino sie immer hatte.

»Hallo, Fräulein!« Strasser hatte eine jungenhafte Art, sich zu bewegen und zu sprechen, und immer ein Lächeln auf den Lippen.

»Nix Fräulein!« sagte das Mädchen energisch. »Ick bin de Ida. Wat wollen Se denn?«

»Sie arbeiten doch im Hotel und kriegen da doch sicher allerhand mit. Vielleicht haben Sie von dem Diebstahl im Casino gehört oder gelesen? Ich wollt' Sie fragen . . .«

Ida umklammerte den Koffergriff fester. »Also, wenn Se globen, dat ick über de Gäste tratsch . . . Nee, nee! Det läuft nich. Ick bin diskret . . .«

»Schauen Sie: In genau so einem Koffer wurden Chips aus dem Casino weggeschleppt . . .«

»Ja hallo!« Ida blitzte ihn wütend an. »Globen Se vielleicht, dat ick mit dem Koffer einbrechen war?«

»Natürlich nicht.« Die Idee war zu grotesk. »Aber sollte Ihnen bei all den Gästen irgend etwas auffallen . . . Für die Wiederbeschaffung ist eine hübsche Prämie ausgesetzt.«

»Hübsch bin ick selber«, sagte Ida. »Wieviel?«

»Zehn Prozent – das sind zweihunderttausend Schilling. Nicht schlecht für ein Stubenmädel, oder?«

»Na jut, ick schau mir um.« Und schon war sie wieder auf dem Weg ins Personalhaus.

Nachdenklich blickte Strasser ihr nach. Schon merkwürdig, daß ein Zimmermädchen mit einem Casinokoffer rumlief. Er konnte nicht länger darüber nachdenken, weil Rainer Jansen über den Rasen auf ihn zukam.

»Komm mit, Benjamin! Ich muß dir was zeigen . . .«

Doch Rainer Jansen konnte ihm nichts zeigen.

Zwar wühlte der gewesene Direktor des Schloßhotels eifrig im Aktenschrank im Chefbüro herum und fluchte, weil das Gesuchte doch eben noch hiergewesen sei, doch er suchte vergebens. Er habe, behauptete Jansen, den Koffer mit den Jetons gefunden, und sei sicher, daß Lennie Berger irgend etwas damit zu tun habe – schließlich habe der Mann große finanzielle Schwierigkeiten. Aber nun sei der Koffer spurlos verschwunden. Er, Jansen, frage sich, wie Berger das in der kurzen Zeit geschafft habe.

Strasser lächelte nur milde. Er wußte schließlich, wie feindselig Jansen Lennie Berger gegenüberstand und daß er jede Gelegenheit nutzen würde, um dem Erben des Schloßhotels an den Karren zu fahren.

»Das war ja wohl ein Schlag ins Wasser, Rainer. Ich weiß, du stehst mit Lennie nicht gut. Aber so was traust du ihm doch nicht im Ernst zu . . .«

Über einem Kellerladen in der Altstadt von Klagenfurt hing ein verwittertes Schild: »Kleidung alt und neu, An- und Verkauf, Tausch«. Vor dem Laden wanderte, ein schwarzes Köfferchen in der Hand, der kleine Ganove Alfred unruhig hin und her. Ihm war äußerst unwohl in seiner Haut, weil er sich von dem Gendarm auf der anderen Straßenseite ständig beobachtet fühlte.

Als der Verkehrspolizist schließlich auf ihn zukam, wechselte Alfred schnell die Straßenseite, obwohl die Fußgängerampel auf Rot stand.

Wieder folgte der Gendarm ihm, und Alfred hatte schon das dringende Bedürfnis, die Beine in die Hand zu nehmen – auf diese Weise verdrückte er sich immer, wenn Gesetzeshüter ihn allzu intensiv aufs Korn nahmen. Doch in diesem Augenblick hörte er eine laute Stimme: »Stoj, Alfredowitsch, stoj!«

Er drehte sich um. Fast hätte er seinen Kumpel Oskar nicht mehr erkannt: Oskar trug jetzt einen altmodischen Anzug, hatte sich einen Zwicker auf die Nase gesetzt und einen Backenbart angeklebt.

Alfred blieb wie angewurzelt stehen, als der Gendarm zu ihm trat.

»Ruski?«

»Da da«, sagte Oskar, »kasa – dings – novanski«.

»Ah, Aussiedler? Gastarbeiter?«

»Da da«, bestätigte Oskar. »Du Problema mit meine Freund Alfredowitsch?«

»Na, na« sagte der Gendarm in freundlicher Herablassung und im breitesten Kärntner Dialekt. »Nix. Zu die Ausländer samma immer freundlich.« Und dann brüllte er plötzlich los: »Aber wenn's ihr noch einmal über die Straßen laufts bei Rot, ihr dreckaten Ausländer, dann kommts in den Kasten, Kreuztürkennochamal . . .« Sprach's und ging bei Rot über die Straße.

»Ich hab' schon geglaubt, der will uns kassieren«, stöhnte Alfred. Oskar schlug ihm so hart auf die Schulter, daß der kleine Mann in die Knie ging. »Keine Angst, Alfred! Professor Iwan Gorbotschenko wird nicht kassiert. Ich bin ab sofort der große russische Gen . . . Gen . . . Genealogie-Professor Gorbotschenko! Wir werden uns jetzt unter die Typen auf dem Kongreß mischen – und irgendwann werden wir dann die Chips aus dem Koffer ganz legal im Spielcasino wechseln . . .«

»Du willst nach Velden zurück? Das ist doch Wahnsinn! Da schnappen sie uns doch gleich.«

»In Velden sind wir am sichersten, glaub mir.«

Auf der Fahrt von Klagenfurt nach Velden war Alfred sehr besorgt. Wie wollte Oskar das Taxi bezahlen, wo sie doch keinen einzigen lausigen Schilling mehr hatten? Aber für Oskar war das kein Problem. Als das Taxi vor dem Portal des Schloßhotels vorfuhr und Toni die Koffer in Empfang nehmen wollte, sagte Oskar in gebrochenem Deutsch:

»Hab' ich nur Rubel, kein Schilling. Da, da sdrassdwuitje . . . Du haben dreihundert Schilling? Gutt, dann du zahlen Taxi . . .«

Widerspruchslos zahlte Toni. Es kam oft vor im Schloßhotel, daß die Gäste bei ihrer Ankunft noch keine Schillinge hatten. Der Betrag wurde dann auf die Rechnung gesetzt.

Hannes Schneider, der hiesige Reporter der Kronen-Zeitung, ein junger Bursche in Bluejeans und halboffenem Hemd, hatte den kurzen Dialog gehört. Mit gezückter Kamera kam er auf Oskar zu.

»Ich höre, Sie nehmen am Kongreß teil. Darf ich Ihren Namen erfahren?«

»Iwan Gorbotschenko.«

»Der Professor ist weltberühmt«, sagte Alfred schnell. »Und in Moskau kennt ihn jedes Kind.«

»Hannes Schneider von der Krone«, stellte der Reporter sich vor. Und schon hatte er den berühmten Forscher fotografiert. Oskar versuchte zwar noch, die Hand vor sein Gesicht zu halten, aber es war schon zu spät.

In Zimmer 304 des Schloßhotels erlitt Oskar, der »Mime«, den größten Schock seines Lebens. Erst versuchte er, das Schloß des Handkoffers mit einer Nadel zu öffnen – er wußte, daß der Koffer verschlossen war. Schließlich probierte er es mit Gewalt – und mußte feststellen, daß der Koffer überhaupt offen war. Oskar kam sich vor wie ein Depp.

Dann hob er langsam und voller Vorfreude den Deckel – und erstarrte zur Salzsäule.

»Alfred!« donnerte er.

Alfred stand gerade im Bad und rasierte sich. »Wo brennt's denn?«

»Komm mal her! Sofort!«

Alfred schlurfte in den Hotelpantoffeln zu Oskar hinüber, sah zuerst ihn an und dann in den Koffer. Was er sah, raubte ihm den Atem: allerlei Papiere, Verträge, Baupläne. »Was ist denn das! Wo sind die Chips?«

»Das frage ich mich auch, Alfred . . .« Oskars Stimme hatte einen drohenden Beiklang.

Alfred wischte sich mit einem Handtuch den Rasierschaum aus dem Gesicht. Dann stotterte er: »Ich schwör' dir, ich hab' die Dinger nicht angerührt! Ich bescheiß' dich doch nicht. Der Koffer muß irgendwie vertauscht worden sein.« Er schlug sich mit der Hand gegen die Stirn. »Ich hab's! Heute morgen an der Anlegestelle bin ich mit einem Typen zusammengerasselt. Der hatte auch so einen Koffer.«

»Alfred, du bist und bleibst ein Idiot!« Oskar kramte in dem Koffer und fand schließlich einen Stapel Visitenkarten. Das mußte der Kerl sein. »Er heißt Jansen und wohnt hier im Hotel. Den greifen wir uns, Alfred – heute noch.«

Aber so einfach, stellte sich bald heraus, war die ganze Sache nicht.

Im Büro des Politkommissars der sowjetischen Botschaft in Wien herrschte dicke Luft. Unter den Bildern von Lenin, Marx und Gorbatschow saß der Kommissar hinter seinem Schreibtisch und schlug mit der flachen Hand auf die Kronen-Zeitung. Der Major mit den großen Schulterstücken und den unzähligen Orden an der Brust, der ihm gegenübersaß, zuckte zusammen.

»Wieso weiß ich nichts von diesem Professor Gorbotschenko?« tobte der Kommissar. »Wer ist das? Was will er? Ist er ein Dissident, ein Überläufer, der im Westen wieder die Wahrheit über unser Chaos erzählt, ein Mann, der geheime wissenschaftliche Forschungsergebnisse der großen Sowjetunion an diese zigarrenrauchenden Kapitalistenschweine verkaufen will? Major – ich schicke Sie nach Sibirien!« drohte er völlig außer sich.

Der Major hob den Finger wie ein Schuljunge, der sich melden will. »Bitte, Genosse Kommissar, darf ich etwas sagen?«

»Karascho.«

»Bitte, Herr Kommissar, man schickt niemanden mehr nach Sibirien. Sie erinnern sich? Glasnost? Perestroika?«

»Sie haben recht, Major. Wir schicken niemanden mehr nach Sibirien. Wir schicken solche Versager wie Sie nach China!«

»Bitte nicht nach China«, sagte der Major weinerlich. »Dann schon lieber Sibirien.«

»Wir werden sehen. Erst fahren Sie mal nach Velden und beobachten den Mann.«

»Jawohl, Genosse Kommissar! Ich werde den Professor vergiften, betäuben, in einen Sarg packen und per Luftfracht nach Moskau spedieren.«

»Das werden Sie nicht, Sie Idiot! Sie werden ihm die Forschungsergebnisse abjagen, die er verkaufen will, und ihn dann so schnell wie möglich den Amerikanern übergeben. Wir haben schon genug Unruhestifter im Land.« Er blickte über die Schulter auf das Porträt von Gorbatschow. »Sie wissen, was ich meine.«

In einem riesigen, palastähnlichen Raum in einem anderen Stadtteil von Wien hingen an den Wänden die Porträts von Lincoln, Roosevelt und George Bush. Die Flagge auf dem breiten Schreibtisch des amerikanischen Geheimdienstchefs hing traurig und schlaff nach unten. Der CIA-Mann in dem schreiend bunten Hemd kaute auf einem Kaugummi und hatte die Beine auf den Tisch gelegt. »Hör zu, Bill«, sagte er zu dem uniformierten Captain, der vor dem Schreibtisch stand. »Ich weiß nicht, was der Kerl hier will. Aber falls er abhauen will – wir brauchen ihn nicht! Wir haben schon genug Mexikaner und Kubaner. Außerdem gibt das nur Ärger mit diesem Gorbi. Wenn der Kerl was Interessantes zu verkaufen hat, dann kauf es. Anschließend laß den Kerl hochgehen, und schick ihn nach Moskau zurück. Wäre ja noch schöner!«

»Okay, Chief. Ich fahr' sofort nach Velden.« Als der Captain das Zimmer verließ, pfiff er leise vor sich hin.

Ida ließ die ganze Sache einfach keine Ruhe. Immer wieder versuchte sie zu rekonstruieren, wie das nun eigentlich mit dem Koffer gewesen sein könnte.

Es hatte damit begonnen, daß sie den Koffer mit den Jetons in Rainer Jansens Zimmer geschleppt hatte – Retourkutsche. Wenn Jansen Lennie eins auswischen wollte, dann konnte sie, Ida, Rainer Jansen erst recht eins auswischen. Als sie Strasser und Lennie von ihrer »Entdeckung« berichtete, erlebte sie allerdings eine furchtbare Blamage: Die beiden durchsuchten gemeinsam Jansens Zimmer, aber der Koffer war weg.

»Und ich dachte, ich hätte den Fall geklärt«, sagte Ida enttäuscht. Sie saß an der Bar des Casinos, Lennies Koffer in der Hand. Sie war ganz sicher gewesen, daß Jansen jetzt dran war. Aber Lennie und Strasser hatten nur Jansens eigenen Koffer gefunden. Ida fragte sich, ob dieser russische Professor etwas damit zu tun haben könnte, den sie auf dem Gang vor Jansens Zimmer hatte herumschleichen sehen, aber der Gedanke schien ihr doch zu absurd. Jedenfalls war der Koffer mit den Jetons verschwunden . . .

»Laß uns was trinken, Ida«, schlug Lennie vor und legte seinen Arm zärtlich um ihre Schultern. »Und vergiß bitte das Detektivspielen! In zwei Tagen beginnt der Kongreß der Schloßhotelbesitzer in Venedig. Du hast gesagt, daß du Venedig liebst. Komm doch einfach mit.«

»Na, das wär was – der große Hotelbesitzer und das kleine Zimmermädchen in Venedig, Händchen haltend in einer Gondel auf dem Canale Grande!« Ida schüttelte den Kopf. »Nein, Lennie, das kann nicht gutgehen. So was gibt's nur im Märchen oder im Kino.«

»Das muß nicht so sein, Ida. Ich mag dich wirklich.«

»Vielleicht wäre es ein traumhaftes Wochenende, aber dann – dann beginnt wieder der Alltag. Nein, Lennie, laß mich meinen Fall klären, und fahr du nach Venedig.«

Ida jagte also weiter dem Koffer mit den Jetons nach, immer einen Schritt vor Jansen. Aber der schien auch nicht auf den Kopf gefallen zu sein: Kaum hatte sie den Koffer erwischt, war er auch schon wieder weg. Es war ein Verwirrspiel ohne Grenzen, in dem offensichtlich noch eine dritte Partei mitmischte. Aber ob das wirklich der russische Professor war, mußte Ida erst herausfinden.

Abends in ihrem Zimmer träumte sie davon, wie sie den Koffer an die Spielbank zurückgeben würde. Das Geld, die Belohnung, würde sie großzügig zurückweisen. Sie hatte einen anderen Wunsch: Sie wollte um einen Job bei der Spielbank bitten. Sie wollte nicht länger Zimmermädchen im Schloßhotel sein. Erst wenn sie einen anderen Job fand, konnte sie mit Lennie wirklich zusammensein – auf einer ganz anderen Ebene. Dann waren sie nicht mehr der Boß und das Zimmermädchen, sondern ein Mann und eine Frau, die sich liebten.

Deshalb hatte sie sich auch Lennies Koffer als Tauschobjekt ausgeliehen. Lennie hatte nur den Kopf geschüttelt.

Am nächsten Morgen wurde sie fündig. Der Professor saß mit seinem Assistenten vor dem Hotel und unterhielt sich in seinem sonderbaren Kauderwelsch mit Hannes Schneider, dem Reporter der Kronen-Zeitung, dem er abstruse Theorien über die Weltlage entwickelte.

Neben dem Tisch des Professors stand genau der gleiche Koffer wie der von Lennie und Jansen. Das war für Ida die Gelegenheit! Sie näherte sich dem Tisch – Lennies Koffer hatte sie unter ihrer Schürze verborgen –, bückte sich, als wollte sie etwas unter dem Tisch wegräumen, und war schon wieder mit dem Koffer des Professors verschwunden.

Jetzt saß sie auf dem Bootssteg des Hotels, ließ die nackten Beine im Wasser baumeln und dachte darüber nach, wie sie Strasser ihren Wunsch nach einem Job am besten verkaufen könnte. Ab und zu öffnete sie den Koffer neben sich und betrachtete die vielen bunten Jetons. Egal, wie der Professor an diesen Koffer gekommen war – jetzt hatte sie die Beute.

Sie schloß den Koffer und sah hinaus auf den See mit den vielen Segelbooten und den fröhlichen jungen Leuten.

»Meinen Koffer brauchst du doch jetzt nicht mehr, oder?« Lennie war leise über den Bootssteg gekommen. »Ich brauch' ihn für die Reise nach Venedig.«

Lächelnd drehte sie sich um und sah ihn an. »Das ist nicht dein Koffer, Lennie.«

Ausführlich erzählte sie ihm die ganze Story von dem immer wieder ausgetauschten Koffer, soweit sie die Geschichte selbst verstand.

»Und wer hat jetzt meinen Koffer?«

»Dieser Professor Gorbotschenko!« Ida sprang auf, griff nach dem Koffer und lief leichtfüßig davon.

»Warte doch, Ida!« rief Lennie ihr nach.

Am Ende des Stegs blieb sie stehen. »Lennie, ich muß gehen, tut mir leid. Aber wir sehen uns bald wieder, das garantier' ich dir!«

Zurück blieb ein völlig verwirrter Lennie Berger.

Wie das unter Geheimdienstlern verschiedener Nationen so üblich ist, hatten sich die beiden Herren, der russische Major und der amerikanische Captain, sehr schnell geeinigt, als sie merkten, daß sie beide das gleiche Interesse an Professor Gorbotschenko hatten.

»Bush gutt«, hatte der Russe gesagt – »Gorbi good«, der Amerikaner.

Bei Wodka und Whisky hatten sie anschließend einen gemeinsamen Plan ausgeheckt.

Jetzt standen die beiden im Hotelzimmer von Oskar und Alfred. Auf einem kleinen gläsernen Tisch lag ein schwarzes Aktenköfferchen.

Oskar schlug mit der flachen Hand darauf. »Nein, von dem Inhalt des Koffers trenne ich mich nicht! Nur über meine Leiche . . .«

Der Captain blickte kurz zur Tür, wo sein bulliger Fahrer stand. Der öffnete jetzt seine Jacke und hatte plötzlich eine Pistole in der Hand.

»Njet«, bat der Russe. »Nix Gewalt! Friede, Freundschaft.«

Der Captain lenkte ein. »Okay, Professor. Was ist Ihnen der Koffer wert?«

Oskar strahlte. »Nun . . . Also, es sind genau 1670000 Schilling.«

»Schilling?« Der Captain rechnete. »Das sind etwa 120000 Dollar.«

Fragend sah er den Russen an. »Also für jeden von uns knapp sechzigtausend Dollar. Okay?«

»Karascho«, sagte der Russe.

Der Captain griff in seine Tasche, holte ein Bündel Banknoten hervor und zählte seinen Anteil auf dem Kofferdeckel ab. Auch der russische Major hatte seine Brieftasche gezückt. Umständlich entnahm er ihr ein Stück Papier, schrieb ein paar Zahlen darauf und gab das Papier dem Captain.

»Was ist das?« fragte der Amerikaner.

»Ein Schuldschein. Sie zahlen die ganze Summe in bar und ziehen uns das von Ihrer Auslandshilfe ab . . .«

»Immer müssen wir Amerikaner die ganze Zeche zahlen!« Murrend steckte der Captain den Schuldschein ein und übergab Oskar die restlichen Dollarnoten aus seiner Brieftasche. Dann griff er nach dem Koffer.

An der Tür blieb er noch einmal stehen: »Ihre Zusage gilt, Professor? Sie gehen nicht nach Moskau zurück und emigrieren auch nicht in die Vereinigten Staaten?«

Oskar lachte ihn an. »Nein.« Er klopfte auf seine Brusttasche, in die er das Geld gesteckt hatte. »Hauptsache, ich hab' die Kohle!«

»Also, Anja, ich mach' mich jetzt auf den Weg nach Venedig.« Lennie Berger sah aus dem Fenster seines Büros. »Sobald dieser Idiot seinen dicken Chevrolet weggefahren hat und ich rauskomme.«

Draußen vor dem Hotel wartete er auf den Fahrer des Chevi, der seinen Wagen vor seinen Porsche gestellt hatte.

Minuten später erschienen der Major und der Captain.

»Auf den Koffer des Professors passen wir jetzt gemeinsam auf«, sagte der Captain.

»Entschuldigen Sie bitte, meine Herren.« Lennie trat zwischen die beiden Geheimdienstler. »Sie haben den Koffer des Professors? Ich fürchte, das ist mein Koffer. Würden Sie bitte mal nachsehen?«

Rasch öffnete der Captain den Koffer. »Sie sehen, meine Herren – meine Unterlagen. Ich darf also bitten . . .«

»Damned«, fluchte der Captain. »Der Kerl hat uns gelinkt! Schnell, wir gehen wieder rauf.«

Der Amerikaner und sein russischer Kollege kamen zu spät: Oskar und sein Kumpel waren bereits ausgeflogen. Sie bestiegen gerade den Chevrolet und brausten über die Hotelauffahrt davon.

Die gepflegten flinken Hände eines Croupiers klapperten mit den Chips, warfen sie auf den Spieltisch, sortierten und stapelten die großen Jetons nach Farbe und Wert. Dann blickte der Croupier auf: »Stimmt genau: 1670000. Es fehlt nichts . . .«

Benjamin Strasser stand neben dem Direktor des Spielcasinos und dem Croupier und blickte Ida über den Tisch hinweg an.

»Wer hat denn jetzt die Jetons geklaut, Ida?«

Ida lachte. »Fragen Sie mich etwas Leichteres. Ich weiß es nicht. Ich habe nur Indizien, aber die reichen für eine Anklage nicht aus.«

»Wir haben für die Wiederbeschaffung des Koffers eine Belohnung in Höhe von zehn Prozent ausgesetzt, das macht . . .«

»Ich will kein Geld«, sagte Ida schnell. »Brauchen Sie keinen Casinodetektiv?«

Strasser sah seinen Direktor schmunzelnd an. »Nein, brauchen wir nicht, Ida.«

»Und einen anderen Job haben Sie nicht für mich?«

Strasser schüttelte den Kopf.

Sein Chef dagegen betrachtete die hübsche Ida prüfend. »Nein, als Detektiv können wir Sie leider nicht einstellen. Aber Herr Strasser suchte schon lange eine attraktive, zuverlässige und gescheite Assistentin. Wenn Sie wollen? Das Wichtigste bei dieser Aufgabe: Immer freundlich und verbindlich sein im Umgang mit Menschen – auch am Telefon.«

Ida strahlte. »Telefonieren kann ich – da bin ich Spitze! Darf ich mal?«

Sie griff nach dem Telefonhörer, wählte eine Nummer in Klagenfurt und fragte wenig später: »Ist dort die AUA? Hier Casino Velden. Wann geht morgen der erste Flug nach Venedig? Ja, buchen Sie einen Platz für Ida Jendritzki . . . Nein, keinen Rückflug.« Sie legte den Hörer auf die Gabel und lächelte Benjamin Strasser spitzbübisch an: »Zurück fahre ich nämlich mit Lennie . . .«

4. Kapitel

Liebesgrüße aus Venedig

Die Tauben auf dem Markusplatz in Venedig flatterten aufgeregt, als Lennie Berger über den Platz eilte. »Ich hoffe«, sagte Lennie zu dem älteren Mann an seiner Seite, »wir kriegen keinen langweiligen Vortrag über die Geschichte der Schloßhotels vorgesetzt. Ich will was Praktisches hören, Erfahrungen sammeln. Aha – da ist der Palazzo, in dem der ganze Rummel stattfindet . . .«

In diesem Augenblick hörte er eine Stimme hinter sich, die in gebrochenem Deutsch fragte: »Scusi – können Sie fremde kleine Mädchen schönes Venedig zeigen?«

Lennie fuhr herum. »Ida! Wo kommst du denn her? Du wolltest doch nicht . . .«

»Ich bin hier, reicht das nicht?«

Spontan nahm Lennie sie in den Arm und drückte sie an sich. Er freute sich unbändig, daß sie da war. Ihretwegen würde er jeden Vortrag sausenlassen. Er wandte sich an seinen Begleiter. »Mein Herr, leider zwingen mich dringende Umstände dazu, auf den Vortrag zu verzichten – wie Sie sehen.«

»Ich wünschte, ich hätte auch so einen hübschen Verhinderungsgrund. Dann also arrivederci bis heute abend . . .«

Doch Lennie war in Gedanken schon weit weg.

Es war ein Tag voller Glück. Die Sonne strahlte von

einem wolkenlosen, azurblauen Himmel und spiegelte sich in den Kanälen. Ida und Lennie schlenderten Hand in Hand über den Markusplatz, liefen die Stufen zur Kirche Santa Maria della Salute hinauf, küßten sich selbstvergessen auf der Piazetta mitten zwischen all den Touristen, spielten in den winkligen Gassen Versteck miteinander, tranken Wein im schattigen Garten einer kleinen Trattoria am Canale Grande und standen zärtlich aneinandergeschmiegt auf der Ponte dei Sospiri.

»Jetzt weiß ich, warum sie Seufzerbrücke heißt«, sagte Ida und seufzte vor Glück.

Auf dem Canale näherte sich eine Gondel. Der Gondoliere winkte Ida freundlich zu, und Ida winkte zurück. Sie sah Lennie an. »Du«, sagte sie . . . nur »du«.

»Du«, sagte Lennie. Und dann faßte er nach ihrer Hand bestieg mit ihr eine Gondel für zwei und ließ den Gondoliere *O sole mio* singen. Während die Gondel lautlos unter den tausend Brücken hindurchglitt, küßten sie sich ununterbrochen.

In einem kleinen, gemütlichen Restaurant aßen sie zu Abend. Die Kerzen auf dem Tisch flackerten lebhaft und warfen Schatten auf ihre Hände, die sich auf dem Tisch berührten.

»Ich weiß so wenig von dir«, sagte Ida. »Du bist sehr viel in der Welt herumgereist, das weiß ich. Und da ist keine Frau in deinem Leben?«

»Ich bin in der Welt herumgereist, weil es eine Frau gab. Sie hat mir viel Ärger gemacht.«

»Du bist verheiratet, Lennie? Sag die Wahrheit!«

»Ich war verheiratet, fast sieben Jahre lang. Eine lange Zeit, wenn man sich nicht versteht.«

Ida streichelte seine Hand. »Warum hast du dich nicht früher von deiner Frau getrennt?«

»Wenn man ein Kind zusammen hat, dann ist so eine Entscheidung nicht leicht. Man grübelt und grübelt . . .«

Der Ober servierte den Espresso. »Da birra?«

»Si, due grappa, per favore. Ein schöner italienischer Schnaps ist dir doch recht, Ida?«

Die Unterbrechung war Ida gar nicht recht. Sie wollte mehr wissen über den Mann, in den sie sich so heftig verliebt hatte. Jedesmal wenn sie ihm in die Augen sah oder ihn berührte, tanzten tausend Schmetterlinge in ihrem Bauch. »Du hast einen Sohn?«

»Eine Tochter«, sagte Lennie. »Sandra lebt bei ihrer Mutter in München. Aber seit der Scheidung bin ich ein bißchen vorsichtig geworden mit Frauen, das verstehst du doch sicherlich . . .«

»In Paris ist dir das bestimmt nicht leichtgefallen . . .«

Lennie entzog ihr sanft die Hand. »Doch, da war eine Frau – Krista, ein Fotomodell. Lieb, aber verrückt. Eine Deutsche, die ich in Los Angeles kennengelernt habe.« Jetzt ergriff er wieder Idas Hand. »Aber das ist schon lange vorbei . . .«

Im gleichen Augenblick fiel ihm ein, daß Krista vor ein paar Tagen aus London angerufen hatte, um sich nach seinem Befinden zu erkundigen. Und er hatte ihr ganz nebenbei gesagt, daß er nach Venedig ins Hotel Flora fahren würde. Krista kannte das Hotel. Sie waren einmal zusammen dortgewesen.

»Was ist?« fragte Ida.

»Ach, ich denk' nur nach. Über uns . . .«

Aber das war gelogen . . . Lennie dachte an die zierliche schwarzhaarige Krista, die so energisch werden konnte. Ein ungutes Gefühl machte sich in ihm breit. Krista war alles zuzutrauen.

Auf dem Tennisplatz des Schloßhotels in Velden flogen Tennisbälle über das Netz. Anja Weber, in T-Shirt und kurzen Tennishosen, ließ sich über den Platz jagen. Als sie wieder einen Ball ins Aus schmetterte, lachte ihr Gegner.

»Machen wir Schluß, Anja!« Rainer Jansen kam ans Netz. »Ich fände es schön, wenn wir unsere Gewohnheit beibehielten. Auch wenn ich nicht mehr im Hotel arbeite – wir bleiben doch Freunde?«

Anja war noch ganz außer Atem. »Ich weiß nicht, ob es Lennie Berger recht ist, wenn du hier jeden Morgen . . .«

»Ach!« höhnte Jansen. »Hast du etwa Angst vor deinem Lennie?«

»Das ist nicht mein Lennie.«

»Ja, weil diese Ida ihn dir weggeschnappt hat. Sie ist übrigens heute morgen nach Venedig geflogen. Wußtest du das?«

»Das kann doch Zufall sein. Und wenn es kein Zufall ist, dann ist es mir auch egal . . .«

Aber der Stachel saß. Anja Weber grübelte. Lennie Berger würde sich doch nicht mit dieser kleinen Blonden einlassen, diesem Zimmermädchen mit den großen Rosinen im Kopf! Assistentin im Casino, da konnte sie doch nur lachen. In ein paar Tagen würde Ida auf den Knien bitten, wieder Zimmermädchen spielen zu dürfen. Dann würde sie als Direktionsassistentin andere Seiten aufziehen als bisher. Freundlichkeit ade. Dann war eiserne Disziplin angesagt, Kontrollen, ob irgendwo noch ein Stäubchen lag. Doch Anja hatte noch andere Probleme, die sie zuerst bewältigen mußte: Toni war nach seinem Kursus in Klagenfurt geblieben, wohl enttäuscht von Idas Treulosigkeit, eine Nachfolgerin für Ida mußte gefunden werden. Und zu allem Übel hatte Rainer Jansen einen Reklamefeldzug für sein Kurhotel gestartet, auf den das Schloßhotel umgehend reagieren mußte, wollte es keine Gäste verlieren. Und Lennie Berger saß in Venedig und vergnügte sich womöglich mit dieser Ida . . .

Am frühen Abend bekam der Portier des Hotels Flora am Canale Grande Besuch von einer jungen schwarzhaarigen Dame in einem eleganten pinkfarbenen Kostüm. Sie fragte, ob Herr Berger hier wohne. Si, si – aber der sei nicht da, ausgegangen, capisce?

»Ich bin mit Herrn Berger verabredet. Ich bin seine Freundin. Ich warte oben in seinem Zimmer. Geben Sie mir den Schlüsel, per favore.«

»Scusi, no – das darf ich nicht.«

»Doch, doch, das dürfen Sie! Ich will Herrn Berger überraschen.«

Die junge Dame nahm einen Briefumschlag des Hotels, steckte zwanzigtausend Lire in den Umschlag und schob ihn dem Portier zu. Ohne mit der Wimper zu zucken, ließ der den Umschlag in seiner Jackentasche verschwinden und hangelte nach dem Schlüssel hinter sich. »Dritter Stock rechts, Signora.«

Sie nahm ihre Tasche. »Ach ja, sagen Sie Herrn Berger bitte nicht, daß ich da bin. Ich will ihn überraschen . . .«

Wortlos schob der Portier einen leeren Briefumschlag über die Theke. Die junge Dame steckte nochmals zwanzigtausend Lire in den Umschlag und schob das Kuvert lächelnd zurück.

»Wird alles nach Wunsch erledigt, Signora!« versicherte der Portier eifrig. »Buona notte, Signora.«

Kaum war sie im Lift verschwunden, kramte der Portier einen Zweitschlüssel aus seiner Schublade und hängte ihn ans Schlüsselbrett. In Zweifelsfällen ließ er immer die Höhe des Trinkgelds entscheiden.

Eine halbe Stunde später gab er Lennie und Ida ihre Zimmerschlüssel, ohne ein Wort zu sagen.

Lennie begleitete Ida zu ihrem Zimmer.

Vor der Tür blieben beide zögernd stehen, als wüßten sie nicht, wie es weitergehen sollte. Ida spielte mit dem Schlüssel, steckte ihn ins Schloß, öffnete die Tür und drehte sich noch einmal um. »Gute Nacht, Lennie . . .«

Lennie zog sie in seine Arme. »Ich werde diesen Tag und diesen Abend nie vergessen.«

Sie löste sich von ihm, als hätte sie Angst vor sich selbst, und betrat das Zimmer.

»Ida?«

Sie drehte sich um. »Ja?« Ihre Stimme klang unsicher.

»Gute Nacht, Ida.« Abrupt wandte Lennie sich ab und schickte sich an zu gehen.

»Ich muß dir noch was sagen, Lennie.« Als er wieder vor ihr stand, trat sie näher zu ihm heran. »Ich habe gestern abend gekündigt. Ich gehör' nicht mehr zu deinem Personal. Das solltest du wissen. Ich werde im Casino arbeiten, als Assistentin von Strasser. Schlimm?«

»Sehr schlimm!« Er überlegt kurz, dann erhellte ein Strahlen sein Gesicht. »Aber wenn du nicht mehr zum Personal gehörst, dann . . .« Blitzschnell drängte er Ida in das Zimmer und zog sie in seine Arme. »Dann werde ich auch diese Nacht nie vergessen.«

Die junge schwarzhaarige Dame in Lennies Hotelzimmer lag schlafend auf dem Bett. Ihre Frisur war zerzaust, der Morgenrock verrutscht. Auf dem Tisch stand eine leere Champagnerflasche, der Aschenbecher quoll über von Zigarettenkippen. Sie wachte auf, streckte sich wie eine Katze und wußte zunächst nicht, wo sie war. Als das Telefon neben dem Bett klingelte, griff sie verschlafen nach dem

Hörer. »Hier ist Anja Weber, kann ich Lennie kurz sprechen?«

»Lennie ist nicht hier,« sagte sie mit rauher Stimme.

»Ida?«

»Nein, hier ist Krista . . .«

»Entschuldigung, dann bin ich wohl falsch verbunden.«

Jetzt war Krista hellwach! Ida hieß sie also . . . Mit dieser Ida fuhr Lennie also in »ihr« Hotel, verbrachte die Nacht mit ihr – und sie, Krista, konnte warten. Dabei hatte er ihr bei dem Telefonat neulich deutlich zu verstehen gegeben, daß er sie in Venedig erwarte, um die alte Liebe aufzufrischen. So ließ sie sich nicht behandeln!

Zur gleichen Zeit rekelte sich Ida zwei Zimmer weiter auf demselben Gang lächelnd in ihrem Bett. Im Badezimmer hörte sie Lennie rumoren. Die blauen Damastvorhänge waren zugezogen und tauchten das Zimmer in gedämpftes Licht. Ein wenig durfte sie noch träumen von dieser Nacht der Liebe. Lennie war so behutsam gewesen, so zärtlich, wie sie es von jungen Männern nie erlebt hatte, auch nicht von Toni, der ihr seine Leidenschaft lieb, aber rauh gezeigt hatte. Nein, Lennie hatte sie unter tausend Küssen ausgezogen und liebkost. »Du bist schön«, hatte er ihr gesagt und es auch so gemeint. Seine Hände waren überall gewesen, tastend, forschend, streichelnd. Sie hatte sich ihm hingegeben mit aller Leidenschaft, zu der sie fähig war. Lennie war unendlich rücksichtsvoll gewesen, hatte sie immer wieder bis an den Rand des Entzückens geführt, wieder und wieder, bis sie es nicht mehr hatte aushalten können. Sie würde diese Nacht nie vergessen.

Jetzt öffnete Lennie die Badezimmertür. Er war bereits angezogen und trug ein modisches Hemd, helle Gabardine-Hosen und ein legeres Jackett. Die halblangen braunen Haare fielen ihm frech in die Stirn.

»Lennie, du willst schon gehen?«

Er trat ans Bett. »Schlaf nur weiter, Liebling.« Zärtlich strich er ihr über die Wangen.

»Komm zu mir.« Ida streckte die Arme aus und zog ihn zu sich herunter. Der rauhe Stoff seiner Jacke berührte ihre nackte Brust.

»Liebling«, sagte er. »Ich bin nicht zum Vergnügen hier.«

»Nein?« fragte sie mit einem wissenden Lächeln. Sie streichelte seinen Nacken und ließ ihre Hände tiefer gleiten.

Sanft löste er sich von ihr. »Ich muß zum Kongreß. Wenn du willst, kannst du ja mitkommen. Ich geh' eben in mein Zimmer. Ich muß mich noch rasieren. Ich hole dich in einer halben Stunde ab, okay?«

Lennie öffnete beschwingt die Tür seines Zimmers. Im Halbdunkel ging er ins Badezimmer. Plötzlich hörte er eine kühle Stimme hinter sich.

»Lennie . . .«

Er drehte sich um. »Krista, du hast mir gerade noch gefehlt«, seufzte er verblüfft.

»Deswegen bin ich ja gekommen. Sehr erfreut scheinst du allerdings nicht zu sein, Darling . . .«

»Doch, doch«, sagte er matt. »Ich habe dich nicht erwartet . . .«

Krista griff nach ihrer Handtasche, die sie am Abend zuvor achtlos auf den Boden hatte fallen lassen. »Wo warst du heute nacht, Lennie? Ich sage es dir: Du warst bei dieser Ida, oder wie sie heißt. Nein, nein – sag nichts! Du hast mit ihr geschlafen. Du hast mich betrogen. Wo ist sie? Ich hasse sie, ich bring' sie um!«

Plötzlich hatte sie eine kleine, silbrigglänzende Pistole in der Hand und fuchtelte damit herum.

»Du bist verrückt, Krista. Du hast sie nicht alle! Wie

kommst du darauf, daß du einen Anspruch auf mich hast? Du hast dich monatelang nicht um mich gekümmert, und jetzt plötzlich . . .«

»Wo ist das Flittchen, ich töte sie!«

Lennie entriß ihr mit einem schnellen Griff die Pistole und hielt ihre Hand fest, die nach ihm schlagen wollte. »Beruhig dich erst mal.«

»Okay – ich bin ganz ruhig, laß mich los!« Sie griff erneut in ihre Tasche, holte eine Zigarette aus der Packung und bat um Feuer. Als er in seinen Taschen nach Streichhölzern wühlte, lachte sie dieses perlende Lachen, das er einmal so an ihr geliebt hatte.

»Ach, Dummerchen! Du hast das Feuerzeug doch in der Hand – da, die Pistole. Du glaubst doch nicht im Ernst, daß ich eine echte Pistole bei mir habe.«

Gequält lachte er mit. Krista war wirklich unberechenbar.

Sie schüttelte ihre schwarze Mähne und kam mit ihren langen, blutrot lackierten Fingernägeln seinem Gesicht gefährlich nahe. »Darling, ich verzeihe dir deine Ida, einmal. Aber ich warne dich: Wenn du nicht die Finger von ihr läßt, dann wird sie aussehen wie der Joker in Batman – und du kannst zum Schönheitschirurgen. Also, schick sie weg . . .«

Lennie schauderte bei dem Gedanken, diese weibliche Furie könnte seiner Ida etwas antun. Er wußte, wozu Krista fähig war: In Paris beim Abendessen im »Maxim's« hatte sie einer vermeintlichen Nebenbuhlerin eine ganze Flasche Dom Perignon über den Kopf gegossen und sich anschließend mit ihr auf dem Teppich gewälzt. Die Pariser Boulevardzeitungen hatten sich überschlagen deswegen. Nein, diese Sache mußte diplomatisch gelöst werden: Krista und Ida durften einander nicht begegnen. Er überlegte kurz, dann hatte er den rettenden Einfall.

Er entschuldigte sich bei Krista für ein paar Minuten, lief zur Rezeption, ließ sich mit Benjamin Strasser im Spielcasino Velden verbinden und bat ihn um einen großen Gefallen – unter Freunden. Dann gab er ihm die Nummer des Hotels durch.

Als er wenige Minuten später in Idas Zimmer trat, saß diese traurig auf dem Bett und teilte ihm mit, daß Strasser angerufen habe. Sie müsse dringend zurückkommen. Ida war eher geneigt, ihren Job hinzuschmeißen, als nach Velden zurückzukehren, aber Lennie konnte sie schließlich davon abbringen.

Es wurde ein langer, zärtlicher Abschied.

Als Ida endlich im Zug saß, atmete Lennie erleichtert auf. Jetzt blieb nur noch Krista.

Es hatte eine Zeit in seinem Leben gegeben, in der Krista, diese Teufelsfrau mit ihrem überschäumenden Temperament, ihren verrückten Einfällen und ihrer Eifersucht wichtig und richtig gewesen war, aber diese Zeit war vorbei. Er wollte die Beziehung zu Krista nicht wieder aufwärmen. Fieberhaft überlegte er, wie er sich von ihr lösen konnte, ohne daß sie einen Skandal machte. Er wußte aus Erfahrung, wie schwierig das sein würde: Die Eifersucht hält oft länger an als die Liebe.

Eine Nacht in Venedig, dachte er schließlich lächelnd, das mußte zu schaffen sein, auch ohne daß sie ihn wieder ins Bett zog.

Fröhlich vor sich hin pfeifend, betrat Lennie zwei Stunden später sein Zimmer. Aus dem Badezimmer hörte er Geplätscher.

Er öffnete die Tür. Krista aalte sich in der Wanne. Nur die Spitzen ihrer Brüste ragten aus dem Wasser. Vor einem Jahr noch hätte Lennie sich die Kleider vom Leib gerissen und wäre zu ihr in die Wanne gestiegen, um diesen verlockenden

Körper zu liebkosen. Doch diese Zeiten waren endgültig vorbei.

Er setzte sich auf den Rand der Badewanne. »Entschuldige, Krista – es hat doch etwas länger gedauert. Ich mußte noch einiges auf dem Kongreß regeln. Aber jetzt habe ich Zeit für dich.«

»Es tut mir so leid, Darling, nun habe ich keine Zeit. Ich muß mit der nächsten Maschine abreisen.«

Ein Wunder, dachte Lennie glücklich. »Und ich habe mich so gefreut auf einen Tag in Venedig mit dir«, behauptete er mit gespielter Zärtlichkeit. »Und natürlich auf die Nacht . . .«

»Darling, das können wir alles nachholen. Bald.«

»Wieso mußt du denn so plötzlich weg?«

Wie zufällig streichelte sie über ihre Brüste und sah ihn verführerisch an. »Weißt du, ich habe vorhin mit Sascha telefoniert.«

Lennie kannte Sascha. Er war der Fotograf, mit dem Krista seit Jahren zusammenarbeitete.

»Er braucht mich dringend. Modefotos für einen Kaufhauskatalog. Du weißt schon . . . Aufnahmen mit Sonne, Wasser, Strand – und vielen hübschen Mädchen. Der Auftrag ist eilig – und du rätst nicht, wohin ich fahre . . .«

»In die Karibik vermutlich.«

Sie lachte perlend. »Nein, zu dir! An den Wörther See!«

»Das ist ja . . . das ist ja . . .« Lennie griff haltsuchend nach Kristas Schulter, glitt ab – und stürzte in die Badewanne. ». . . phantastisch!« stammelte er, als er prustend wieder auftauchte.

Der frischgebackene Kurhotel-Direktor Rainer Jansen war unterwegs zu seinem morgendlichen Tennismatch mit Anja Weber und summte fröhlich vor sich hin.

Als sein Blick auf eine Plakatwand fiel, die an der Kurpromenade von Velden stand, verstummte er schlagartig. Die Werbefläche war vollgeklebt mit farbigen Postern des Schloßhotels.

Aha! Das also war Anjas Gegenschlag nach seiner geglückten Werbeaktion für das Kurhotel! Diese Anja, eine tüchtige und hübsche Frau, hätte er nie laufenlassen dürfen. Aber daß sie nun Lennie Berger anhimmelte und ihm, Rainer Jansen, zu allem Übel auch noch Knüppel zwischen die Beine warf, das ging zu weit!

Er schaute sich um. Die Promenade war um diese Zeit noch menschenleer. Plötzlich mußte er grinsen. Das war's! Er hatte einen Eimer mit grüner Farbe entdeckt, der offenbar dem Maler gehörte, der an der Kaimauer saß und sein Frühstück verzehrte. Blitzschnell hatte Jansen den breiten Pinsel in den Farbeimer getaucht und begann die Plakate grün zu übermalen.

Er hatte gerade das dritte Plakat mit grünen Bäumen, grünen Türmchen und grünen Hunden verziert, als ihm jemand auf die Schultern tippte.

Erschrocken drehte er sich um. »Ah, guten Morgen, Herr Polizeikommissar Graßhofer!«

»Hauptkommissar, Herr Jansen, Hauptkommissar! Ein begabter Maler sind Sie . . .«

»Wollen Sie es auch mal probieren, Herr Hauptkommissar?«

»Das überlaß ich Ihnen, Herr Jansen. Wie viele Plakate vom Schloßhotel haben Sie schon überpinselt?«

»Überpinselt!« rief Rainer Jansen empört. »Ich habe Kunstwerke geschaffen! Das sind fast echte Hundertwasser.«

Graßhofer zupfte an seiner Uniform und sagte dann: »Na, dann kommen S' mal mit!«

Er zog Jansen zu der nächsten Werbewand, die mit Postern des Kurhotels beklebt war. »Hier können S' jetzt weiter Hundertwasser spielen, Herr Jansen, bei Ihrem Hotel. Und wenn S' das schön machen, dann will ich mal nicht so sein. Ich schau zu. Ich schau' einem Maler immer gerne bei der Arbeit zu.«

Jansen tauchte den Pinsel in die Farbe, zog ihn heraus – und kleckste sich in seiner Wut einen großen grünen Farbspritzer ins Gesicht. Mit dem Tennisspielen wurde das wohl heute nichts mehr. Aber seine Wut gegen das Schloßhotel steigerte sich von Minute zu Minute. Ein halbe Stunde später stand er, frisch geduscht und umgezogen, in seinem graugestreiften Direktorenanzug vor dem Portal des Schloßhotels.

Ein junger Kellner lief vorbei, erkannte Jansen und grüßte freundlich: »Guten Morgen, Herr Direktor.«

Kaum war der Kellner verschwunden, wandte sich Jansen an die beiden Hausdiener, die in der Nähe herumlungerten. Offensichtlich waren sie gerade erst eingestellt worden. »Sie sind neu hier im Schloß?«

»Neu, Herr Direktor. Ich bin der Malec, das da ist Bruder Josip. Kommen aus Jugoslawien.«

Jansen grinste innerlich. Das paßte ja hervorragend. »Legen Sie die Besen weg!« befahl er den Hoteldienern streng. »Es gibt Wichtigeres zu tun. Ihr geht jetzt ins Schloß, und schraubt sämtliche Glühbirnen aus den Lampen, in allen Zimmern, allen Korridoren. Ist das klar?«

Wie aus einem Mund sagten die beiden: »Gutt, Chef. Wir machen. – Warum machen?«

»Wir kriegen neue Birnen. Also los!«

Eilfertig trabten die beiden jungen Männer ins Schloß. Jansen sah ihnen nach und rieb sich die Hände. Von fern hörte er das Tuten des Dampfers.

Im Zimmer 14 des Schloßhotels lümmelte sich Sascha auf einem der chintzbespannten kleinen Sofas. Er hatte die jeansbekleideten Beine auf den winzigen Spiegeltisch gelegt, seine Kamera war wie immer in Griffnähe. Er wartete auf Krista, die sich nach dem harten Arbeitstag am Wörther See gerade duschte.

Krista war sein Topmodell, seine Assistentin und seine Freundin. Seit Jahren jetteten sie miteinander um die Welt, von Termin zu Termin, und verdienten viel Geld zusammen. Trotzdem hing Krista noch immer an diesem Lennie Berger. Das ärgerte Sascha. Er war jetzt über Vierzig, sah mit seinem blonden Strubbelkopf aber viel jünger aus. Langsam wurde es für ihn Zeit, sich festzulegen – und Krista war genau die Richtige, fand er.

Krista kam aus dem Bad. Die schwarzen Haare waren noch feucht und klebten ihr am Rücken. Sie hatte ein weißes Frotteebadetuch um ihren Körper geschlungen und ging jetzt zum Kleiderschrank.

Dort ließ sie das Badetuch fallen und griff nach zwei Teddies. Nackt stand sie vor Sascha, als wäre er ein Möbelstück, das keine Augen im Kopf und keinen Unterleib hatte.

Sie hielt sich die beiden Teddies abwechselnd vor den Körper. »Was soll ich für Lennie anziehen? Den schwarzen oder den beigefarbenen? Was meinst du, Sascha?«

»Mir gefällt der schwarze – aber für diesen Berger ziehst du am besten eine Baumwollgarnitur an oder läßt dich einschweißen.«

Krista lachte. »Gut. Ich nehm' den schwarzen. Wenn er dir gefällt, dann wird er auch Lennie gefallen.«

Als sie ihn bat, ihren BH zu schließen, stand Sascha auf und trat hinter sie. »Was hat dieser Lennie nur, was ich nicht habe?«

»Ein Schloßhotel am Wörther See«, sagte Krista kühl.

»Aber ich habe auch einiges zu bieten.« Er drängte sich von hinten an sie, zwang sie, sich umzudrehen, und begann sie zu küssen. Er hatte sie fast soweit, daß sie schwach wurde, als es klopfte.

»Krista? Hier ist Lennie.«

»Moment, Lennie! Ich komm' gleich.« Sie stieß Sascha von sich und flüsterte heiser: »Verzieh dich ins Bad! Ich will nicht, daß Lennie . . .«

»Kommt nicht in Frage! Es wird Zeit, daß er endlich die Wahrheit erfährt.«

»Wenn du das tust, ist es endgültig aus zwischen uns, Sascha. Denk an dein Versprechen: keine Eifersucht, kein Besitzstreben, Freiheit für uns beide. – Augenblick, Lennie! Ich brauch' noch zehn Minuten. Wir sehen uns in der Halle.«

»In zehn Minuten«, sagte Lennie durch die Tür, »habe ich einen Termin. Sehen wir uns eben später . . .«

Sie hörten Schritte, die sich schnell entfernten.

»Der hat doch längst 'ne andere Freundin. Häng dich nicht an ihn, Krista, bitte!« Sascha versuchte, sie wieder zu küssen.

Sie machte sich von ihm los. »Natürlich hat er 'ne andere Freundin – aber nicht mehr lange, das versprech' ich dir.«

Eine halbe Stunde später saß Krista auf der Terrasse unter einem gelben Sonnenschirm und blickte auf den Schloßpark. Lennie war mit eiligen Schritten auf dem Weg zum Portal. Sie winkte ihm zu, und er kam näher, bedeutete ihr aber schon von weitem, daß er keine Zeit habe. Als er vor ihr stand, griff sie nach einer Plastiktüte aus dem Modehaus Ricci und streckte sie Lennie entgegen.

»Nur eine Minute, Lennie. Ich wollte dir dies schon gestern geben: Liebesgrüße aus Venedig – meine Art, Frieden zu schließen. Vielleicht hat deine Freundin Spaß daran.«

Lennie griff neugierig in die Tüte und holte eine Seidenbluse heraus. »Kein Augen-Auskratzen mehr?«

»Ach, Lennie«, sagte sie, »du kennst mich doch! Ich will mich entschuldigen. Schenk die Bluse deiner Ida! Sie braucht ja nicht zu wissen, daß sie von mir kommt . . .«

Auf seinen neuesten Schachzug war Rainer Jansen besonders stolz: Es war ihm gelungen, ein Zimmermädchen aus dem Kurhotel ins Schloßhotel einzuschmuggeln! Sie hieß Resi, war eine kleine dralle Maid und sah aus, als sei sie direkt von der Alm ihrer Mutter ins Tal geschneit. Sie konnte sich herrlich blöd stellen und sprach einen kaum zu verstehenden Kärntner Dialekt, hatte aber hypersensitive Ohren und ein riesiges Talent, immer dort zu sein, wo etwas passierte. Abends, nach Dienstschluß, traf sie dann mit Rainer Jansen zusammen, der ihr mit Hilfe einer ansehnlichen Prämie alle wichtigen Informationen aus dem Schloßhotel aus der Nase zog. Von Resi erfuhr er auch, wie die Sache mit den Glühbirnen ausgegangen war.

Wenn er an seinem Schreibtisch im Kurhotel saß, dann mußte er bei der Vorstellung immer noch in sich hineinlachen, wie Lennie die beiden jugoslawischen Hausdiener mit den Waschkörben voll Glühbirnen überrascht hatte.

Zuerst hatten sich die beiden an den Chefportier Schulz gewandt »Wohin mit Birnen? Schmeißen auf Müll?«

»Woher habt ihr die Birnen?«

»Chef sagen: Dalli, dalli, alle Lampen raus.«

In diesem Augenblick, so hatte Resi berichtet, sei Lennie Berger vorbeigekommen und habe getobt: »Ich bin der Chef! Bringt die Lampen sofort zurück! Seid ihr denn verrückt geworden?«

Malec hatte geschimpft: »Du Chef, anderer Chef, ich nix wissen.«

Und Josip hatte geflucht: »Verdammmich! Birnen rein, Birnen raus, immer arbeiten, alle verrückt . . .«

»Aber er hat Sie in Verdacht«, hatte Resi erzählt und das Geld mit einem verschmitzten Lächeln in den Ausschnitt ihres Dirndls gesteckt.

Ob er verdächtigt wurde, interessierte Rainer Jansen nicht, solange er nur Verwirrung stiften und dem Schloßhotel schaden konnte. Und insbesondere diesem eitlen Pfau Lennie Berger, dem die Weiber nachrannten und der außerdem in Velden eine immer größere Rolle spielte.

Wie der bisherige Pächter des Kurhotels Jansen gesagt hatte, wollte er sich über kurz oder lang zurückziehen. Somit wurde für das Hotel ein neuer Pächter gesucht. Falls er, Jansen, Interesse habe, solle er sich schnell bemühen. Und daß Rainer Jansen daran Interesse hatte, war keine Frage: Als Direktor war er abhängig, als Pächter könnte er lebenslang tun und lassen, was er wollte. Allerdings gab es da ein kleines Problem: Der Kurausschuß liebäugelte mit dem Gedanken, Lennie Berger als neuen Pächter zu verpflichten. Schloßhotel und Kurhaus in einer Hand – eine ideale Kombination, meinten viele Ausschußmitglieder. Die Schlüsselfigur bei der Verpachtung, so viel verriet der alte Pächter Jansen, sei Casinodirektor Puschnig, der sich für diesen Plan besonders stark mache.

»Und wie steht Puschnig zu Lennie Berger?«

»Noch kennen sich die beiden nicht«, meinte der Pächter. »Wie Puschnig mir neulich sagte, will er Herrn Berger bald treffen, um die Sache durchzusprechen.«

Soll er haben, dachte Rainer Jansen, der Herr wird bedient – aber von mir . . .

Dieses Vorhaben ließ Jansen sich einiges kosten: Bei Mayerhofer in München, dem berühmten Perückenmacher der Prominenten, ließ er sich eine Perücke aus brünettem halblangem Naturhaar anfertigen, kaufte eine helle Gabardinehose und dazu ein blaues Lacoste-Hemd, wie Berger sie oft trug, obwohl doch jeder Idiot wußte, daß ein Hoteldirektor immer in dunklem Anzug und Krawatte auftreten sollte.

In dieser Aufmachung betrat Jansen das Büro des Casinodirektors Puschnig.

Die Sekretärin meldete ihn an: »Herr Berger vom Schloßhotel . . .«

Aber Jansen war schon durch die Tür geeilt. »Hallo, Puschnig, altes Haus«, rief er jovial, »wollte Sie doch mal kennenlernen! War eben dabei, eure Finanzen ein bißchen aufzupolieren.« Er schaute sich im Raum um, begutachtete kritisch die modernen Möbel, die schwarzledernen Sessel und die breite Couch, den mächtigen Glastisch und die Picasso-Zeichnungen an den Wänden. »Schön haben Sie's hier, Puschnig. Na ja, ihr räumt ja da draußen auch gewaltig ab.« Dem verblüfften Puschnig, einem adrett gekleideten Vierziger, ganz Typ junger Manager, hielt er ein Etui unter die Nase: »Zigarre?«

»Nein danke, ich rauche nicht.«

Jansen setzte sich auf die Schreibtischkante.

»Sollten sie aber, alter Knabe! Sie kennen doch das Sprichwort: Wo man raucht, da kannst du ruhig harren, böse Menschen rauchen nie Zigarren . . .«

Puschnig wies leicht pikiert auf einen Stuhl vor seinem Schreibtisch. »Nehmen Sie bitte Platz, Herr Berger.«

»Mach' ich sofort! Aber erst nehmen wir einen zur Brust.« Jansen ging zu der kleinen spiegelverkleideten Hausbar und griff nach einer Flasche Chivas Regal. »Ich feuchte mir nun mal gern die Kehle an. In diesem Kaff gibt es kaum eine Kneipe, aus der man mich nicht schon mal rausgetragen hat.«

»Herr Berger, bitte . . .«

»Warum so förmlich, Puschnig? Sag doch Lennie zu mir. Prost! Trink auch einen. So ein Schluck läßt die Puppen tanzen, da freut sich die Leber.« Jetzt setzte er einfach die Flasche an den Mund.

»Herr Berger«, sagte der Casinodirektor schließlich steif, »es war nett, Sie kennenzulernen, aber jetzt muß ich leider . . .«

Jansen warf sich der Länge nach auf die Couch und ließ die Beine über die Lehne baumeln. »Aber jetzt kommt's doch erst! Paß auf, Puschnig: Du sitzt doch dick im Kurausschuß, nicht wahr? Und da wird doch über den Pächter des Kurhotels abgestimmt, nicht wahr? Leg ein gutes Wort für mich ein. Sollst auch dran verdienen, schwarz, steuerfrei, versteht sich.«

»Schon möglich, daß darüber bei der nächsten Sitzung gesprochen wird, aber jetzt, Herr Berger . . .«

Jansen sprang auf, packte erneut die Whiskyflasche und nahm noch einen kräftigen Schluck. »Gut, dann sind wir uns also einig: Du stimmst für mich. Und jetzt muß ich mich verkrümeln, die Gruftis im Schloßhotel warten auf mich. Wenn ich sie zu lange warten lasse, sind sie womöglich schon gestorben, hahaha . . .« Er schwenkte die Flasche so heftig, daß Tropfen auf den Teppich fielen. »Jetzt hätt' ich beinahe die Flasche mitgenommen.«

»Die können Sie behalten, Herr Berger.«

»Danke. Die leere ich heute abend auf dein Wohl, Puschnig. Bist ein richtiger Freund!« Schwankend verließ Jansen das Büro des Casinodirektors.

»Danke für den wunderschönen Abend, Lennie.« Sanft küßte Ida den Mann, den sie liebte. Sie standen vor der kleinen Pension »Seeblick«, in der Ida wohnte, seit sie im

Casino arbeitete. »Und danke auch für die herrliche Bluse. Morgen zieh' ich sie an.«

Lennie zögerte. »Liebesgrüße aus Venedig. Lieber hätte ich sie mit dir gekauft . . . Was hältst du davon, wenn ich noch auf einen Sprung mit raufkomme?«

»Viel – aber nicht heute abend. Ich hab' morgen sehr früh einen Termin. Aber danach bin ich frei. Holst du mich ab?«

»Gut«, sagte er, »um zwölf Uhr am Bootssteg. Wir fahren mit dem Motorboot raus und machen uns einen schönen Tag, ja?«

Sehnsüchtig schaute Lennie Ida nach, als sie durch die Tür ins Haus schlüpfte. Dann schlenderte er langsam zurück zu seinem weißen Porsche, den er vor dem Casino abgestellt hatte.

Schon von weitem sah er den Mann, der, eine Zigarette in der Hand, neben seinem Wagen stand: Sascha.

»Süß, die Kleine«, sagte Sascha, »wirklich entzückend.«

»Sie können das ruhig Krista erzählen, Sascha. Mir macht das nichts aus.«

»Mir auch nicht. Aber deshalb bin ich nicht hier. Darf ich Sie zu einem Drink einladen?«

Nur unwillig folgte Lennie ihm in eine kleine, schlecht beleuchtete Bar. In einer Ecke starrte ein älterer Mann trübsinnig in ein Glas Bier, ein Klavierspieler klimperte ununterbrochen *La vie en rose.* Wahrscheinlich kannte er nichts anderes.

Sascha bestellte zwei Cognac und rückte dann endlich mit der Sprache heraus: Ihm passe es nicht, daß Krista immer noch hinter Lennie her sei. Zum ersten Mal erfuhr Lennie, daß Krista schon seit Jahren ein Verhältnis mit Sascha hatte. Wenn der Fotograf geglaubt hatte, Lennie würde dies treffen, so hatte er sich getäuscht.

Lennie fiel ein Stein vom Herzen – bald würde er sie endgültig lossein. Wie bald, das hing, wie sich herausstellte, von ihm ab.

»Wir brauchen noch einen schicken mittelalterlichen Yuppie«, erklärte Sascha, »dann können wir morgen die Aufnahmen abschließen. Sie wissen schon, Lennie: ein Typ wie Sie, umgeben von ein paar süßen Gören in Badeanzügen am Strand. Krista hatte die Idee, Sie zu fragen. Das tue ich hiermit. Wenn Sie mitmachen, können wir morgen nachmittag schon weg sein. Ich weiß, Sie brauchen das Geld nicht, aber zehntausend Schilling sind schon drin für Sie.«

Lennie konnte sein Glück nicht fassen: Welch eine Chance für ihn! Adieu, Krista – und noch zehntausend Schilling auf die Hand.

Ida stand seit einer halben Stunde auf dem Bootssteg vor dem Schloßhotel und wartete auf Lennie. In ihrer neuen Seidenbluse und den schicken Edeljeans hielt sie Ausschau und fragte sich, wo Lennie blieb. Sie konnte es nicht glauben: Lennie hatte sie versetzt. Dieser Kerl ließ sie hier warten, wie bestellt und nicht abgeholt!

Über den Steg kam jetzt Resi, das neue Zimmermädchen vom Schloßhotel. »I fahr 'nüber zum Kurhotel. Hast ka Boot mehr kriagt? Willst mitfahrn?« Sie machte das kleine Elektroboot des Hotels los und stieg ein.

Schnell entschlossen sagte Ida zu. Sollte Lennie sehen, wo er blieb – falls er überhaupt noch auftauchte.

Schnurrend glitt das kleine Boot übers Wasser. Vor der weißen alten Kirche von Maria Wörth entdeckte Ida am Ufer eine Gruppe leichtbekleideter Mädchen, die sich um einen Mann geschart hatte. Der Mann sah aus wie Lennie. Das durfte doch wohl nicht wahr sein! »Fahr mal näher ran, Resi!«

Bald konnte Ida genau beobachten, was da am Ufer vor sich ging. »Uiii«, rief Resi aufgeregt, »schau mal, der Chef! Wie der schmusen kann . . .«

Die Situation war eindeutig: Lennie knutschte mit einer zierlichen schwarzhaarigen Person, die nur einen Hauch von Tanga trug, die beiden anderen Mädchen standen scheinbar unbeteiligt daneben. Ida kochte innerlich. Besaß doch dieser Kerl die Frechheit, sich mit ihr zu verabreden und dann mit anderen Mädchen rumzuflirten, während sie . . .

»Woast, wer dös is?« Resi genoß das Schauspiel vor ihren Augen. »Dös is die aus Nummer 14, die kloane Schwarze, die der Chef sich aus Venedig mitbracht hod. Ja mei, auf der Alm, da gibts kaa Sünd, und hier auch net . . .«

Ida sagte nichts. Sie wäre am liebsten zum Ufer geschwommen, damit sie schneller von hier wegkam als mit diesem kleinen Tuckerboot.

Kaum war sie im Casino, um ihrer Freundin Renate, die an der Bar der Casinoterrasse bediente, ihr ganzes Elend zu schildern, da tauchte Lennie mit Sascha, Krista und dem ganzen Mädchenpulk auf der Terrasse auf.

Als Lennie sie erblickte, stürzte er auf Ida zu. »Entschuldige tausendmal, Liebling, ich bin aufgehalten worden.«

»Das habe ich gesehen.«

»Du darfst nichts Falsches denken.«

»Ich denke schon das Richtige«, sagte Ida und hatte Mühe, sich zu beherrschen.

In diesem Augenblick kam Krista dazu. Mit spitzen Fingern befühlte sie den Stoff von Idas Bluse und säuselte dann: »Das ist ja die Bluse, die ich in Venedig gekauft habe, als Abschiedsgeschenk für Sie.«

Sie wandte sich triumphierend an Lennie: »Ich sehe, du hast ihr die Bluse gegeben . . .«

Das war zuviel. Mit zwei Handgrifffen, ritsch, ratsch, riß

Ida die Bluse auf und zerrte sie sich vom Leib. »Da haben sie ihre Bluse! Liebesgrüße aus Venedig . . .«

Krista warf die Bluse zurück. »Nicht doch, Kindchen! Behalten Sie die hübsche Bluse, als Trostpflaster sozusagen. Ich hab' schon so viele Blusen von Lennie bekommen, da macht eine mehr oder weniger nichts aus. Hauptsache, Lennie liebt mich. Deswegen habe ich ihm den kleinen Spaß mit Ihnen auch nicht übelgenommen.«

Ida rannte ins Casino, die zerrissene Bluse wie eine Fahne hinter sich her schwenkend.

Sie konnte nicht mehr hören, wie Sascha zu Krista sagte: »War das wirklich nötig?«

Und sie hörte auch Kristas Antwort nicht mehr: »Ja, sogar sehr nötig. Jetzt bin ich mit Lennie quitt. Jetzt können wir fahren.«

Die sanfte Hintergrundmusik aus den Lautsprechern des Flughafens Klagenfurt wurde unterbrochen von einer Durchsage: »Letzter Aufruf für die Passagiere der AUA 410 nach Frankfurt. Die Passagiere werden gebeten, sich zum Ausgang A3 zu begeben.«

Der Direktor des Spielcasinos von Velden stand auf, nahm sein Aktenköfferchen und sagte: »Kommen Sie, Ida! Es ist soweit . . .«

Ida starrte ins Leere, als warte sie auf irgend etwas . Doch worauf sollte sie warten? Sie wollte Lennie nie wiedersehen, zu groß war der Schmerz, zu tief hatte man sie beleidigt. Sie wollte nur noch weg aus Velden, damit sie ihm nicht mehr begegnen mußte. Kein Wort mehr wollte sie mit diesem Mann wechseln, der so niederträchtig mit ihr gespielt hatte. Es war eben doch nur ein Märchen gewesen. Das Märchen vom Schloßbesitzer und dem armen Zimmermädchen. Sie hatte schon recht gehabt mit ihren Befürchtungen.

Daß Direktor Puschnig für ein paar Wochen nach Santo Domingo in die Karibik mußte, um dort ein Casino aufzubauen, war Ida gerade recht gekommen. Sie hatte gebittelt und gebettelt, als seine Assistentin mitreisen zu dürfen, und Puschnig hatte nachgegeben – nicht nur aus beruflichen Überlegungen. Er wollte dieses schöne blonde Mädchen aus den Fängen dieses fürchterlichen Angebers und Trinkers Lennie Berger retten. Noch immer sah er diesen Berger vor sich, wie er mit der halbvollen Whiskyflasche aus seinem Büro getorkelt war.

»Wie konnten Sie nur!« hatte er gerufen, als Ida ihr Problem angedeutet hatte. »Mit solch einem Ekel . . .«

Ida hatte ihren obersten Chef fassungslos angestarrt und kein Wort begriffen. Wenn Lennie alles mögliche war – ein Ekel war er bestimmt nicht.

Vor der Paßkontrolle stand Lennie.

Idas Herz schien in den Magen zu sacken, ihre Beine drohten nachzugeben. Sie wollte stumm an ihm vorbeigehen und ihn einfach ignorieren.

Aber Lennie hielt sie fest und sprach heftig auf sie ein. »Ida, bitte! Du mußt mir zuhören! Mit Krista ist es längst aus, nichts verbindet uns mehr. Das, was du gesehen hast, war ein Kuß für die Kamera, nichts weiter. Und aus Venedig habe ich dich doch nur zurückholen lassen, weil Krista gedroht hat, dir etwas anzutun.« Er sagte noch viel mehr: Von Liebe sprach er und vom Besten, was ihm je im Leben passiert sei, nämlich die Begegnung mit Ida.

Männer, dachte sie verächtlich. Sie machte sich von ihm los. »Leb wohl, Lennie!« Ihre Stimme klang kühl.

Plötzlich stand Puschnig neben ihr. »Lennie? Lennie Berger? Der Chef vom Schloßhotel?«

»Ja, bitte?«

»Also«, sagte Puschnig, »bei mir war ein anderer Lennie

Berger. Der wollte über die Pacht vom Kurhotel verhandeln.«

»Das kann nur Jansen gewesen sein«, schloß Lennie nach kurzer Überlegung. »Der wollte mich bei Ihnen madig machen.«

»Das ist ihm gelungen – fast. Wenn ich Sie nicht jetzt kennengelernt hätte, Herr Berger. Na, Ida, wollen Sie immer noch mitfliegen, oder . . .«

»Ich fliege mit.«

»Flieg nicht, Ida, bleib bei mir«, flehte Lennie leise.

Ida umklammerte ihren kleinen blauen Handkoffer fester. »Selbst wenn ich dir jetzt glauben würde, Lennie – laß mir etwas Zeit. Man sagt doch immer: Die Zeit heilt alle Wunden.«

Ohne sich noch einmal umzublicken, ging sie durch den Zoll, zeigte ihren Paß vor und verschwand in der Menge.

5. Kapitel

Das Fitneßcenter

An diesem warmen Vorsommertag fiel es Lennie Berger auf, daß draußen in der Halle fast nichts los war. Wo blieben nur die neuen Gäste? Er stand von seinem Schreibtisch auf und fragte Anja Weber im Vorzimmer, wie viele Anmeldungen in den letzten Tagen gekommen seien. »Seit zwei Tagen überhaupt keine«, war ihre Antwort. Lennie ging weiter zum Portier. Schulz jagte gelangweilt eine Fliege.

»Nichts zu tun, Schulz?«

»Ich weiß auch nicht – irgendwas muß mit dem Telefon nicht in Ordnung sein. Seit der Telefonservice vor zwei Tagen alles repariert hat, ist der Wurm drin. Wahrscheinlich haben sie irgendeinen Stecker falsch reingesteckt – ich kann zwar telefonieren, aber es kommen praktisch keine Telefonate rein.«

Lennie hob den Hörer ab. Das Freizeichen ertönte. »Ich seh' schon Gespenster. Ob da wieder Jansen dahintersteckt? Aber ein Telefon kann man doch nicht manipulieren.«

Hinter Schulz tauchte der Hausdiener Josip auf. »Kann man manipul . . . umpolen mit Funk. Service war vielleicht nix gutes Service.« Er rief seinen Bruder zu sich. »Malec, du schauen.«

Malec nahm einen winzigen Schraubenzieher aus seiner Schürze und machte sich an der Telefonanlage zu schaffen.

»Moment mal«, sagte Lennie, »versteht er denn was davon?«

Josip beruhigte Lennie: »Malec gute Mechaniker bei Militär. Apparat immer kaputt. Er reparieren, ich telefonieren . . .«

Schon hatte Malec das Gehäuse der Telefonanlage abmontiert und zeigte mit seinem Schraubenzieher auf das Innere.

»Da«, stellte er befriedigt fest. »Ist Umpolschaltung. Alle Anrufe gehen über Funk zu andere Telefon, wenn andere Mann es will.«

Das mußte Jansens Werk sein, dachte Lennie. Aber beweisen konnte er es nicht. Noch nicht!

Minuten später war die Sache klar. In der Telefonzelle vor dem Schloßhotel wählte er die Nummer des Hotels. Eine fremde Frauenstimme meldete sich: »Schloßhotel Wörther See . . . Nein, bedaure, wir sind ausgebucht, aber wir können Ihnen gern ein Zimmer im Kurhotel besorgen, auch ein ausgezeichnetes Haus . . . Ja, selbstverständlich, das gehört doch zum Service . . .« Das genügte.

Lennie stürmte ins Kurhotel, fegte durch die große, moderne Halle und fand Rainer Jansen schließlich am Swimmingpool. Er saß an einem kleinen weißen Tisch unter einem Sonnenschirm und unterhielt sich angeregt mit dem Bürgermeister von Velden. Die beiden steckten die Köpfe zusammen wie zwei Verschwörer. Lennie vermutete schon lange, daß die beiden Hand in Hand arbeiteten.

Wütend baute er sich vor ihnen auf.

»Herr Bürgermeister, wie finden Sie das: Dieser saubere Herr Jansen hat mein Telefon angezapft! Alle Bestellungen für mein Haus landen in seinem Büro.«

»Na, so was! Jansen, was sagen Sie dazu?«

Jansen war bleich geworden, fing sich aber sofort. »Das

ist eine Schlamperei der Post. Ich habe mich schon beschwert. Schließlich haben wir was anderes zu tun, als die Anrufe fürs Schloßhotel entgegenzunehmen.«

»Aber Sie empfehlen meinen Gäste, sich im Kurhotel einzuquartieren . . .« Lennie hatte Mühe, ruhig zu bleiben.

Jansen lachte spöttisch. »Tut den Gästen ja auch gut. Schließlich haben wir ein modernes Fitneßcenter mit allem Drum und Dran. Sie dagegen haben nur alte, dringend renovierungsbedürftige Zimmer, Herr Berger. Außerdem haben Sie meine Plakate überkleben lassen.«

»Aber erst nachdem Sie meine Plakate überpinselt haben.«

»Und Sie«, sagte Jansen trocken, »haben die Sekretärin der Kurverwaltung mit einem kostenlosen Aufenthalt im Schloßhotel bestochen, haben der Dame Kaviar und Champagner serviert . . .«

Lennie wandte sich an den Bürgermeister, der dem erhitzten Wortwechsel amüsiert gelauscht hatte und jetzt in aller Ruhe seine Pfeife stopfte.

»Herr Bürgermeister, dieser Mensch hat sich dem Casinodirektor als Lennie Berger vorgestellt und versucht mich auszutricksen.«

Der Bürgermeister stand auf, zog an seiner Pfeife, stieß den Rauch aus, hielt die Pfeife mit den Zähnen fest und legte seine Hände auf die Schultern der beiden Widersacher. »Meine Herren, ich habe mir das jetzt lange genug angehört. Sie wollen beide das Kurhotel pachten, gut. Ich schlage vor, Sie beenden Ihren Kleinkrieg und überlassen die Angelegenheit dem Ausschuß. Der Ausschuß hat beschlossen, einen Regierungsvertreter aus Wien kommen zu lassen, der als Fachmann ein unabhängiges Urteil abgeben wird. Diesem Urteil wird sich der Ausschuß anschließen. Guten Morgen, die Herren . . .«

Der Regierungskommissar sollte am Wochenende eintreffen und zuerst das Kurhotel begutachten – so viel hatte Lennie in Erfahrung bringen können. Der Mann würde anreisen wie ein ganz gewöhnlicher Gast und in aller Stille seine Schlüsse ziehen.

Lennie wollte zu gern wissen, welche Erfahrungen der vom Ausschuß bestellte Fachmann im Kurhotel machte. Deshalb hatte er eine Entscheidung getroffen: Er würde einen Spion entsenden. Einmal, nur ein einziges Mal, wollte er Jansen mit gleichen Waffen schlagen.

An der Rezeption gab er Anweisung, alles für die Ankunft des Beamten vorzubereiten. Er sollte die Fürstensuite bekommen und mit Glacéhandschuhen angefaßt werden.

Dann besprach er mit Anja Weber die Strategie im Kampf gegen Rainer Jansen.

Anja war Lennie in diesen wenigen Wochen sehr ans Herz gewachsen. Manchen Abend hatten sie miteinander verbracht, um liegengebliebene Arbeiten aufzuholen. Wie selbstverständlich war das Du zwischen ihnen gefallen. Anja wußte alles, was das Hotel betraf, kannte die Stammgäste, ihre Gewohnheiten, Vorlieben und Abneigungen. Ihr war keine Arbeit zuviel, Überstunden waren kein Thema für sie, und mit dem Personal konnte sie genau in der richtigen Mischung aus Sanftheit und Härte umgehen. Und ihre schlanke Schönheit war für Lennie immer ein beruhigender Anblick.

»Sag mal, Anja, dein Bruder wollte doch für ein Wochenende hierherkommen.«

»Mein Halbbruder«, berichtigte ihn Anja. »Michael will am Freitag hier eintrudeln, also morgen.«

Lennie wanderte im Büro auf und ab. »Er heißt also nicht Weber wie du?«

»Nein. Michael Prater.«

»Und Jansen kennt deinen Bruder – ich meine Halbbruder – nicht persönlich?«

»Nein. Michael war noch nie hier. Worauf willst du hinaus?«

»Glaubst du, es würde ihm etwas ausmachen, ein paar Tage im Kurhotel zu wohnen?«

Anja begriff noch immer nicht. »Warum denn? Wir haben ein Zimmer für ihn reserviert. Und sollte sein Zimmer wirklich gebraucht werden, dann kann er immer noch bei mir übernachten. Wir richten uns schon ein.«

»Darum geht es nicht, Anja«, sagte Lennie. »Es geht . . . Also, dein Bruder würde mir einen großen Gefallen tun, wenn er sich drüben bei Jansen etwas umsehen würde. Unerkannt, versteht sich . . .«

»Du meinst schnüffeln, spionieren?«

»Wenn du es so nennen willst.«

Sie lachte laut auf. »Eine phantastische Idee! Das wird ihm Spaß machen. Für Geheimaufträge hatte Michael schon immer ein Faible. Ich werde Resi gleich Bescheid sagen, daß das reservierte Zimmer nicht mehr gebraucht wird.«

Egon Müller litt häufig darunter, daß jeder ihm den subalternen Beamten sofort ansah: In seinem Herzen fühlte er sich nämlich als Abenteurer. Der fünfzigjährige, leicht korpulente Regierungsrat mit den dicken Brillengläsern erwartete von der Welt, daß sie ihn als einen Mann sah, der trotz seiner peniblen Art und seiner Umständlichkeit eine poetische Seele besaß. Doch nicht einmal seine eigene Frau war nach fünfundzwanzig Jahren Ehe zu dieser Betrachtungsweise bereit.

Regierungsrat Egon Müller fuhr also in seinem kleinen roten Honda am Freitag morgen vor dem Portal des Schloßhotels vor.

Auf sein kleines Tonbandgerät, das er neben sich auf dem Beifahrersitz plaziert hatte, sprach er die historischen Sätze: »Ankunft exakt« – er blickte auf seine Uhr – »10.42 Uhr im Kurhotel Velden. Schönes altes Haus, gepflegte Atmosphäre mit großem Park . . .«

Er wuchtete sich aus dem Kleinwagen und starrte blinzelnd in die Sonne.

Eine junge Dame trat auf ihn zu. »Willkommen im Schloßhotel! Ich bin Anja Weber, die Direktionsassistentin. Ich hoffe, Sie hatten eine gute Reise . . .«

»Müller«, sagte er steif und verbeugte sich andeutungsweise. »Aber wieso Schloßhotel? Ich will ins Kurhotel.«

Anja wies mit der Hand auf das große weiße Gebäude gegenüber. »Das Kurhotel ist da drüben. Fünf Minuten zu Fuß, eine halbe Stunde mit dem Auto.«

»Wie das?«

»Der Einbahnzirkus. Sie müssen jetzt wieder zurück zum Kreisverkehr, dann links die Hauptstraße bis zur ersten, nein zweiten, nein dritten, nein, doch besser der zweiten Querstraße bis zum Zeughaus . . . Nein, besser, Sie fahren zuerst links und dann zweimal links und einmal rechts und dann . . .«

Müller unterbrach sie: »Also bis zum Kreisverkehr, dann rechts.«

»Nein, links . . .«

»Gut, bis zur ersten Querstraße, dann wieder links . . .«

Anja Weber lachte. »Ja, dann sind Sie wieder bei mir. Wissen Sie was? Ich sag' nur schnell drinnen Bescheid, und dann fahre ich mit Ihnen rüber . . .«

Müller setzte sich in den Wagen und diktierte: »Berichtigung: Bin erst im Schloß, dem zweiten zu observierenden Hotel, gelandet. Sehr nette und zuvorkommende Empfangsdame. Will mich zum Kurhotel begleiten.«

Rainer Jansen fühlte sich an diesem Freitag morgen wie ein General, der seine Truppen zum Aufmarsch befiehlt.

An der Rezeption – alles weiß und blankpoliert, so steril wie der Empfang einer Klinik – fragte er den Portier: »Sind alle Zimmer bereit?«

»Ja, die große Suite für den Herrn der Landesregierung, Zimmer 115 für den Bruder von Frau Anja Weber.«

Jansen überlegte. Resi, das Zimmermädchen aus dem Schloßhotel, hatte ihn gleich über den Besucher informiert. Es war klar, daß Anjas Bruder Unruhe stiften und herumspionieren wollte – aber er sollte sich wundern. Er, Jansen, wollte ihm und Anja die Suppe kräftig versalzen.

»115? Nein, geben Sie ihm Zimmer 93.«

»Aber das Zimmer haben wir noch nie vermietet. Das kann man keinem Gast zumuten. Das wird nur als Ausweichquartier für Saisonpersonal benutzt.«

»Gerade richtig«, murmelte Jansen zufrieden. »Der Knülch soll erleben, was es heißt, Rainer Jansen aufs Kreuz legen zu wollen.«

Durch das große Fenster neben dem Empfang sah er nach draußen. Vor dem Hoteleingang stand Anja Weber mit einem älteren Mann, von dem sie sich freundlich verabschiedete.

»Schauen Sie, Melcher!« sagte er zum Portier. »Diese Frechheit! Die bringt Ihren Bruder tatsächlich hierher – und schämt sich nicht einmal. Na warte! Melcher, Sie lassen den Kerl erst mal eine Weile warten!«

Der »Kerl« betrat die Halle und ging auf den Empfang zu. »Guten Tag, mein Name ist Müller. Ich hätte gern für zwei bis drei Tage ein schönes Zimmer.«

Melcher drehte sich gelangweilt zu Jansen um und flüsterte: »Einen orginelleren Namen hätt' er sich schon aussuchen können, oder?«

Dann wandte er sich wieder dem Gast zu. »Also ein Zimmer wollen Sie? Warum haben Sie sich denn nicht angemeldet? Na ja, die Herren aus Wien . . . Leider wird erst am Nachmittag ein Zimmer frei.«

»Ich kann warten.« Egon Müller machte sich auf den Weg in die Halle, aber der Portier rief ihn zurück. »Sie, das geht fei net! Sie können hier net einfach so rumspazieren, wenn S' noch gar kein Gast sind. Da hinten stehen Stühl', da setzen S' sich nieder, da hab' ich Sie im Blick.«

»Wenn Sie meinen . . .« Der Herr Regierungsrat setzte sich unerkannt auf einen der unbequemen Stühle in der entlegensten Ecke der Halle, holte sein kleines Tonbandgerät aus der Tasche und sprach leise einige Sätze ins Mikrofon . . .

Michael Prater ging, eine Flugreisetasche in der Hand, auf den Eingang des »Kurhotel Fitneßcenter Velden« zu. Dabei sah er sich unauffällig um und hielt Ausschau nach einem kleinen roten Honda. Anja, der inzwischen klargeworden war, wen sie da zum Kurhotel gebracht hatte, wußte den Namen des Regierungsvertreters leider nicht, nur die Wiener Autonummer und die auffällige Farbe des Wagens hatte sie sich gemerkt.

Das Gefährt war nicht zu übersehen. Sein Besitzer hatte es so unglücklich geparkt, daß es mit der Schnauze in die schmale Gasse zwischen den anderen Autos ragte.

Michael Prater betrachtete sich im Seitenspiegel des roten Honda: schmaler Kopf, Bürstenhaarschnitt wie ein junger Soldat, blond, kein Gramm zuviel. Er grinste sich an. Anjas Bitte, sich im Kurhotel ein bißchen umzuschauen, erfüllte er nur zu gern. So etwas lag ihm.

Mit seinen fünfunddreißig Jahren war Michael noch immer ein großer Junge, von dem Schwester und Mutter zu Recht behaupteten, er würde nie erwachsen werden. Das wollte er auch nicht. Erwachsene waren ihm schon als Kind ein Greuel gewesen.

Von hinten näherte sich ein riesiger Lastwagen mit Bierfässern. Der Fahrer, ein wahrer Riese von Kerl, dem man ansah, daß er seine tägliche Bierration genoß, hupte wie ein Wilder. Schließlich beugte er sich weit aus dem Seitenfenster: »Fahren S' weg da, aber schnell! Wenn S' net sofort mit ihrer Luxuskutschen abhauen, dann schieb i nach!«

Der Fahrer fackelte tatsächlich nicht lange. Schon berührten sich die beiden Stoßstangen.

Michael sah, daß der Schlüssel im Honda steckte, setzte sich in den Wagen und parkte ordnungsgemäß ein. Dann stieg er aus und schlenderte zum Eingang des Kurhotels.

»Prater ist mein Name«, sagte er am Empfang. »Haben Sie noch ein Zimmer frei für zwei bis drei Tage?«

Der Portier schaute nur kurz hoch. »Tut mir leid, wir sind bedauerlicherweise total ausgebucht.«

»So, so.« Michael überlegte kurz. »Hören Sie – kennen Sie Michail Gorbatschow?«

»Sehr wohl, mein Herr, der Erfinder des Wodka.«

»Ja, der.« Michael lachte. »Nun stellen Sie sich mal folgendes vor: Michail Gorbatschow würde überraschend nicht am Schwarzen Meer in seiner Datscha Ferien machen wollen, sondern hier im Kurhotel am Wörther See. Hätten Sie für den Präsidenten der UdSSR ein Zimmer frei?«

Der Portier strahlte ihn an. »Na sicher! Für Gorbatschow hätten wir immer ein Zimmer!«

Michael legte hundert Schilling auf den Tisch und schob sie dem Portier zu. »Prima! Dann geben Sie mir das Zimmer von Herrn Gorbatschow. Gorbi kommt nicht, soll ich Ihnen ausrichten. Ich hab' eben mit dem Kreml telefoniert . . .«

Der Portier sah ihn verblüfft an. Er suchte immer noch nach einer Antwort, als sein Chef im grauen Nadelstreifenanzug auftauchte. Mit devotem Lächeln stellte er sich vor.

»Jansen, mein Name. Ich bin der Direktor des Kurhotels. Selbstverständlich können wir Ihnen helfen.«

Die ganze Zeit hatte Rainer Jansen wie auf glühenden Kohlen gesessen. Resi hatte ihm telefonisch mitgeteilt, daß der Regierungsmensch einen roten Honda mit Wiener Nummer fahre. Das hatte sie von Anja Weber erfahren.

Jansen hatte von seinem Büro aus beobachtet, wie dieser junge Mann, der jetzt vor ihm stand, aus dem roten Honda gestiegen war, und hatte ihm schon entgegeneilen wollen, als ihm ein Anruf dazwischenkam. Der Bürgermeister hatte nochmals dringlichst gebeten, den Regierungsrat auf keinen Fall warten zu lassen. Nein, er wisse auch nicht mehr, als daß es sich um einen Regierungsrat handele. Der Mann wolle schließlich anonym bleiben, das müsse man doch verstehen. Jansen hatte den Bürgermeister beruhigt und den Hörer auf die Gabel geknallt. Jetzt war er endlich am Ziel.

»Willkommen im Kurhotel, Herr Regierungsrat.«

Michael Prater mußte unwillkürlich lächeln. »Also in Wien hat man mich schon Doktor, Professor und Herr Oberst genannt – Regierungsrat ist neu. Bitte, sagen Sie einfach Prater zu mir.«

»Verstehe, Herr Re . . . Herr Prater. Wir sind die Diskretion selbst, Spezialität unseres Hauses – auch wenn die Herren manchmal mit Damen . . . Sie verstehen?« Jansen zwinkerte seinem Gast verschwörerisch zu. »Und womit können wir Ihnen dienen?«

»Erstens brauche ich ein Zimmer, und zweitens möchte ich Ihre vielgepriesene Fitneßkur machen. Ist das zu regeln?«

»Selbstverständlich! Wie Sie wünschen! Portier, geben Sie mir den Schlüssel für die Suite 710.« Schnell gab er dem Hausdiener einen Wink. »Das Gepäck des Herrn bitte auf 710.«

Egon Müller war inzwischen das Warten leid. Mit seinem schweren Koffer, der ihm die Schultern nach unten zog, ging er an die Rezeption. »Ist mein Zimmer jetzt fertig?«

»Ja«, sagte Jansen knapp. »Nehmen Sie sich ihren Schlüssel. Den Weg werden Sie ja wohl selbst finden.«

»Und mein Koffer?«

»Den dürfen Sie mitnehmen. Der Hausdiener hat zu tun, wie Sie sehen, und ich auch.«

Als Jansen mit dem Herrn Regierungsrat zum Aufzug ging, stolperte Herr Müller mit seinem Koffer schwitzend hinterher. Mit einer Handbewegung hielt ihn Jansen zurück. »Sie nehmen besser die Treppe am anderen Ende der Halle. Das Zimmer befindet sich im obersten Stock.«

So, dachte er zufrieden, das müßte genügen. Der wird bald verschwinden, dieser Schnüffler.

So geschah es, daß Egon Müller in einer Art Besenkammer im Kurhotel landete, in der die Tür des Badezimmers aufging, wenn man die Zimmertür schloß, und die Schranktür aus den Scharnieren sprang, wenn man die Toilettenspülung betätigte. Es gab weder Telefon im Zimmer noch ein Fernsehgerät. Und jedesmal wenn der Lift sich in Bewegung setzte, dröhnte es wie beim Start eines Airbus. Nachdem er eine Weile mit den Tücken dieses Zimmers gekämpft hatte, setzte sich der Regierungsrat auf das Bett, um in aller Ruhe seine ersten schlechten Eindrücke auf das Tonband zu sprechen. Doch mit der Ruhe war es nicht weit her. Mit lautem Getöse brach nämlich Sekunden später das Bett zusammen. Müllers Kommentar auf Band lautete dementsprechend: »Dritter Bericht. Habe endlich Quartier bezogen. Miserabler Service, mußte Koffer selbst tragen. Das Zimmer eine einzige Katastrophe. Recherchiere weiter.«

Anja Webers Bruder Michael hingegen bezog eine riesige Suite mit eingebauter Bar, Schlaf- und Wohnzimmer in bestem Schöner-Wohnen-Stil, mit Farbfernseher und Telefon und einem Bad, dessen vergoldete Armaturen nur so blitzten.

So kam es auch, daß Michael Praters durchtrainierter Körper von einer zauberhaften Fee namens Rita mit wohlriechenden ätherischen Ölen eingerieben und mit zarten Händen massiert wurde, während Herr Müllers dicklicher Leib von den kräftigen Händen eines Masseurs namens Bruno brutal durchgeknetet wurde.

Als Müller gequält aufstöhnte, herrschte Bruno ihn an: »Stellen Sie sich nicht so an! Schmerzen müssen sein. Wenn's nicht weh tut, dann hilft es auch nicht.«

In der Nachbarkabine schien es nicht weh zu tun. Müller hörte mehrmals das wohlige Seufzen eines anderen Gastes – ein Irrtum war absolut ausgeschlossen.

Nach der Massage schleppte sich Müller zur Sauna. Durch das Fenster in der Tür sah er die süße schlanke Masseurin – sie war natürlich nackt –, die dicht neben dem ebenso nackten Gast von vorhin saß und dessen Hand hielt. Als Müller die Tür öffnen wollte, wurde er von Bruno brutal zurückgerissen. »Für Sie hab' ich was Besseres!« verkündete der Masseur und steckte ihn in einen Einmann-Saunakasten, aus dem nur der Kopf herausragte.

Wieder befreit, wünschte Müller sich nichts mehr, als mit den beiden jungen Menschen zusammen in den runden Whirlpool zu steigen.

Bruno aber hatte andere Pläne. Mit festem Griff führte er den gequälten Egon Müller zu einer Tür und schob ihn auf eine Terrasse.

Es hatte zu regnen begonnen. Plötzlich peitschte der Regen auf Müllers überhitzten und geschundenen Körper. Er wollte in das Fitneßcenter zurück, aber die Tür ließ sich von draußen nicht öffnen. Suchend blickte er sich um und traute seinen Augen nicht, als sich über ihm ein kleines Fenster öffnete und der Hoteldirektor auf ihn herabgrinste.

»Unsere Kneippkur«, rief Jansen fröhlich, »für ganz spezielle Gäste! Wohl bekomm's! Und grüßen Sie gelegentlich mal Ihre Schwester.«

Ich hab doch überhaupt keine Schwester, sagte sich Müller verwirrt. Ob man ihn vielleicht mit jemand anderem verwechselte?

Als Bruno ihn schließlich wieder einließ, fühlte Egon Müller sich seelisch und körperlich verschnupft.

Am Abend beobachtete er im Speisesaal des Hotels, wie die Masseurin und dieser Michael Prater bei Kerzenlicht dinierten. Direktor Jansen persönlich goß Champagner nach, die Ober servierten ein köstliches Mal. Als Vorspeise Lachs, dann zartes Lamm als Hauptgang, anschließend Mousse au Chocolat, Käse, Mokka und Cognac.

Müller hingegen hatte man direkt neben den Kücheneingang gesetzt, an einen winzigen Katzentisch. Sein Menü bestand aus drei rohen Mohrrüben, einem Kressesalat als Hauptgericht und einem halben Joghurt als Dessert. Dazu eine Flasche stilles Wasser. Sofort nach dem sogenannten Essen zog sich Müller in seine Besenkammer zurück, griff nach dem Tonbandgerät und diktierte: »Dieses Hotel ist kein Hotel, sondern ein Horrorhaus . . .«

Renate Müller hatte zwar die Vierzig weit überschritten, aber durch allerlei chirurgische und kosmetische Operationen hatte sie sich doch jünger erhalten, als sie insbesondere innerlich war. Egon Müller bezeichnete seine Frau gern als eine rüstige Mittvierzigerin, womit er sich schon etliche Fußtritte unter dem Tisch eingehandelt hatte.

Ihren fehlenden Humor ersetzte Renate Müller durch einen auffallend ondulierten Lockenkopf und eine schrille Stimme, die ihr beim Portier des Kurhotels sofort das Etikett »Schreckschraube« einbrachte, als sie am Freitag abend überraschend an der Rezeption auftauchte. »Ich will zu meinem Mann, dem Regierungsrat . . .«

Ehe sie weitersprechen konnte, fiel ihr der Portier schnell ins Wort: »Ah, der Herr von der Landesregierung! Selbstverständlich, gnädige Frau, der Herr ist in seiner Suite, 710 im dritten Stock.« Er griff nach dem Telefon, um sie anzumelden.

»Lassen Sie das! Ich will meinen Mann überraschen.«

Als die Tür von 710 auch nach mehrfachem Klopfen und unzähligen Rufen – »Mausilein, ich bin's!« – nicht geöffnet wurde, holte Frau Renate Müller ein Zimmermädchen, dem sie herrisch befahl, mit dem Generalschlüssel die Suite ihres Mannes zu öffnen. Als das total eingeschüchterte Wesen ihrer Anweisung nachgekommen war und sie bewundernd durch die Räume schritt, wurde ihr plötzlich klar, daß sie irgend etwas falsch gemacht haben mußte. In solch einem fürstlichen Hotel war ihr Egon noch nie mit ihr abgestiegen, das behielt er sich wohlweislich für seine Dienstreisen vor. Na, der sollte was erleben! Sie schleppte er in winzige Pensionen, wo sie sich mit dem Tauchsieder ihren Frühstückskaffee selbst zubereiten mußte, oder ließ zu, daß sie in einem Zelt am Neusiedler See von den Mücken aufgefressen wurde, und wenn er allein unterwegs war, lebte er wie die Made im Speck. Sie holte sich eine halbe Flasche Rotwein aus der Minibar, verzog sich ins Schlafzimmer, entkleidete sich und legte sich in das breite Doppelbett. Dann schaltete sie den Fernseher ein.

Es war ein schöner Tag für Michael Prater gewesen. Leicht beschwipst vom Champagner und vom heftigen Flirten, stand er neben Rita im Aufzug. Er zog sie an sich. »Kommst du noch auf einen Nightcup mit zu mir?«

»Ich bring' dich bis zu deinem Zimmer.«

Im dritten Stock stiegen sie aus und gingen eng aneinandergeschmiegt über den taubengrauen weichen Velours bis zur Suite. An der Tür blieben sie stehen.

»Die Nacht ist noch jung und die Minibar voll«, lockte Michael.

Das junge Mädchen sah ihn mit ihren großen dunklen Augen fragend an. »Und nach dem Drink?«

Er lächelte. »Dann kannst du dich wieder anziehen und mich schlafen lassen.«

Michael fummelte mit seinem Schlüssel an der Tür und stieß sie dann mit dem Ellenbogen auf. Sekunden später trug er Rita auf den Armen in die Suite. Sie strampelte ein wenig, aber er spürte, daß sie sich nur zum Schein wehrte.

»He, das ist aber gegen die Hausordnung! Das gehört auch nicht mehr zu meinem Fitneßprogramm!«

»Doch«, sagte Michael lachend, »zu *meinem* Programm . . .«

In dem halbdunklen Wohnraum – nur vom Schein einer Straßenlaterne erhellt – setzte er Rita ab, zog sie an sich und küßte sie leidenschaftlich. Gleichzeitig sanken sie auf das große Sofa in der Mitte des Raumes. Seine Umarmung wurde drängender, seine Hände begannen sie zu entkleiden.

»Komm«, flüsterte sie. »Im Bett ist es schöner . . .«

Leise schlichen sie ins Schlafzimmer. Auch hier umhüllte sie Dunkelheit. Vorsichtig tasteten sie sich vorwärts und fielen, ohne sich auch nur eine Sekunde loszulassen, auf das Bett.

Seine Hände verschwanden unter ihrer Bluse.

Plötzlich sagte ein fremde dunkle Frauenstimme: »Das geht zu weit!«

Ein Licht wurde angeknipst.

»Verschwinde, du Schlampe!« keifte die fremde Frau in Michaels Bett.

»Du bist verheiratet!« rief Rita entrüstet.

»Ach was!« sagte Michael. Er wandte sich der fremden Frau zu. »Was machen Sie hier, in meinem Bett?«

»Ihr Zimmer?« Renate Müller verhüllte sich notdürftig mit der Bettdecke.

»Na, siehst du, Rita! Die Dame hat sich im Zimmer geirrt. Kann doch vorkommen. Also, Madame . . .«

»Und wo ist mein Mann?«

»Keine Ahnung. Ich kenne Ihren Mann nicht.«

»Ich werde ihn finden!« verkündete Renate Müller, aufs höchste erregt, sprang aus dem Bett und schlang hastig die Bettdecke um ihren fülligen Leib. Sie lief ins Wohnzimmer, packte ihr Reisetäschchen und drehte sich an der Tür noch einmal um: »Und wenn ich das ganze Hotel auf den Kopf stellen muß!«

Rita und Michael sahen sich an und fielen sich lachend in die Arme. Michael fragte: »Wo waren wir noch stehengeblieben?«

Regierungsrat Müller hatte eine schlimme Nacht hinter sich: Erst hatte er beim Öffnen der Nachttischschublade feststellen müssen, daß diese klemmte, dafür aber das Fenster aufsprang! Als die Schublade endlich wieder zu war, war auch das Fenster zu, war aber mit einem solchen Knall zugefallen, daß die Scheibe herausgefallen war. Die ganze Nacht lag er mit seinem ohnehin unterkühlten Kopf im Zug. Um Mitternacht, er war gerade eingeschlafen, hatte jemand gegen die Tür gehämmert, und seine geliebte

Ehefrau Renate war über ihn hergefallen – und beim Fallen war das mühsam wiedererrichtete Bett zum zweiten Mal zusammengebrochen. Erkältet, hungrig und frustriert durch die Anwesenheit seiner holden Gattin, der er gerade ein paar Tage hatte entfliehen wollen, schlich Egon Müller morgens zum Frühstück.

Es war wieder das gleiche Spiel: eine halbe Portion Müsli für ihn, ein volles Frühstück für Renate – und die zwei verliebten Vögel vom Vorabend frühstückten auch wie die Fürsten.

Rundum satt verkündete Renate: »Ich geh' jetzt schwimmen, und dann reisen wir ab.«

»Ich hab' noch einiges hier zu erledigen. Übrigens: Zieh bitte nicht wieder den Tanga an, er steht dir nicht.« Er blickte auf ihre dicken Arme.

»Warum nicht? Ich kann's mir leisten. Auf Ibiza war ich umschwärmt . . .«

»Ja«, sagte er trocken. »Aber nur von den Mücken.«

»Unverschämtheit!« Sie rauschte beleidigt davon.

In diesem Augenblick setzte der junge Mann vom Nebentisch ein kleines Tablett mit Brötchen, Schinken, Marmelade, Butter und Käse vor ihm ab. »Hunger ist ungesund, sagte meine Mutter immer.«

»Meine Mutter sagt das auch.«

»Ah, die Dame, die eben wegging?«

»Das war meine Frau.«

»Pardon«, entschuldigte sich der junge Mann. »Greifen Sie doch zu! Ich kann nicht sehen, wie Sie hier mit langen Zähnen sitzen. Übrigens: Ich heiße Michael Prater. Ich habe gestern Ihren Wagen auf dem Parkplatz weggestellt, den kleinen roten Honda, das ist doch Ihrer? Hier sind die Schlüssel.« Michael blickte sich um und sagte beiläufig: »Nette Bude hier . . .«

»Nett? Eine Schreckenskammer ist das – mit Vampiren als Kellnern, Henkern als Masseuren und einem Irrenwärter als Direktor! Sie wurden ja offenbar bevorzugt, aber mich hat man behandelt wie den letzten Dreck. Als normaler Gast kann man hier nicht herkommen. Es fehlt einfach eine starke Führungskraft, die den Laden hier mal aufräumt.«

»Schon möglich.«

»Nicht mehr lange«, flüsterte Müller vertraulich, »das verspreche ich Ihnen. Diese Führungskraft ist gewissermaßen schon unterwegs.«

Rita und Michael tollten ausgelassen im Swimmingpool des Kurhotels herum. Sie schwammen nebeneinander, tauchten und drückten sich gegenseitig unter Wasser.

Prustend kam Michael hoch. »Machst du das eigentlich mit allen Gästen?«

»Blödmann!« sagte sie und zerrte ihn wieder nach unten. Und als er atemlos nach oben kam: »Whirlpool zusammen ist nicht drin – und erst recht nicht Bett.«

»Das wollte ich nur wissen.«

Später saßen sie zusammen an der Pool-Bar in der Sonne und tranken Campari. Beide trugen flauschige Frotteebademäntel mit dem goldenen Einstickmuster »Kurhotel«.

Rainer Jansen kam auf sie zu – zum ersten Mal in einem hellen Anzug, den er angezogen hatte, weil ihm weiß »kurgerecht« erschien.

»Guten Morgen, Herr Regierungsrat, gut geschlafen?«

»Bestens«, sagte Michael. »Aber lassen Sie doch bitte den Regierungsrat weg. Wenn Sie schon einen Titel brauchen, nennen Sie mich Präsident. Ich bin Präsident vom FC Grinzing.«

»Natürlich«, sagte Jansen schnell, »als Beamter braucht man ein Hobby.«

»Langsam kommt es mir so vor, als würden Sie mich mit jemandem verwechseln. Ich bin kein Beamter – oder war ich heute nacht sehr bürokratisch, Rita?«

Rita lachte nur.

»Übrigens soll ich Sie herzlich von meiner Schwester grüßen – Anja Weber vom Schloßhotel . . .«

Jansen erstarrte. »Anja ist Ihre Schwester? Aber . . . aber Sie kommen doch von der Landesregierung . . .« stammelte er fassungslos.

»Ich nicht – aber der Typ, den Sie so schlecht behandeln. Ein gewisser Müller. Diesen Namen sollten Sie sich merken, Herr Jansen.«

Rita prustete los. Jansens Pech war, daß sie gerade an ihrem Drink genippt und den Mund noch voll hatte. Die ganze rote Campari-Mischung landete auf Jansens hellem Anzug.

Der Direktor des Kurhotels tobte. »Sie Hochstapler! Sie Betrüger! Verlassen Sie sofort mein Hotel! Und du bist gekündigt, Rita. Fristlos!«

Michael erhob sich langsam von seinem Barhocker. »Mach dir nichts draus, Rita! In spätestens drei Tagen stellt dich der neue Pächter wieder ein.«

Ein kleiner roter Honda hielt vor dem Portal des Schloßhotels. Josip sprang hinzu, öffnete die Beifahrertür und wollte einer ziemlich fülligen Dame aus dem Wagen helfen. Die Dame zögerte.

»Ich weiß nicht, Egon . . . Sollen wir wirklich hierbleiben? So ein altes Schloß . . . Sagen Sie mal, lieber Mann, gibt es hier Mäuse?«

»Hier nix Mäuse«, verkündete Josip. »Wo Ratten gibt, gibt keine Mäuse! Ratten fressen alle Mäuse.«

»Da siehst du es, Egon! Hier bleibe ich nicht! Steig aus,

und laß mich nach Hause fahren. Du bist ja dienstlich hier, aber ich muß nicht bleiben.«

Josip wollte schnell eingreifen. »Hab' ich nur Spaß . . .«

Rasch drückte Egon Müller ihm einen Geldschein in die Hand. »Also, im Zimmer sind Mäuse?«

»Ja«, sagte Josip, faltete den Geldschein blitzschnell und ließ ihn in seiner Schürze verschwinden. »Und scheene große Ratten.«

Egon Müller beugte sich in den Wagen. »Ich muß leider bleiben, aber du fährst doch besser nach Hause, Schatzilein.«

Ohne sich noch einmal umzusehen, fuhr Renate Müller davon.

Anja Weber trat auf Müller zu. »Willkommen im Schloß, Herr Müller. Freut mich, Sie wiederzusehen. Wir haben Sie schon erwartet. Ihr Zimmer ist bereit. Bleiben Sie bis zur Sitzung des Untersuchungsausschusses?«

»Ja, gerne«, sagte Egon Müller und fühlte sich nun wirklich ein bißchen wie ein Abenteurer, ein Junggeselle, ein freier Vogel. »Fragen Sie mich gar nicht, wie es mir im Kurhotel gefallen hat?«

»Wie hat es Ihnen im Kurhotel gefallen, Herr Müller?«

»Fragen Sie mich nicht.«

Der Champagner stand in den silbernen Kühlern bereit, die kalten Platten mit Kaviar, Lachs und Hühnerbrüstchen waren über den damastgedeckten langen Tisch auf der Terrasse des Schloßhotels verteilt. Es war ein warmer, sonniger Tag im Juni.

»Noch ist es nicht soweit. Die Herren vom Kurausschuß kommen gleich«, sagte Lennie Berger.

Anja Weber sah ihn an. »Aber gratulieren wird man doch schon können, oder?«

Lennie lächelte unsicher. »Es kann immer noch eine Überraschung geben, Anja. Man weiß nie.«

Über den Kiesweg pilgerte eine kleine Kolonne von Menschen auf das Schloß zu: Bürgermeister und Kurdirektor, Casinochef und Regierungsrat Egon Müller.

Vor der Terrasse hielt die Kolonne an.

»Also«, begann der Bürgermeister feierlich. »Nach sorgsamer Prüfung und auf besondere Empfehlung des Herrn Regierungsrats wurde zum neuen Direktor des Kurhotels bestimmt . . .«

Alle Augen richteten sich auf Lennie, der seltsam scheu und zurückhaltend war.

» . . . Frau Anja Weber«, sagte Herr Müller in die Pause hinein.

»Aber, aber . . . Ich hab' mich doch gar nicht beworben!« Anja war vollkommen verwirrt.

»Das war ich«, gestand Lennie. »Und Herr Müller hielt es für die beste Lösung. Es ist höchste Zeit, daß du eine Position bekommst, die deinen Fähigkeiten entspricht.«

Anja schossen die Tränen in die Augen. »Aber ich werde dir Konkurrenz machen, Lennie – schlimmer als Jansen . . .«

»Damit muß ich eben leben.« Mit einem wehmütigen Lächeln schloß Lennie seine ehemalige Direktionsassistentin in die Arme.

6. Kapitel

Der Schönheitschirurg

Auf der kleinen gewundenen Bergstraße zwischen Sankt Jakob und Feistritz, mitten in einem dunklen Tannenwald, gab Ullas blauer Golf plötzlich den Geist auf: Die Benzinnadel stand auf Null, den Anlasser bemühte sie vergeblich. Es war nichts zu machen.

Ulla Wagner aus Wien schüttelte ihre blonde Mähne, stieg aus und wartete am Straßenrand auf ein Auto. Sie würde nicht lange warten müssen, das wußte sie aus Erfahrung. Trotz ihrer vierzig Jahre war sie mit ihrer schlanken Figur, den langen Beinen, die in winzigen Shorts steckten, und der halboffenen Bluse ein Objekt der Begierde für jeden Autofahrer.

Bereits der erste hielt an. Er war ein stämmiger Vierziger, den Ulla sofort als Spätplayboy einstufte: einer mit diesem hungrigen Wolfsblick, der alle Frauen von unten nach oben auf ihre Verwendbarkeit hin prüft.

Trotzdem stieg sie in seinen roten Porsche, nachdem er ihr angeboten hatte, sie zu der nächsten Tankstelle zu fahren.

Kaum waren sie losgefahren, wanderte sein Blick von der kurvenreichen Straße zu ihren nackten Beinen. Als er den Gang wechselte, verirrte sich seine Hand prompt und lag plötzlich auf ihrem Knie.

Sie schob seine Hand weg. »Vielleicht schauen Sie besser auf die Straße. Ich will nicht im Krankenhaus landen, Herr . . .«

»Wuttke«, sagte er. »Einfach Klaus . . .« Er grinste frech.

Na, der hatte es drauf. Ulla grinste zurück. Mit so was würde sie leicht fertig werden. Man hat ja schließlich seine Erfahrungen.

Plötzlich riß er das Steuer herum und fuhr in einen kleinen Waldweg.

»Hier ist Parken verboten«, sagte Ulla.

»Ich seh' kein Verbotsschild.«

Schon wanderte seine behaarte kräftige Hand über ihr Knie hinauf zum Schenkel und wollte sich unter die Hose drängen. Energisch stieß Ulla die Hand weg.

»Ich grabsche ja auch nicht an Ihnen rum.«

»Darfst du aber – ich hab' nichts dagegen.«

Ulla faßte nach dem Türgriff und wollte aussteigen.

Mit hartem Griff hielt er sie zurück. »Jetzt stell dich nicht so an!« Er zog sie an sich und versuchte sie zu küssen.

Dieser Wuttke war stark. Widerstand erschien Ulla sinnlos, schreien auch. Sie mußte sich etwas anderes einfallen lassen. »Nicht so hastig, Burli. Das ist kein Cadillac. In so einem Porsche verrenkst du dir dein Kreuz. Der Waldboden ist sicher bequemer . . .«

»Hast recht. Ich hol' eine Decke. Hab' ich immer bei mir. Du bleibst sitzen.«

»Ich renn' dir schon nicht davon«, sagte Ulla, »keine Angst.« Langsam begann sie ihre Bluse aufzuknöpfen, während Wuttke ausstieg und den vorderen Kofferraumdeckel öffnete. Mißtrauisch blickte er immer wieder zu ihr hin.

»Ich renn' nicht davon, Ehrenwort!« rief Ulla. Vorsichtig schob sie sich über die Mittelkonsole auf den Fahrersitz, ließ den Motor an und legte blitzschnell den Rückwärtsgang ein.

»Tschüs!« rief sie und gab Gas. Der Kofferraumdeckel klappte zu.

Wuttke rannte brüllend hinter ihr her. »Halt, stehenbleiben, du verdammtes Weibsbild!«

Jetzt kam Ulla der Schleuderkurs zugute, den sie vor kurzem gemacht hatte. Durch abruptes Bremsen und Gegensteuern wechselte sie die Fahrtrichtung, dann erster Gang, zweiter Gang – weg war sie.

Sie schaltete das Radio ein. *There must be an angel,* tönte es aus den Lautsprechern. Ja, dachte sie, es mußte Engel geben, sonst wäre sie aus dieser Geschichte nie heil rausgekommen.

An einer Bushaltestelle auf dem Weg nach Velden entdeckte sie einen Mann mit Angelzeug. Der Typ sah richtig nett aus: halblanges dunkles Haar, nicht besonders groß, freundliche braune Augen. Sicher war das kein Typ wie Wuttke. Es juckte sie in den Fingern. Sie würde die Probe aufs Exempel machen, ob ihre Menschenkenntnis sie nicht trog.

Sie stoppte. »Ist Ihnen der Bus weggefahren?«

»Ich werde ihn verscheucht haben«, sagte der Mann mit einem breiten Lächeln. »Was ist: Nehmen Sie mich mit nach Velden?« Er packte schon sein Angelzeug auf den Notsitz.

»Wer sagt Ihnen, daß ich nach Velden fahre?«

»Diese Straße geht nur nach Velden.« Er sprang über die Tür in den offenen Wagen, gab ihr die Hand und stellte sich vor. »Lennie Berger.«

Ehe Ulla ihren Namen sagen konnte, knatterte ein Moped heran. Wuttke saß auf dem Sozius und schrie: »Halt! Stehenbleiben! Mein Wagen, ich will meinen Wagen wiederhaben. Warten Sie!«

Ulla gab Gas. Lennie Berger blickte sie mißtrauisch an. »Der Porsche gehört Ihnen gar nicht?«

»Den habe ich mir geborgt.«

»Der Typ scheint aber nicht damit einverstanden zu sein. Ist das Ihr Hobby – Sportwagen klauen? Das ist aber nicht erlaubt. Der Gesetzgeber hat ausdrücklich verboten . . .«

Sie lachte ihn an. »Wenn man immer das tun würde, was erlaubt ist, wär das Leben schön langweilig. Ich klaue nicht nur Autos, sondern auch Schmuck, Uhren, Brieftaschen . . . was mir eben so in die Hände fällt. Von irgendwas muß man ja schließlich leben.«

»Aber so eine hübsche Frau wie Sie hat das doch nicht nötig! Wie wär's denn mal mit arbeiten . . .«

Der Mann neben ihr nahm sie offenbar ganz ernst.

»Schrumm, schrumm, schrumm – wer arbeitet ist dumm . . .« summte sie ausgelassen.

Anscheinend fühlte er sich jetzt unbehaglich. An der ersten Tankstelle in Velden stieg er aus, bedankte sich artig, nahm sein Angelzeug aus dem Wagen und sagte: »Vergessen Sie nicht: Die Polizei hier ist auf Draht. Weg mit dem Porsche, bevor man Sie erwischt.«

»Den krieg' ich schon los, keine Sorge.«

»Sollten Sie es aber doch mal mit ehrlicher Arbeit versuchen wollen: Fragen Sie im Schloßhotel nach mir. Immer noch besser als Knast.«

Schon vor der Tür des Büros konnte Lennie hören, daß Anja Weber im Vorzimmer telefonierte.

»Vielen Dank, Herr Bürgermeister. Ja, ich bin eben dabei, den Vertrag zu unterschreiben. Nein, soweit ist alles in Ordnung. Ich komm' dann selber rüber . . .«

Lennie öffnete die Tür. Mit dem Füllfederhalter in der Hand saß Anja an ihrem Schreibtisch. Ihr hübsches Gesicht wirkte nicht so fröhlich, wie es hätte sein müssen bei dieser Gelegenheit.

Als sie Lennie sah, legte sie den Stift beiseite. »Es fällt mir wirklich nicht leicht, hier alles stehen und liegen zu lassen, Lennie.«

»Ich seh' dich auch nicht gern gehen, Anja.«

»Noch habe ich nicht unterschrieben.«

Er spürte, daß er jetzt nur einen Schritt auf sie zumachen, sie in die Arme nehmen und »Bleib!« sagen müßte, dann würde sie bleiben. Doch auf ihren lockenden, einladenden Blick durfte er nicht eingehen.

»Unterschreib, Anja! So eine Chance bekommst du nie wieder.«

Enttäuscht blickte sie ihn an. »Wenn du meinst . . .«

»Das meine ich. Ich werde zwar hier ganz schön ins Schleudern kommen, aber Petra wird mir schon helfen.«

Anja nahm den Füller wieder in die Hand und sagte pikiert: »Na klar! Petra ist die Größte.«

Petra war die neu engagierte Kraft, die Lennie zur Hand gehen und sich um die Gäste kümmern sollte: ein temperamentvolles, immer fröhliches, sportliches Mädchen.

Anja setzte mit einer energischen Bewegung ihre Unterschrift unter den Vertrag. Sie legte den Federhalter beiseite und startete einen letzten Versuch. »Vielleicht kann ich ja jeden Tag ein oder zwei Stunden rüberkommen und nach dem Rechten sehen . . .«

»Du hast genug da drüben zu tun, Anja. Verzettel dich nicht! Das ist ein richtiger Kurbetrieb mit einem Arzt. Da wirst du gebraucht.«

»Hier offenbar nicht mehr.«

»Ach, Anja«, sagte Lennie traurig. »Ich hab' dich doch nicht als Pächterin vorgeschlagen, um dich loszuwerden. Es ist mir bestimmt schwergefallen. Aber du hast es verdient.«

Wortlos ging Anja an ihm vorbei. Ihre Schultern bebten . . .

Was immer Dr. Kurt Buzzig auch als Schönheitschirurg tat: Er wußte, daß die tollsten Operationen an Nase, Po und Busen nichts halfen, wenn die Damen kein Selbstbewußtsein hatten. Das Äußere wurde zwar verändert, aber das Innere blieb, der Minderwertigkeitskomplex, das Dornröschen-Gefühl, die Altersangst – wie immer man es nennen wollte. Er selbst wußte, daß er ein sechzigjähriges Gesicht besaß, aber auch ohne Falten hatte er schon nicht gerade gut ausgesehen. Seine Häßlichkeit überdeckte er durch seinen Charme. Die Damen liebten seine frechen, leicht philosophisch angehauchten Sprüche, seinen Sinn für Humor, sein Verständnis für ihre Probleme.

An diesem Morgen schritt er in seinem weißen Kittel, das Stethoskop um den Hals, durch sein Kur-Reich. Bei einer in Lehm gepackten Dame blieb er stehen. »Die Lehmpackung steht Ihnen sehr gut, gnädige Frau. Alles straff und glatt, wie sich's gehört. Wenn wir jetzt noch ultrabestrahlen und sie in Lilienmilch baden, verlassen Sie das Kurhotel als Teenager.«

»Ach, Herr Doktor . . .«

»Nicht reden. Sonst platzt die Maske, die Ihnen übrigens hervorragend steht. Nur so weiter, Gnädigste, die Männerwelt wird es Ihnen danken . . .«

Kurt Buzzig spürte, wie ihm ein dankbarer Blick nachgesandt wurde: Es kribbelte so angenehm.

Im Fitneßraum beobachtete er, wie die Damen schwitzten und strampelten. An der Sprossenwand turnte Laura, eine etwas unförmige Dame um die Fünzig.

»Fleiß verjagt, was Faule plagt«, zitierte er fröhlich. »Bravo, Laura! Sie werden von Tag zu Tag besser!«

Zu der superblonden Rachel mit dem übergroßen Busen, einer früheren Sexbombe, die das Leben selbst entschärft hatte, sagte er strahlend: »Schon wieder ein neuer Bikini?

Ganz bezaubernd. Und ihre Figur! Bald haben wir wieder die Maße einer Miss Wörther See. Der Herr Gemahl ist zu beneiden . . .«

Rachel strampelte sich auf dem Fahrradergometer ab. Schweiß rann ihr über das Gesicht, und Fett quoll über die Ränder des Bikinis, aber sie lächelte Buzzig unter Schmerzen an und stöhnte: »Ach, der! Der ist mit seiner Fabrik verheiratet. Der versteht mich schon lange nicht mehr . . .«

»Frauen müssen geliebt und nicht verstanden werden. Und erst recht eine Traumvenus wie Sie, Rachel.«

Das Geplänkel wurde durch die Stimme der Hotelsekretärin unterbrochen, die über den Lautsprecher drang.

»Dr. Buzzig, bitte zu Direktor Jansen . . .«

Eilig machte sich Buzzig auf den Weg zum Büro und ließ lauter dahinschmelzende Patientinnen zurück.

Am Swimmingpool stieß er fast mit dem Direktor des Hotels zusammen. Auf der Wiese sonnten sich zahlreiche Frauen, von einem Kellner aufmerksam umsorgt, und ließen Dr. Buzzig nicht aus den Augen.

Buzzig, wie immer fröhlich beschwingt, hielt Rainer Jansen am Revers fest. »Sie haben Sehnsucht nach mir, Herr Direktor?«

»Ich bin nicht eine Ihrer Patientinnen, Herr Doktor«, antwortete Jansen etwas steif. »Es wird sich vielleicht auch zu Ihnen herumgesprochen haben, daß ich das Haus verlasse. Sie müssen also mit der neuen Pächterin Ihren endgültigen Vertrag abschließen. Ich kann den Wisch nicht mehr unterschreiben. Frau Weber wird heute das Haus übernehmen.«

»Keine Sorge, mit der Dame komm' ich schon zurecht.«

»Und wenn nicht«, sagte Jansen bissig, »dann wird es auch kein Schaden für das Haus sein. Auf die Schönheitschirurgie kann man hier bald verzichten, wenn Sie Ihre

Patientinnen weiterhin nur mit Seelenmassage aufrichten. Mich würde das jedenfalls stören, wenn ich weiterhin Direktor bliebe.«

Buzzig lachte ihn an. »Lieber Herr Jansen: Kosmetik ist die Kunst, aus der Not eine Jugend zu machen. Als Gesichtsmechaniker und Balkonmodelleur versuche ich Minderwertigkeitskomplexe auszuräumen, Menschen glücklicher zu machen. Nett sein kostet nichts und erquickt die Gemüter. Das stimmt viele Damen auch versöhnlicher in Hinblick auf Ihre gepfefferten Rechnungen. Sagen Sie mal, Jansen – warum bleiben Sie eigentlich nicht? Ist diese Frau Weber so ein Drache?«

»Ein Auslaufmodell«, winkte Jansen ab. »Aber das stört mich nicht. Frau Weber hat bei mir gelernt und war bis vor kurzem meine Assistentin im Schloßhotel. Ich will einfach nicht Ihren Lakaien spielen. Das ist alles . . .«

Ulla Wagner liebte das Spiel mit den Männern, je verrückter, desto besser. Sie war in Urlaubsstimmung, und dieser Lennie Berger reizte sie ganz besonders. Sie hatte einen Reservekanister gekauft, den Porsche an die Stelle zurückgefahren, wo ihr Wagen stand, war mit dem Golf zu der schönen alten Familienvilla direkt an den See gefahren und hatte sich dort häuslich eingerichtet. Endlich hatte sie für ein paar Tage Ruhe – Ruhe von ihrem arbeitssüchtigen Vater, der als Besitzer des »Hotels zur Post« in Kleinkirchheim immer neue Anbaupläne entwickelte und seine Tochter als Direktionsassistentin schamlos ausnutzte. Ulla war einfach weggefahren, ohne Angabe einer Urlaubsadresse. Sollte er sie ruhig suchen und sich mal Sorgen um sie machen . . .

Ihre Gedanken wanderten zu Lennie Berger, von dem sie längst wußte, daß er der Besitzer des Schloßhotels Velden war.

Sie saß auf der Terrasse des Hotels und blickte auf den herrlichen Park mit all den blühenden Blumen und auf den Springbrunnen, hinter dem sich gegen die Sonne ein schillernder Regenbogen entwickelte.

Sie las eine Illustrierte, sah aber zwischendurch immer wieder auf, bis sie den Porsche von Lennie Berger entdeckte, der vor dem Eingang ausrollte. Ulla legte die Illustrierte beiseite und griff zu einem kleinen flachen Paket, das auf dem Stuhl neben ihr lag.

Lennie nahm seinen Aktenkoffer vom Rücksitz und eilte auf Ulla zu. »Hallo, suchen Sie mich? Nun, meine schöne Diebin, wollen wir was trinken?«

Sie stand auf. »Später vielleicht, erst muß ich das hier verscherbeln.«

Sie riß eine Ecke des Packpapiers auf und ließ Lennie einen Blick auf den Inhalt des Paketes werfen.

»Hören Sie mal, das ist ja ein echter Luciano!«

»Ach ja? Davon verstehe ich nichts. Ich hab's von meiner Oma bekommen. Die hat's mir geschenkt, weil ich im Moment knapp bei Kasse bin. Für zehntausend Schilling gehört das Bild Ihnen.«

Lennie war empört. »Sie haben das Bild geklaut, erzählen Sie doch keine Märchen! Das ist mindestens eine Million Schilling wert. Sie werden das Bild sofort zurückgeben! Oder wollen Sie unbedingt im Knast landen?«

»Mein Gott, sind Sie kleinlich.« Ulla lachte ihn strahlend an. »Na, gut, ich hab's aus einer leerstehenden Villa am See.«

Mit beiden Händen umschloß Lennie die Schultern der jungen Frau und schüttelte sie. »Vielleicht haben wir Glück, und der Besitzer hat noch nichts bemerkt. Kommen Sie! Wir fahren sofort zu dieser Villa und hängen das gute Stück wieder an seinen Platz.«

»Wenn Sie meinen.« Gleichmütig trottete Ulla hinter ihm her.

Minuten später saßen sie beide in Lennies Motorboot und rasten mit Höchstgeschwindigkeit über den See. Ullas blonde Haare flattertern im Wind. Es war nicht zu übersehen, daß Lennie an ihr interessiert war. Immer wieder suchte sein Blick den ihren. Anscheinend machte es ihm nicht viel aus, daß sie eine Diebin war. Oder wollte er sie nur retten?

Endlich wies sie auf eine große alte Villa mit grünen Fensterläden, die von einem verwilderten Garten umgeben war.

Der Bootssteg war leicht verwittert und von Schilf überwuchert. Sie kämpften sich durch das Gestrüpp, folgten einem kleinen verschlungenen Gartenpfad und standen schließlich vor der Villa. Alle Fenster und Türen waren verschlossen.

»Wie sind sie reingekommen?« wunderte sich Lennie.

»Wie steigt man in eine Villa ein?«

»Durchs Fenster«, vermutete er.

Mit blitzenden Augen sah sie ihn an und wechselte plötzlich vom Sie zum Du, wie es eben unter Kumpeln üblich ist. »Bravo! Du hast das Zeug zu einem echten Profi. Wir sollten Partner werden: Du hast die Einfälle, ich führe die Ideen aus. Wir wären ein tolles Team. Aber ich habe die Fenster nach dem Bruch von innen zugemacht und mir von drinnen einen Ersatzschlüssel geholt – der lag auf der Kommode. Praktisch, was?«

Mit dem Schlüssel öffnete Ulla die schwere Eichentür mit den Messingbeschlägen und dem Namensschild, auf dem »Wagner« stand, wobei sie sich immer wieder scheu umblickte.

Lennie war es sichtlich unwohl in seiner Haut. »Hör auf, wir verschwinden . . .«

»Warum bist du so hektisch? Hier stört uns niemand. Der Besitzer kommt immer erst Mitte August, haben sie mir beim Bäcker gesagt. Übrigens auch ein Hotelbesitzer, aus Kleinkirchheim.«

Seite an Seite betraten sie den Wohnraum. In dem altmodischen, mit ledernen Clubsesseln, hohen eichenen Bücherschränken und Perserteppichen eingerichteten riesigen Wohnzimmer hatte Ulla überall ihre Sachen verteilt: die Reisetasche, Slips, ein Kleid, bunte Jogginghosen.

»Hier wohnt doch jemand!« rief Lennie erschrocken.

»Ja klar, ich!« Ulla wandte sich der kleinen Hausbar zu. »Willst du was trinken? Die Bar ist gut bestückt . . . Ich habe kein Bett, und hier stehen Betten genug. Warum soll ich mich nicht hier einquartieren? Ich nehm' denen doch nichts weg . . .«

»Außer diesem Bild.« Lennie suchte an den Wänden nach einem leeren Fleck und fand auf der leicht vergilbten Tapete schnell die Stelle, wo Ulla das Bild abgehängt hatte.

»Na gut«, sagte Ulla leichthin, »dann gib's halt zurück, wenn du so viel Wert auf Sitte und Anstand legst.«

Mit beiden Händen hob Lennie das Bild hoch und suchte den Haken, um es wieder an seinen ursprünglichen Platz zu hängen. Jetzt sah er kurz über die Schulter und sagte streng: »Du wirst sofort die Villa räumen und den Porsche zurückgeben!«

»Den hab' ich schon zurückgegeben. In der Garage steht jetzt ein Golf.«

Entgeistert starrte er Ulla an. »Schluß jetzt! Der Golf bleibt hier, und du kommst mit mir ins Schloß. Du kannst in einem der Gästezimmer schlafen – und dann werden wir beide uns mal etwas ausführlicher unterhalten!«

Als Lennie Ulla ins Schloßhotel brachte, gab es zunächst ein Problem. Lennie hatte nicht bedacht, daß das Hotel total ausgebucht war. Schulz hatte die rettende Idee: Anja Webers Zimmer wurde heute frei, also könnte man doch . . .

»Das ist die Lösung!« rief Lennie erleichtert. »Wo ist der Schlüssel?«

In diesem Augenblick stürmte Anja aus dem Büro und knallte den Schlüssel auf den Tisch. »Hier ist der Schlüssel! Sie kann sofort einziehen – sofort. Auf der Stelle sogar, wenn es so eilig ist.«

Lennie legte seine Hand beruhigend auf Anjas Arm. »Niemand will dich vertreiben, Anja – so war das nicht gemeint.«

»Aber ich habe es so gemeint! Ich wünsch' dir viel Spaß mit der . . .« Sie warf einen giftigen Blick auf Ulla. » . . . mit der Dame.«

Sie drehte sich um und ging mit beleidigter Miene zum Ausgang. Lennie wollte ihr nachlaufen, aber sie sagte eisig: »Bemüh dich nicht! Ich finde allein hinaus.«

Ulla ließ ihre Blicke von einem zum anderen schweifen. »Mir scheint, die ist sauer. Vielleicht hätte ich doch besser in der Villa bleiben sollen.«

Anja stieg aus ihrem weißen Mini und betrachtete das Kurhotel, als sehe sie es zum ersten Mal: ihr Haus, wenn sie wollte, für den Rest ihres Lebens. Anja Weber, Pächterin des Kurhotels – wie das klang. Sie würde viel arbeiten müssen, um ihr Ziel zu erreichen. Ab heute gehörte sie zur Prominenz von Velden, eine Frau, mit der man rechnen mußte. Und sie sollten von jetzt an mit ihr rechnen. Kein Herumgeschubse mehr, keine untergeordneten Arbeiten. Jetzt war sie die Chefin.

Rainer Jansen lief auf sie zu. »Da bist du ja endlich, Anja!

Ich habe schon auf dich gewartet. Wir müssen uns beeilen, ich habe noch diverse Verabredungen.«

»Ich will mich lieber erst mal umsehen.«

»Dazu ist keine Zeit«, sagte Jansen kühl. »Ab morgen bin ich weg.«

»Du willst gehen? Aber Rainer! Warum hast du das nicht früher gesagt? Ich hab' mich fest darauf verlassen, daß du bleibst.«

»Danke. Darauf verzichte ich. Also, kommst du jetzt? Sonst mußt du deinen Kram alleine machen.«

Anja folgte ihm mit schleppenden Schritten ins Büro. Wie sollte sie das schaffen? Während der folgenden Stunden versuchte sie immer wieder, Rainer Jansen zum Bleiben zu überreden. Aber Jansen blieb hart.

»Und dieser neue Arzt, wie ist der so?«

»Ein Seelensalbaderer, der nur bei den Weibern gut ankommt. Du wirst schon sehen: Mit dem wirst du es nicht leicht haben! Er ist heute abend leider nicht hier. Soweit ich weiß, ist er zum Schloß rübergegangen.«

In der Bar des Schloßhotels flackerten die Kerzen, der Pianist spielte *Strangers in the night*. An der Theke saßen nur wenige Gäste. Holzer, der Oberkellner, döste vor sich hin. Es gab wenig zu tun. Mit schläfrigen Augen beobachtete er Ulla Wagner, die mit einem Gast auf einem kleinen, mit grünem Filz bespannten Lederteller würfelte.

»Neues Spiel, neues Glück!« Sie schüttelte den Lederbecher in ihrer Hand und kippte die Würfel auf den Teller.

»Donnerwetter!« rief Dr. Buzzig. »Schon wieder drei Sechser.«

Ulla lachte siegessicher. »Sie haben dafür bestimmt mehr Glück in der Liebe, Herr Doktor.«

»Kurt«, bat er. »Der Doktor ist im OP geblieben. Aber in

meinem Alter wär's mir umgekehrt manchmal lieber. Im übrigen ist Liebe eine Illusion, sagt Oscar Wilde. Nach drei mißglückten Ehen muß ich ihm leider recht geben.« Er griff nach dem Würfelbecher, schüttelte ihn heftig und knallte die Würfel auf den Teller. »Wieder eine Niete! Also, wenn ich die Drinks alle zur Brust nehmen müßte, die ich gegen Sie schon verloren habe, müßte ich morgen mein Gesicht liften lassen und die Leber austauschen.«

Ulla und Buzzig lachten beide, was Holzer auf den Plan rief. Er kam näher. »Darf man mitlachen, Herr Doktor? Haben Sie wieder ein paar neue Sprüche auf Lager?«

Buzzig schob den Spielteller beiseite. »Holzer, wir sind mitten in einem gepflegten Abendflirt zwischen einem Greis und einem Teenager. Aber apropos Sprüche: Ich weiß noch ein paar. Die Mädchen werden böse meist, wenn man sie in die . . . Nein, der ist nicht sauber. Aber kennen Sie den Unterschied zwischen Boris Becker und Helmut Kohl?«

»Nein«, sagte Holzer erwartungsgemäß.

»Bei Boris Becker freut man sich auf den zweiten Satz.«

Alle lachten. Bevor Buzzig weitere Witze zum besten geben konnte, tauchte Lennie auf.

»Entschuldige, Ulla, aber der Bürgermeister hörte nicht auf zu quasseln. Ich hoffe, du hast den guten Doktor nicht ausgenommen wie eine Weihnachtsgans?«

»Ich habe mich prächtig amüsiert«, berichtete Buzzig strahlend. »Die junge Dame hat das Glück gepachtet« – er blickte Lennie vielsagend an – »und offenbar nicht nur das Glück im Spiel. Jetzt ist es höchste Zeit für mich. Holzer, die Rechnung bitte.«

Leider konnte Dr. Buzzig seine Brieftasche nicht finden. Er fingerte nervös in den Taschen seines sommerlichen Anzuges und tastete immer wieder seine Hosen ab. »Nanu, wo ist denn meine Brieftasche? Die Schlüssel sind auch weg! Ist das etwa der Beginn von Alzheimer? Ich vergesse doch sonst nichts . ... Nun ja, Holzer, muß ich eben anschreiben lassen bei Ihnen.«

Kaum hatte Buzzig sich verabschiedet und die Bar verlassen, flüsterte Lennie erbost: »Du hast es also wieder gemacht. Verdammt, was hast du mir versprochen?«

»Geh, mach keinen Horror! Es war doch nur ein Spaß.«

»In meinem Hotel wird nicht geklaut – auch nicht zum Spaß!« Er griff nach Ullas Handtasche und holte Schlüssel und Brieftasche heraus. »Die Sachen behalte ich. Morgen bekommt Buzzig alles zurück. Ich werde sagen, daß wir beides unter dem Barhocker gefunden haben. Und du schläfst heute nacht bei mir, basta!«

Als Ulla ihn erfreut ansah, fügte er rasch hinzu: »Auf der Couch! Dann habe ich dich unter Kontrolle. Auf deine Versprechungen gebe ich nichts mehr.«

Dr. Kurt Buzzig überquerte das Rasenrondell vor dem Kurhotel, rüttelte an der verschlossenen Glastür und drückte dann auf den Klingelknopf neben dem Eingang. Es war weit nach Mitternacht. Vom Nachtportier war weit und breit nichts zu sehen.

Ratlos wartete Buzzig ein paar Minuten, dann überlegte er sich, ob er Krach schlagen sollte. Aber die ganze »Jungbrunnenriege« wollte er doch nicht wecken. Lieber eine der Tanten erschrecken, als alle aus dem Schlaf reißen, dachte er und schritt zur Tat. Er besah sich eingehend die Vorderfront des Hotels mit den Balkonen. Hinter den Fenstern brannte nirgendwo Licht, aber hier und da stand eine Balkontür offen. Aus dem Gartenhaus hinter dem Hotel holte er eine leichte Aluminiumleiter, lehnte sie an einen Balkon und kletterte leise nach oben. Als er über die Brüstung stieg, stieß er versehentlich mit dem Fuß gegen die Leiter, die mit einem sanften Plopp umfiel und mitten in den Rosenbeeten landete. Auch kein Beinbruch, dachte er, die brauchte er ja jetzt nicht mehr.

Vorsichtig tastete sich der Schönheitschirurg des Kurhotels durch die offene Balkontür in das dunkle Zimmer und schlich auf Zehenspitzen zur Tür, die auf den Flur führte. Ein schmaler Lichtstreifen wies ihm den Weg. Plötzlich flammte die Beleuchtung auf.

Der Mediziner erstarrte. Langsam wandte er sich um. Im Bett saß, halb aufgerichtet und nur mit einem hauchdünnen schwarzen Negligé bekleidet, die von der Zeit entschärfte Sexbombe Rachel, die sich nun auf einmal als Spätzünder entpuppte.

»Hallo!« säuselte sie entzückt. »Doktor Buzzig! Was für eine bezaubernde Überraschung!«

»Madame Eckstein, entschuldigen Sie.« Buzzig spürte, wie ihm das Blut zu Kopf stieg.

»Warum sagen Sie nicht Rachel zu mir, wie sonst auch?«

»Ja . . . eh . . . Rachel . . .« Kurt Buzzig neigte eigentlich nicht zum Stottern, aber die Situation war so verfänglich, daß er jedes Wort nur mühsam herausbrachte. »Verzeihen Sie, ich habe meinen Schlüssel vergessen und wollte nur in mein Zimmer . . .«

Sie schwang sich aus dem Bett und stand plötzlich mit ihren erschreckend üppigen Brüsten drohend vor ihm. »Ach, Sie kleiner Schwindler! Wir sind doch beide erwachsen, wir brauchen uns doch nichts vorzumachen. Bei mir hat schon seit Jahren niemand mehr gefensterlt – wie charmant, charmant.«

Rachel kam immer näher. Ihr aufdringliches Parfüm stieg in seine Nase und drohte ihn zu betäuben. Plötzlich lag er in ihren Armen.

»Aber gnädige Frau! Ich will nicht unhöflich sein . . .«

Nur mit Mühe konnte er sich aus ihrer Umarmung befreien. » . . . aber mein Gewissen als Arzt gebietet es mir, den Service des Hauses auf den rein medizinisch-kosmetischen Teil zu beschränken.«

»Aber Frauen sind da, um geliebt zu werden, das haben Sie heute gesagt! Geben Sie es zu: Es hat sie in meine Arme getrieben. Da Sie mich schon geweckt haben, werden Sie mir jetzt wenigstens bei einem Gläschen Champagner Gesellschaft leisten.« Sie ging zur Tür, drehte den Schlüssel um und zog ihn ab. »Damit Sie mir nicht entwischen, Doktorchen! Ich komme gleich zurück«, teilte sie ihm mit einem betörenden Blick mit und verschwand im Bad.

Kurt Buzzig hastete zum Balkon und sah kurz nach unten. Da hinunterzuspringen war nicht ratsam. Also wählte er den Weg zum nächstgelegenen Balkon – gerade noch rechtzeitig. Er hörte schon Rachels lockende Stimme. Schnell duckte er sich hinter der Balustrade des Nachbarbalkons. Die »Traumvenus« stand auf ihrem Balkon, nackt, wie Gott sie geschaffen hatte, und konnte nicht begreifen, wohin ihr Doktorchen entschwunden war.

Anja Weber hatte einen schweren und enttäuschenden Tag hinter sich. Der Betrieb war ihr fremd, und Rainer Jansen hatte ihr nur das Nötigste mitgeteilt. In ihrem Appartement im Nebengebäude des Kurhotels wohnte noch Jansen, es würde erst morgen frei werden. So war sie für diese Nacht in ein freistehendes Zimmer des Kurhotels gezogen. All das Neue, was durch die Kündigung Jansens jetzt schneller auf sie zukam als geplant, machte ihr angst. Trotzdem war sie in einen tiefen, erschöpften Schlaf verfallen. Kurz nach Mitternacht schreckte sie auf. Ein sonderbares Geräusch hatte sie geweckt – als ob ein schwer atmender Mensch auf ihren Balkon stünde.

Unzählige Geschichten über brutale Hoteldiebe, Vergewaltiger und Fassadenkletterer kamen Anja Weber in den Sinn, als sie vorsichtig die Nachttischschublade aufzog und die kleine Pistole herausholte, die sie seit einer Einbruchserie im Schloßhotel stets bei sich hatte. Sie setzte sich im Bett auf, nahm die Pistole in die rechte Hand, richtete sie auf das vom Mond beschienene Fenster und tastete mit der anderen Hand nach dem Lichtschalter.

Die Lampen tauchten das Zimmer in gleißendes Licht. An der Balkontür stand ein älterer, leicht verwahrloster und unglaublich häßlicher Mann. Seine Hose war zerrissen, die Jacke mit Farbe beschmiert, das graue Haar hing ihm wirr ins Gesicht.

»Keinen Schritt weiter«, rief Anja, »oder ich schieße!«

Die schreckliche Gestalt machte einen Schritt auf sie zu. »Bitte«, sagte der Mann leise. »Ich habe mich geirrt. Ich wußte nicht, daß hier jemand wohnt. Ich bin . . .«

»Es interessiert mich nicht, wer Sie sind. Bleiben Sie stehen! Ich rufe jetzt die Funkstreife. Ich habe selten eine dümmere Erklärung von einem Hoteldieb gehört. Halten Sie mich für doof?«

»Nein, nein«, versicherte ihr der Mann schnell. »Ich halte Sie für einen neuen Gast des Hauses, den ich durch mein unbedachtes Eindringen erschreckt habe. Legen Sie doch bitte die Panzerfaust weg, dann erkläre ich Ihnen, wer ich bin . . .«

Anja griff nach dem Telefonhörer, ohne den Eindringling aus den Augen zu lassen.

»Hören Sie! Sie kommen nur über die Zentrale zu einer Verbindung nach draußen, und die Zentrale ist um diese Zeit nicht besetzt.«

»Aha! Sie haben wohl alles vorher genau ausgekundschaftet.«

Er setzte ein breites Grinsen auf und sagte heiter: »Na gut, wenn Sie es so spielen wollen – bitte. Aber Sie wollen mir doch nicht tatsächlich die Bullen auf den Hals hetzen? Was haben Sie davon, wenn ich geschnappt werde? Außer einem Skandal, weil hier nachts Gäste belästigt werden, kommt doch nichts dabei raus. Bitte, schonen Sie mich also . . .«

»Sind Sie ein Profi – oder vielleicht sogar ein Spanner? Raus mit der Sprache!«

Anjas ungebetener Besucher setzte sich auf einen Stuhl und sank in sich zusammen. Dieser ältere Mann, der jetzt wie ein Häufchen Elend vor ihr saß, rührte sie.

»Ich sag' Ihnen die ganze Wahrheit – ich mach' das heute zum ersten Mal in meinem Leben.«

»Dann sind Hopfen und Malz noch nicht verloren. Wie kommen Sie denn dazu? Sie wirken doch wie ein gebildeter Mann!«

»Da gäb's zuviel zu erzählen: traurige Kindheit ohne Liebe, zum Konzernchef hochgeschuftet . . . einer Frau verfallen, die mich fast an den Bettelstab gebracht hat . . . alles Geld verloren, alle Freunde weg . . . in die Fremdenlegion gegangen, als Entwurzelter heimgekehrt . . . kein Job, keine Chance . . . Was bleibt einem Mann da noch übrig?«

Anja Weber ließ die Pistole sinken. Was hatte dieser Mann mitgemacht in seinem Leben! Sie überlegte, wie sie ihm helfen konnte. Ob sie ihn als Fahrer einstellen sollte? Sie schlug ihm vor, die Nacht im leerstehenden Nebenzimmer zu verbringen. Morgen früh würden sie dann gemeinsam eine Lösung für ihn finden.

»So ein gebildeter Mensch wie Sie, das gibt's doch nicht! Wenn Sie mir in die Hand versprechen, keinen Unsinn mehr zu machen, verschaffe ich Ihnen morgen früh Arbeit.«

»Ich verspreche es Ihnen. Sie sind ein schrecklich netter Mensch.«

Sie brachte ihn in dem angrenzenden Zimmer unter, dann ging sie wieder zu Bett. Am nächsten Morgen war der Einbrecher verschwunden.

Meine Menschenkenntnis, dachte Anja Weber traurig, ist auch nichts mehr wert. Hoffentlich hat er nicht andere Gäste bestohlen . . .

Lennie Berger reckte und streckte sich in seinem breiten französischen Bett, gähnte laut und blickte dann zur Couch: Dort lag Ulla Wagner und schlief fest. Die Bettdecke war ein wenig verrutscht, und Ullas reizvoller nackter Busen war nicht zu übersehen. Im ganzen Zimmer lagen ihre Kleider herum, genau wie in der Villa.

Lennie schlüpfte aus dem Bett und ging ins Bad. Unter der Tür drehte er sich noch einmal nach der schlafenden Ulla um. Genau in diesem Moment geschah es. Lennie übersah ein Stück Seife, das auf dem glatten Boden des Badezimmers lag, trat darauf, rutschte aus und prallte mit dem Rücken gegen den Badewannenrand.

Sekundenlang war er benommen, doch dann schrie er vor Schmerz auf. Er rief kläglich: »Ulla, Ulla! Hilf mir doch!«

Keine Sekunde später beugte sie sich über ihn. »Was ist denn passiert?«

»Mein Kreuz«, stöhnte er. »Ich bin ein Krüppel!«

Eine halbe Stunde später war der Arzt da. Ulla hatte sich Lennies Bademantel übergezogen und sah aus wie ein Teddybär, den man in zu große Kleider gesteckt hatte. »Wie ist es, Herr Doktor?« fragte sie besorgt.

»Halb so wild! Eine starke Prellung. Wesentliche Körperteile sind nicht verletzt. Viel Ruhe, Massagen, Bestrahlungen und Heilbäder bringen ihn schnell wieder auf die Beine. Ich werde Herrn Berger ins Kurhotel einweisen. Da hat er alles, was er braucht . . .«

»Ich ins Kurhotel?« meldete sich Lennie zu Wort. »Nur über meine Leiche!«

»Mein lieber Berger, es ist Ihre Beerdigung . . .«

Ulla sorgte für einen Krankenwagen, Ulla überredete Lennie, sich auf der Bahre zum Wagen bringen zu lassen, Ulla versicherte ihm, sie werde ihn bald besuchen.

Der Krankenwagen fuhr in derselben Minute vor dem Kurhotel vor, in der sich Rainer Jansen von Anja Weber verabschiedete.

Während Lennie Berger versorgt wurde, schlenderte Kurt Buzzig, jetzt wieder adrett gekleidet, mit weißem Kittel, die grauen Haare sorgsam gekämmt und gescheitelt, auf den scheidenden Kurhotel-Direktor zu. Zu Anja sagte Rainer Jansen: »Hier stelle ich dir unseren Schönheitschirurgen und Seelen-Guru vor, Dr. Kurt Buzzig. Halt dich an ihn, Anja – er weiß alles über die Patientinnen. Herr Dr. Buzzig, Ihre neue Chefin – Frau Anja Weber.«

Mit großen Augen sah Anja den Mann an, der sie in der Nacht erschreckt und, wie sie jetzt wußte, zum Narren gehalten hatte. »Ich weiß nicht, was ich sagen soll.«

Er lachte sie an. »Am besten gar nichts. Auf gute Zusammenarbeit. Ich freue mich, daß ich so eine charmante Chefin bekomme – und bestimmt kein Auslaufmodell.«

»Wie bitte?« fragte Anja verwundert.

»Ach, nichts. Nur ein Scherz . . .«

Kurz danach stand Anja an dem kleinen Heißwasserbecken im Anwendungsbereich des Kurhotels. Lennie Berger hing in einer Art Streckvorrichtung, die Bruno, der massige Masseur, immer wieder in das warme Wasser sinken ließ.

»Wie fühlst du dich, Lennie?«

»Beschissen! Mein Körper ist ramponiert, und während

ich hier zwei Wochen bleiben muß, geht mein Hotel vor die Hunde.«

Anja setzte sich an den Rand des Beckens und ließ eine Hand spielerisch durch das warme Wasser gleiten. »Der Kurdirektor läßt dir ausrichten, daß er eine Krankheitsvertretung für dich gefunden hat. Eine erste Kraft. Er kennt sie schon lange. Sie ist die Tochter vom Posthotel in Kleinkirchheim. Du kennst sie übrigens.« Anja lachte ihn an.

»Wer soll das sein?«

»Eine gewisse Ulla Wagner – das Mädchen, das du in meinem Zimmer untergebracht hast.«

Lennie schlug sich mit der Hand gegen die Stirn, und diese schnelle Bewegung ließ ihn vor Schmerz aufschreien.

»Himmel noch mal, jetzt begreife ich! Ulla! Natürlich! Das Haus am See, der Porsche, die Show mit dem Schönheitschirurgen . . . Anja, dieses Biest hat mich auf den Arm genommen. Na warte! Wetten, daß das ein Nachspiel hat?«

»Ach Lennie, viele Leute werden auf den Arm genommen. Das geht nicht nur dir so.«

7. Kapitel

Der Speck muß weg

Leichtfüßig stieg Thea Kugler durch das dunkle, enge Treppenhaus des Hotels »Hirlimann« in den dritten Stock hinauf und betrat neugierig ihr Zimmer. Enttäuscht sah sie sich um: Das Hotelzimmer war genauso mies wie die knarrende Treppe, die abgeblätterte Fassade, der Kohlgeruch im ganzen Haus – zwei wacklige Betten, eigentlich mehr Stahlgerüste, durchgelegene Matratzen, ein Schrank, dessen Türen nicht mehr schlossen, ein Waschbecken, das schief an der Wand hing. Thea hatte sich ihren Urlaub wirklich etwas anders vorgestellt, aber leider ließ ihr Geldbeutel das nicht zu. Trotzdem wollte sie fröhlich sein und über all dies hinwegsehen. Der Wörther See, Schwimmen, Wasserskifahren und ausgiebige Sonnenbäder würden sie für alles entschädigen.

Sie betrachtete sich in dem halbblinden Spiegel über dem Waschbecken: Mehr Farbe konnte ihr schmales Gesicht mit den großen blauen Augen durchaus vertragen, zumal sie strohblonde Haare hatte. Nordlicht, sagte ihr Mann Erwin immer zu ihr, weil sie aus Flensburg kam. Erwin selbst war ein gestandener Bayer.

»Erwin«, rief sie jetzt, »wo bleibst du denn?«

»Bin gleich da, Mausi!« kam es ächzend aus dem Treppenhaus. »Ich habe hier nur ein kleines Problem.«

Thea trat auf den Flur und blickte nach unten. Was sie sah, machte sie mutlos: Erwin hing mit seinen beiden Koffern fest, seine zweieinhalb Zentner waren eingeklemmt zwischen Wand und Treppengeländer. Er konnte weder vor noch zurück.

Thea schüttelte den Kopf. Vor fünf Jahren hatte sie ihren Erwin geehelicht, aber aus dem gemütlichen Dicken war in den vergangenen Jahren ein Riesenmastschwein geworden.

Sie stieg ein Stockwerk tiefer, packte einen der festgeklemmten Koffer, zerrte heftig daran und befreite Erwin.

»Mit dir kann man nirgendwo mehr hingehen, ich bin's wirklich leid! Überall bleibst du stecken.«

»Du hättest doch wirklich ein Hotel mit Lift buchen können und nicht so eine miese Bude«, nörgelte Erwin gequält.

»Damit ich mit dir wieder stundenlang auf den Monteur warten muß wie neulich in München? Für vier Personen war der Lift zugelassen, und wir waren nur zu zweit. Der Lift war total überladen. Gibt dir das nicht zu denken?«

Erwin bewegte seine Fettmassen ächzend nach oben, sah sich in der Bruchbude um, blickte aus dem Fenster auf einen trüben Hinterhof und setzte sich dann auf einen schäbigen, abgewetzten Sessel in der Ecke. Sekunden später brach das Sitzmöbel unter ihm zusammen. Erwin landete unsanft auf dem Boden, wo er hilflos wie ein Käfer liegenblieb.

»Mausi, hier bleibe ich nicht!«

»Ich würde auch lieber im Schloßhotel wohnen«, giftete Mausi zurück, »das kannst du mir glauben. Aber du hast ja die ganze Reisekasse schon vorher verfressen.«

»Ach Mausi, schimpf doch nicht immer mit mir! Wann essen wir denn?«

»In dieser Bruchbude gibt's nichts zu essen. Das ist ein Hotel garni.«

Erwin kämpfte sich mühsam auf die Beine. »Aber du kannst mich doch im Urlaub nicht verhungern lassen.«

Mit leichtem Widerwillen sah Thea ihren Angetrauten an. »Verhungern wäre gar nicht so schlecht, Erwin. So geht das nämlich nicht weiter. Es muß endlich etwas geschehen.«

Heute war Lennies letzter Tag im Kurhotel. Zum letzten Mal schwamm er ein paar Runden in dem großen ovalen Swimmingpool. Sein Rücken war wieder völlig in Ordnung, die Schmerzen waren verschwunden. Bruno mit seinem Streckbett und seinen Massagehänden hatte ihn wieder gut hingekriegt. Vierzehn Tage Aufenthalt im Kurhotel waren auch genug, sagte sich Lennie. Er sehnte sich nach seiner Arbeit im Schloßhotel. Hin und wieder hatte er sich dort blicken lassen, um zu sehen, ob alles lief. Diese Ulla Wagner machte ihre Sache wirklich gut. Aber jetzt wollte er die Zügel wieder selbst in die Hand nehmen.

Als er aus dem Pool stieg, stand Anja Weber am Beckenrand. Sie reichte Lennie ein Handtuch. »Du hast dich prächtig erholt, Lennie, wie man sieht. Eine tolle Reklame für unser Haus: Als Lahmer bist du hergekommen und kehrst nach vierzehn Tagen als Meisterschwimmer zurück.«

Lennie lachte. Während er sich abrubbelte, sagte er: »Du hast den Laden hier prima im Griff. Vielleicht hätte ich ihn doch selbst übernehmen sollen – aber du solltest deine Chance haben.«

»Jansen nimmt es mir immer noch übel.«

»Das ist doch kindisch! Ich hab' von dir hier viel lernen können: Im Fitneßbereich zum Beispiel seid ihr viel besser als wir. Die Gäste legen immer mehr Wert darauf. Ein Trend, den man nicht verpassen sollte.«

Im wehendem weißen Arztkittel eilte Dr. Buzzig auf Lennie und Anja zu.

»Anja, meine Liebe!« rief er schon von weitem. »Ich habe Sie überall gesucht!«

»Wo brennt's denn, Herr Doktor?«

»Ich bin untröstlich, Anja«, sagte der Doktor, runzelte die Stirn und sah sie wie ein Dackel an. »Ich muß Sie verlassen. Selbstverständlich besorge ich Ihnen einen Nachfolger – aber bitte lassen Sie mich gehen.«

Anja Weber sah ihren Kurarzt kopfschüttelnd an. »Sie können mich doch jetzt nicht im Stich lassen, gerade wo wir – Sie wissen schon . . .«

»Ich lasse Ihnen alle Unterlagen für die Aktion hier.« Er drückte sich genauso vorsichtig aus wie Anja, stellte Lennie fest. Nun ja, er war schließlich ein Konkurrent, auch wenn er vierzehn Tage als Patient im Kurhotel gewesen war.

»Warum wollen Sie denn so dringend weg, Doktor?« erkundigte er sich.

»Eine Berufung hat mich ereilt!« Buzzigs Augen leuchteten wie die eines frisch Verliebten. »Ich soll als Professor an der Universität von Abu Dschidda am Persischen Golf dozieren. Und ich werde Leibarzt für den Harem des Emirs – eine Lebensaufgabe. Stellen Sie sich vor: 143 Frauen, eine älter als die andere. Da kann ich endlich nach Herzenslust schneiden und schnippeln, liften und polstern – ein Paradies für einen Schönheitschirurgen!« Er wandte sich an Anja. »Anja, verzeihen Sie mir, aber ich muß sofort fliegen. Die Herren warten schon.«

Er wies mit der Hand auf zwei Araber in weiten weißen Gewändern, die am Eingang standen und schon Buzzigs Gepäck in den Händen hielten. Mit einer ausladenden Bewegung ergriff Kurt Buzzig die Hand der verwirrten Anja, drückte einen schmatzenden Kuß darauf und war Minuten später schon auf dem Weg zu seinem Harem.

»Große Pläne?« fragte Lennie vorsichtig. Zu gern wollte

er wissen, was die Pächterin des Kurhotels vorhatte. Aber Anja wollte nicht darüber reden – zumindest nicht mit ihm.

Während Anja und er an der Rezeption standen und abrechneten, hörten sie vom Eingang her eine aufdringliche Frauenstimme. »Danke, junger Mann, dat ist zu freundlich . . . Wenn Se mich jetzt noch bei Ihrer Prinzipalin melden könnten?«

Lennie drehte sich neugierig um: Durch die Drehtür zwängte sich ein Zweizentnerweib in einem grellroten robeartig geschnittenen Kleid. Dem Hausdiener, der sich mit zwei gewaltigen Koffern abschleppte, gab sie einen Klaps auf den Hintern. »Jut jemacht, mein Süßer.«

Lennie erkannte die Frau sofort: Das war Vera Walldorf, eine dieser dicken Komikerinnen aus der Provinz, die auf kleinen Bühnen mit überlauter Stimme unanständige Witze erzählen und selbst am meisten darüber lachen, und, noch schlimmer, manchmal Lieder singen, die eher Zoten ähneln. Einmal hatte er diese Vera bei einem Bierabend erlebt, und er fragte sich, was diese Person hier zu suchen hatte.

»Was will die denn hier?«

»Ach, das ist nur ein Gast.«

Lennie merkte sofort, daß Anja ihn belog. Als die beiden Damen sich unterhielten, versuchte er mitzubekommen, was die beiden zu flüstern hatten. Na ja, flüstern war übertrieben: Anja flüsterte, und Vera mit ihrem brandroten Haar antwortete mit Donnerstimme.

»Aber ja doch: Vera Walldorf – wie der Salat, haha, oder, wenn Ihnen das lieber ist, wie das Hotel in New York. Und Sie sind Frau Weber, die Chefin vons Janze? Na, dann spucken Sie mal aus, wat dat hier für ein Engagement ist. Meine Ajentin hat nischt jesacht . . .«

»Bitte leise«, bat Anja nervös und schielte zu Lennie hinüber.

»Ach, ich bin wohl Ihr kleines Jeheimnis, die Überraschung für Ihre Jäste. Keine Sorje, ich werd' den Leuten hier schon richtig einheizen.«

Verwundert beobachtete Lennie, wie Anja Weber die aus den Fugen geratene Komikerin in ihr Büro geleitete. Das konnte ja was werden: der Arzt verschwunden und eine Klamottenkomikerin als Geheimwaffe. Was Anja sich dabei wohl gedacht hatte?

In Anja Webers Vorzimmer wartete Schneider, der Reporter der Kronen-Zeitung. Anja vertröstete ihn für ein paar Minuten, sie müsse noch etwas klären, dann stünde sie ihm zur Verfügung. Sie wandte sich ab und bat ihren weiblichen Gast in ihr Büro. »Bitte, Frau Walldorf.«

»Vera, sagen Sie einfach Vera. Alle nennen mich so.«

Vera Walldorf, beinahe so hoch wie breit, zwängte sich durch die Tür und versuchte dann, in einem schmalen Sessel Platz zu nehmen – was ihr einige Mühe bereitete. Schließlich stand sie wieder auf, was genauso mühevoll war: Denn jetzt mußte sie den Sessel erst wieder loswerden, der an ihrem breiten Po zu kleben schien. Endlich hatte sie Erfolg.

»Wofür ich Sie verpflichtet habe, wird Ihnen vielleicht ungewöhnlich erscheinen . . .« begann Anja zögernd.

»Alles Gewöhnliche ist mir zutiefst zuwider«, unterbrach Vera Walldorf sie heftig. »Sie wollen, daß ich singe?«

»Nein«, gestand Anja leise und gab sich einen Ruck. »Frau Walldorf . . . Vera . . . Ich möchte, daß Sie für mich . . . für das Kurhotel ein paar Kilo abnehmen . . .«

Vera Walldorf sprang auf wie von einer Tarantel gestochen. »Ich bin eine Künstlerin – aber keine Hungerkünstlerin! Ich bin überall gefragt, die Leute lachen mit mir und freuen sich, wenn ich komme. Mein Gewicht ist gewissermaßen auch mein Markenzeichen.«

»Ich will Sie nicht beleidigen, aber Ihre Agentin war sehr glücklich über dieses Engagement. Soviel ich weiß, herrscht bei Ihnen totale Flaute. Und wenn ich Ihnen jetzt noch sage, daß ich Ihnen für jedes abgenommene Kilo sechstausend Schilling bezahle . . .«

»Sechstausend, Weberchen?« Vera Walldorf sank vorsichtig auf den Stuhl vor Anjas Schreibtisch zurück. »Vielleicht können wir doch zusammenkommen. Wie soll das gehen?«

»Wenn so eine prominente und beliebte Frau wie Sie mit unserer Reduktionsdiät innerhalb kurzer Zeit Erfolg hat, dann gibt das eine Riesenpublicity für unser Haus. Allerdings müßten Sie mindestens sechs Kilo in einer Woche weghungern . . .«

»Sechs Kilo? Das ist doch Wahnsinn!«

»Sie müssen das immer in Schillinge umrechnen, Vera. Darf ich jetzt Herrn Schneider von der Kronen-Zeitung hereinbitten? Er wartet schon auf seine Sensationsmeldung aus Velden.«

Lennie Berger hatte das Zepter im Schloßhotel wieder fest in die Hand genommen. In seinem Büro besprach er mit Ulla Wagner und dem Küchenchef, wie sie künftig auf die neuen Gesundheitsbedürfnisse des Publikums eingehen würden.

»Wir müssen unbedingt die Karte ändern, Max. Weniger Kärntner Spezialitäten, keine Mehlspeisen oder Palatschinken mit Schokoladensauce mehr, sondern eine große Speckweg-Aktion für unsere Gäste! Also, Max, lassen Sie sich was einfallen, sonst verpassen wir den Trend.«

Schulz, der Portier, stürmte in das Büro und warf Lennie die Kronen-Zeitung auf den Schreibtisch. Die Seite, die ihn so auf Touren gebracht hatte, hatte er bereits aufgeschlagen.

Die Schlagzeile war nicht zu übersehen: »In einer Woche sechs Kilo. Aktion im Kurhotel!«

Lennie schlug mit der Handfläche auf die Zeitung.

»Ich wußte doch, daß Anja was ausheckt! Nach so einem Riesenrummel lockt unser Speck-weg-Programm keinen Hund mehr hinterm Ofen hervor. Lest das mal!«

Ulla und Max beugten sich über die Zeitung.

»Öffentliches Wiegen dieser Komikerin, tägliche Kontrolle, Notar – wenn ich das höre!« ereiferte sich Lennie. »Und ich wollte gerade so schön durchstarten.«

Ulla schüttelte ihre blonde Mähne, blinzelte kurz und starrte auf die vollbesetzte Terrasse, auf der die Hotelgäste gerade frühstückten.

»Was suchst du?« fragte Lennie.

»Ich halte Ausschau nach einer ganz bestimmten Person. Ich sehe aber niemanden, der sich für meinen Plan eignet.«

Lennie begriff nicht. »Was hast du denn vor?«

Ulla lachte. »Ist doch ganz einfach! Wir hängen uns an die Geschichte dran und schicken unser eigenes Pferd ins Rennen – einen Dicken!«

Lennie war sofort Feuer und Flamme. »Genau, das ist die Idee! Ist zwar nicht ganz fair, aber im Krieg und in der Liebe sind alle Mittel erlaubt. Wir kündigen einfach an, daß unser Mann in einer Woche mehr an Gewicht verliert als diese Vera. Unser einziges Problem: Wir haben keinen Dicken – zumindest nicht unter unseren Gästen. Also gehen wir auf die Suche.«

Der Motorbootfahrer wartete am Bootssteg unterhalb des Schloßhotels auf das Kommando zum Losfahren. Thea Kugler, im knappen Bikini, hatte schon die Leine in der Hand und saß mit den Wasserskiern an den Füßen startbereit auf dem Steg. Noch einmal drehte sie sich um.

»Erwin, du hast es versprochen: nur Joggen und Trimmen, solange ich auf dem Wasser bin – keine Dummheiten!«

»Aber natürlich, Mausi. Ich werde etwas für meine Figur tun. Ehrenwort!« Erwin zupfte an seinem grauen ausgeleierten Jogginganzug herum und hielt die Hand auf die hintere Naht, die ihm heute mittag geplatzt war.

»Also los!« rief Thea. Das Motorboot zog an, und Thea begann gekonnt ihre Kreise auf dem Wörther See zu ziehen.

Eine Weile sah Erwin ihr zu, dann trottete er befriedigt zur Terrasse des Schloßhotels. Er setzte sich an einen der weißen Tische unter den gelben Sonnenschirmen, rief den Oberkellner und bestellte mit glänzenden Augen zweimal Palatschinken, zweimal Marillenknödel und zwei Portionen Topfenstrudel. Mit großem Genuß mampfte, kaute, schluckte und verschlang er all die Köstlichkeiten.

Leider entging ihm über all den herrlichen Schlemmereien, daß seine Gattin auf ihren Wasserskiern ganz nah an der Seeterrasse entlangfuhr. Bei seinem Anblick geriet sie ins Schleudern und ging unter. Als sie sich wieder aufgerappelt hatte, ließ sie sich von dem Motorboot zum Steg zurückbringen.

Erwin wischte sich nach einer Weile den Mund ab und blickte auf den See hinaus: Keine Thea zu entdecken. Gerade wollte er sich bei Holzer noch eine schöne Nachspeise bestellen, da hörte er hinter sich die Stimme von Thea: »Hab' ich dich erwischt, du Mistkerl!«

Er fuhr erschrocken herum.

Naß und wütend stand Thea hinter ihm. Auf ihrer schon leicht gebräunten Haut glänzten Wassertropfen.

»Aber Mausi, ich hab' doch nur eine Kleinigkeit . . .«

Sie sah vielsagend auf die leergegessenen Teller. »Jetzt ist Schluß, mein Lieber! Notfalls werde ich dich anbinden.«

Erwin wollte gerade heftig protestieren, als Lennie an den Tisch trat.

»Entschuldigen Sie, darf ich . . .«

»Mein Mann möchte nichts mehr, keinen Bissen. Sie dürfen nicht!«

»Entschuldigen Sie, gnädige Frau. Ich bin der Besitzer des Schloßhotels«, stellte Lennie sich vor. »Ich wollte Ihnen ein Angebot machen.« Jetzt war Thea neugierig geworden.

»Was würden Sie davon halten: Ihr Mann nimmt bei uns in einer Woche sieben Kilo ab – das dürfte bei seinem Gewicht kein Problem sein –, und dafür bekommen Sie beide ein wunderbares Zimmer mit allem Drum und Dran – kostenlos natürlich.«

»Das ist ja phantastisch! Ich weiß zwar nicht . . .« Thea strahlte Lennie an. »Abgemacht!«

»Alles weitere erkläre ich Ihnen später. Jetzt ist keine Zeit.«

Erwin quälte sich und seine Pfunde aus dem Stuhl hoch. »Aber was ist mit mir? Hier geht's doch um mich.«

»Du hältst den Mund!« herrschte Thea ihn an. »Du hast hier gar nichts zu sagen, du Betrüger.«

Mit angstgeweiteten Augen verfolgte Erwin, wie sein Schicksal durch einen Handschlag zwischen Thea und Lennie besiegelt wurde. Das also war seine Henkersmahlzeit gewesen! Schnell fuhr er noch einmal mit dem Finger über einen der Teller und leckte einen Klecks Sahne von der Kuppe.

In der kleinen Parkanlage mitten in Velden drängelten sich die Zuschauer. Auf einem hölzernen Podest stand eine Personenwaage, und neben ihr Vera Walldorf in einem jener übergroßen altmodischen Badeanzüge. Arme und Beine quollen wie Würste aus dem rotgestreiften, äußerst unvorteilhaften Anzug. Ausgelassen tänzelte die dicke Vera auf dem Podium herum, posierte wie ein Ringkämpfer für die Fotografen und schäkerte mit dem Publikum.

»Na, da seid ihr wohl traurig, ihr Hübschen da unten, daß das alles weg soll, was?« Sie wandte ihrem Publikum den Rücken zu und wackelte kräftig mit ihrem mächtigen Hintern. »Wollt ihr die totale Diät?« schrie sie dabei.

Und die Menge grölte: »Ja, ja, ja!«

Doch es gab auch Gegenstimmen. Frauen im Publikum begannen zu singen: »Dick ist schick – o Vera, Vera, Vera, wir lieben jedes Gramm an dir.«

Anja trat auf das Podium und bat um Ruhe. »Unsere Vera wird jetzt unter Aufsicht unseres Notars gewogen.«

Vera trat auf die Waage, der Zeiger schlug gewaltig nach rechts aus, und der Notar verkündete: »Es sind genau 98 Kilo und 230 Gramm.«

»Die hat doch Blei in den Taschen!« schrie jemand aus der Menge.

Vera jauchzte: »Nein, mein Junge. Alles ehrlich angefressen! Was mich das gekostet hat! Wenn ich das Geld hätte – was könnte ich schlemmen . . .«

Die Menge lachte. Unwillen kam auf, als Anja verkündete, daß Vera innerhalb einer Woche durch eine spezielle Reduktionsdiät mindestens sechs Kilo abnehmen würde.

»Reklame!« schrie jemand, »Betrug!« ein anderer.

Hilflos mußte Anja beobachten, wie sich die Leute zu zerstreuen begannen.

Plötzlich kam Bewegung in die Menge. Lennie lief zielstrebig zum Podium und zog den sich sträubenden Erwin hinter sich her. »Meine Herrschaften! Warten Sie!« rief er laut. »Das Schloßhotel fordert hiermit das Kurhotel heraus. Wir behaupten, dieser Mann hier, Erwin Kugler, wird in einer Woche mehr abnehmen als Frau Walldorf.«

Lennie schob seinen Kandidaten auf die Waage, und der Notar konstatierte: »120 Kilogramm und dreihundert Gramm.« Jetzt machte der Menge die Sache Spaß. Und es wurde noch spannender, als Benjamin Strasser, beim Spielcasino Velden für die Public Relation zuständig, auf das Podium sprang und verkündete: »Meine Damen und Herren, ab sofort können im Casino Wetten auf die beiden Diätkämpfer abgegeben werden! Kommen Sie heute abend zu uns . . .«

Plötzlich war die Hölle los. Die Menge jubelte begeistert.

Anja dagegen war sauer. »Ich finde das richtig mies!« giftete sie Lennie an. »Das war meine Idee . . .«

»Konkurrenz belebt das Geschäft«, sagte er trocken. Aber ganz wohl war ihm nicht in seiner Haut.

Im Spielcasino liefen die Wetten. Zunächst stand es drei zu eins für das Kurhotel: Dem geschulten Personal traute man mehr medizinische Kenntnisse zu als dem Schloßhotel, das in erster Linie für seine Mehlspeisen berühmt war. Das änderte sich am zweiten Tag schlagartig. Der immer noch rachsüchtige Rainer Jansen setzte dreißigtausend Schilling auf Erwin Kugler. Jetzt hatte das Schloßhotel einen leichten Vorsprung.

Lennie war fest entschlossen, die Wette zu gewinnen. Die Waage mußte am Ende der Woche für seinen Kandidaten mindestens sieben Kilo Gewichtsverlust anzeigen. Die tägliche Gewichtskontrolle war auf Strassers Einspruch hin gestrichen worden: Als Wettbürohalter war der PR-Mann des Spielcasinos der Meinung, tägliche Ergebnisse würden die Wetten durcheinanderbringen.

Trotzdem: Ganz Velden machte mit. Wenn Vera oder Erwin sich in den Bäckereien und Metzgereien ein Zubrot zu ihrer Diät verschaffen wollten, dann bekamen sie einen Korb. Niemand verkaufte den beiden auch nur eine Semmel, geschweige denn ein Stück Kuchen. Und beide wurden schwer getriezt: Nach Knäckebrot mit Radieschen zum Frühstück mußte Vera täglich unter Aufsicht des bulligen Bruno Gymnastik machen, seilspringen und auf dem Heimtrainer radfahren, bis ihr buchstäblich die Luft ausging.

Und Thea Kugler hetzte ihre dicke bessere Hälfte stundenlang auf den Trimmpfaden rund um den See. Anschließend mußte Erwin Tennis spielen, und einmal verdonnerte Thea ihn dazu, mit dem Ruderboot den See zu überqueren – allein. Der Bootsausflug wurde allerdings fast zur Tragödie: Erwin war vor Erschöpfung im Boot eingeschlafen, und Lennie mußte stundenlang mit dem Motorboot den See absuchen, bis er ihn endlich abschleppen konnte.

Anja und Lennie hatten sich wieder versöhnt: Die Publicity für beide Häuser war so gut, daß Anja ihren Groll so gut wie begraben hatte. Doch dann passierte die Sache mit der Geburtstagstorte . . .

Am Abend des vierten Tags ihrer Diät schleppte sich Vera Walldorf völlig entkräftet ins Kurhotel.

»Sie sehen aber müde aus, Frau Walldorf«, sagte die Empfangsdame mitfühlend.

»Müde ist kein Ausdruck«, japste Vera. »Ich bin schon seit Stunden klinisch tot. Ich geh' auf mein Zimmer und träum' vom Essen.«

Die Dame an der Rezeption wünschte ihr eine gute Nacht und konzentrierte sich wieder auf ihre Buchungsunterlagen. Sie sah kaum auf, als ein Installateur im blauen Arbeitsanzug mit einem großen Karton in der Hand sie ansprach.

»Welches Zimmer hat Frau Walldorf? Ich muß die Klobrille auswechseln.«

Wäre sie schon längere Zeit im Haus gewesen, dann hätte die junge Dame unter der Baskenmütze und dem angeklebten Schnurrbart Rainer Jansen vielleicht erkannt – aber so verriet sie dem ehemaligen Direktor des Schloßhotels ohne Argwohn die Zimmernummer von Vera Walldorf.

Als Anja Weber eine halbe Stunde später nach ihrem Sorgenkind sah, war nichts mehr zu retten: Vera lag auf dem Bett, neben ihr eine große Sachertorte, genauer – das, was von dieser Torte noch übrig war.

»So was habe ich mir doch gedacht!« rief Anja entrüstet.

»Ich konnte nicht widerstehen.« Veras Lippen zitterten. Sie begann zu schluchzen. »Der Klempner hat mir die Torte gebracht. Mit Kerzen verziert. Und ich habe doch gar nicht Geburtstag . . .«

Anja blickte ins Leere. »Lennie, du miese Ratte! Fairer Wettbewerb – na warte, das werde ich dir heimzahlen!«

Am nächsten Abend – während Thea mit allen anderen Gästen im Speisesaal des Schloßhotels ein opulentes Mahl zu sich nahm – wurde der dicke Erwin beim Trinken seiner Ration Sauerkrautsaft durch ein Klopfen an der Balkontür jäh unterbrochen. Er öffnete die Tür und sah mitten im Sommer einen Weihnachtsmann mit roter Kapuze und weißem Rauschebart vor sich. Einen Augenblick lang glaubte Erwin fest, er hätte bereits Hunger-Halluzinationen. Aber der Weihnachtsmann war aus Fleisch und Blut. Er konnte sogar sprechen. Er habe gehört, was für ein braves Kind der Erwin doch sei, und er wolle sein langes Leiden etwas verkürzen durch einen kleinen Picknickkorb. »Besonders zu empfehlen ist die Gänsekeule . . .« verriet er noch, bevor er wieder verschwand.

Eine Stunde später hielt Lennie mit quietschenden Reifen vor dem Kurhotel. Anja verabschiedete sich gerade von einem Gast, als Lennie wütend auf sie zustürmte und ihr den leeren Picknickkorb unter die Nase hielt.

»Das geht ja wohl auf dein Konto, du hinterhältige

Schlange. Weihnachtsmann! Ha, ha – was für eine lustige Idee.«

»Du hast es gerade nötig!« rief Anja. »Glaubst du, dein Einfall mit der Geburtstagstorte war origineller? Ich hab' es dir bloß mit gleicher Münze zurückgezahlt.«

Und als Lennie sie fassungslos ansah: »Spiel nicht den Unschuldigen! Du hast doch Vera eine Riesentorte aufs Zimmer schmuggeln lassen – von einem Installateur . . .«

»Installateur?« Jetzt dämmerte es ihm. »Das kann nur Jansen gewesen sein! Er hat eine Riesenwette für Erwin laufen. Den Installateur hat er bei mir immer gespielt, wenn wir irgendeinen Gast als Hoteldieb verdächtigt haben. So konnte er heimlich das Zimmer durchsuchen. Das ist sein alter Trick . . .«

»Wenn's wahr ist.«

Lennie sah Anja tief in die Augen. »Du mußt mir glauben, Anja! So was mach' ich nicht! Was hältst du davon, wenn wir beide künftig gemeinsam auf unsere Schützlinge aufpassen? Dann wissen wir, daß alles richtig abläuft . . .«

Die Kurgäste von Velden konnten in den darauffolgenden Tagen eine seltsame Prozession beobachten: Auf der Uferpromenade gingen die beiden Dicken entlang, eifrig ins Gespräch vertieft – und fünfzig Meter dahinter folgten Anja und Lennie.

»Noch fünf Tage«, seufzte Vera.

»Genauer gesagt: 120 Stunden«, berichtigte Erwin sie.

»Ich weiß nicht mehr, was ich tu'«, stöhnte Vera, »wenn ich nicht bald was zu essen kriege.«

»Ich hab' schon den Enten das Futter geklaut.«

Am Ufer des Sees stand ein kleiner trauriger Junge. In der einen Hand hielt er ein Stück Brot, in das er lustlos hineinbiß. In der anderen Hand hielt er ein Modellboot. Erwin starrte wie gebannt auf das Boot und machte einen Schritt auf den Jungen zu.

Vera packte ihn am Arm. »Nicht, Erwin! So tief dürfen wir nicht sinken.«

»Ich halt's nicht mehr aus, Vera«, jammerte Erwin. »Und die da lassen sich ja nicht abschütteln! Na, Junge, warum schaust du denn so traurig?«

»Die Fernsteuerung is hie, i hab' koa Geld, um a neue zu kaffa. Sie, des Brot is fei von mia, wenn's Hunger ham, könnt i euch vielleicht helfen. Daß die im Ort euch nix mehr geben dürfen, was doch a jedes Kind. Aber wenn für mi a neue Fernbedienung drin is . . .«

Anja und Lennie wunderten sich schon ein wenig, daß ihre beiden lahmen Schützlinge in den nächsten Tagen zu begeisterten Ruderern wurden, aber – so dachten sie – beim Rudern kann ja nichts passieren; und in den Läden verkaufte man Vera und Erwin ja nichts mehr. Beruhigt wandten sie sich wieder ihren Geschäften zu.

Vera und Erwin ruderten derweil zu einer einsamen Stelle, wo dichtes Schilf alle Arten von Aktivitäten verdeckte. Ihnen stand der Sinn nicht nach einer heimlichen Liebschaft, sie hatten Wichtigeres zu tun: Sie warteten ungeduldig auf die Ankunft eines kleinen Modellbootes, das gerade groß genug war, um zwei riesige Stücke Sahnetorte zu transportieren – jeden Tag dreimal.

Endlich war es soweit. Im Stadtpark drängte sich das Publikum um die Waage auf dem Podest. Links und rechts von der Waage standen Vera und Erwin. Ein Psychologe hätte ihnen ihr schlechtes Gewissen wahrscheinlich sofort angesehen.

Anja ging ans Mikrofon. »Meine Damen und Herren, die Stunde der Wahrheit ist gekommen! Wir und vor allem unsere fleißigen Wetter sind natürlich schrecklich gespannt, was uns der Herr Notar gleich verkünden wird. Ich darf Frau Vera Walldorf auf die Waage bitten . . .«

Dann kam der erste Schock: Vera hatte zwei Kilo und 510 Gramm zugenommen. Und gleich darauf folgte der zweite: Auch Erwin hatte zugelegt – genau zwei Kilo und vierhundert Gramm.

»Na, dann mal raus mit dem Zaster, ich hab' gewonnen . . .« tönte Jansen aus der Menge.

»O nein!« rief Benjamin Strasser lächelnd. »Die Wette ging darum, wer am meisten abnimmt, und nicht darum, wer am wenigsten zunimmt. Somit gehen alle Wetteinlagen an die Wetter zurück.«

Anja und Lennie sahen sich fassungslos an. Ein Rätsel. Wie hatte das geschehen können? Sie hatten die beiden doch immer unter Kontrolle gehabt.

»Ach Anja«, sagte Lennie, nachdem sich das enttäuschte Publikum verzogen hatte. »Eine Ruhmestat war es nicht – aber immerhin waren unsere beiden Hotels eine Woche lang der Hauptgesprächsstoff in der Stadt. Das ist doch auch was.«

Zur Feier des Tages trug Max seine hohe weiße Kochmütze und bediente die Ehrengäste auf der Seeterrasse höchstpersönlich. An diesem Abend tischte er alles auf, was die Küche zu bieten hatte: Tafelspitz und Lammbraten, Fritatensuppe und Kaiserschmarren. Und immer wieder versicherte er seinen Gästen, wie glücklich er sei, endlich wieder richtige Kärntner Kost servieren zu können. »Ein Glück, daß der Diätschmarren so ein Reinfall war. Endlich kann ich wieder was Anständiges kochen . . .«

Die beiden Diätopfer saßen zusammen mit Anja und Lennie an einem Tisch. Trotz hartnäckiger Fragen waren weder

Vera noch Erwin bereit, ihr kleines Geheimnis zu lüften. Sie bestanden darauf, sie seien eben von Natur aus dick und würden allein vom Gedanken ans Essen schon zunehmen. Während Vera sich noch eine Portion Marillenknödel in den Mund schob, sagte Anja: »Also gut, Vera: Keine Diät mehr. Aber Sie sind für den ganzen Monat engagiert.«

»Sie werden es nicht bereuen, Anja. Die Leute werden Ihnen die Bude einrennen! Die wollen mich doch jetzt alle live erleben. Und eines kann ich Ihnen versprechen: Witze reißen kann ich besser als abnehmen.«

Lennie Berger stand auf und hob sein Glas. »Trinken wir auf uns, auf unseren schönen Wörther See, auf die Kärntner Küche und ganz besonders . . .« Er zögerte, dann fiel sein Blick auf Ulla, die gerade an den Tisch trat. » . . . und ganz besonders auf unsere entzückende Ulla, die Frau, die mich während meiner Krankheit so wunderbar vertreten hat. Auf Ulla Wagner – die neue Direktionsassistentin des Schloßhotels.«

Ulla schüttelte ihre blonden Haare. »O Lennie, aber . . .«

»Kein Aber«, sagte er. »Sag einfach ja.«

»Ja«, rief Ulla entzückt. »Ja, ja, ja!«

8. Kapitel

Der Pechvogel

Marion Märker ließ die angelehnte Badezimmertür in dem kleinen Hotelzimmer in Klagenfurt nicht aus den Augen: Hinter der Tür hörte sie das Rauschen der Dusche. Sie konnte sich genau vorstellen, wie der schlanke, braungebrannte Costa Gaviredes da drinnen seinen durchtrainierten Körper abseifte, und hörte, wie er dabei *Griechischer Wein* sang. Der Grieche war ein attraktiver Mann und konnte in gewissen Momenten auch sehr zärtlich sein.

Doch ihr Entschluß stand fest: Was sie zu tun hatte, mußte sein.

Rasch sprang sie aus dem Bett. Während sie Slip und BH überstreifte, dachte sie noch einmal nach. Sie war jetzt Mitte Dreißig. Die Männer schauten sich nach ihr um, schwärmten von ihren dunklen Augen und strichen ihr gern über das schwarze Haar – daraus wollte sie jetzt endlich mehr machen.

Sie zog ein dünnes rotes Sommerkleid an, schlüpfte in die hochhackigen Pumps und ging zur Tür. Als sie schon im Türrahmen stand, zögerte sie kurz, drehte sich noch einmal um, griff in die Innentasche des karierten Herrensakkos, das über einem Stuhl hing, und nahm die Brieftasche heraus. Leise schloß sie die Tür hinter sich. Das wäre geschafft . . .

Eine Stunde später stand Marion Märker an einer Ausfallstraße von Klagenfurt und versuchte zu trampen. Bislang ohne Erfolg. Als sich wieder ein Wagen näherte, sprang sie plötzlich auf die Straße, winkte mit ausgebreiteten Armen und zwang den Fahrer so zum Halten.

Der Mann am Steuer sah sie zornig an. Doch dann hellte sich sein Gesicht auf. Offenbar gefiel sie ihm. Er drehte die Scheibe herunter. »Vögel, die morgens singen, werden abends von der Katze gefressen – und hübsche junge Damen, die mitten auf der Straße Selbstmord begehen wollen, erst recht. Wo wollen Sie denn hin?«

»Egal, wohin«, sagte sie. Mit einem Hauch von Galgenhumor ließ sie ihn wissen: »Ich werde überall gebraucht.«

»Kann ich mir denken«, meinte der Mann mit einem Grinsen. »Ich fahre nach Velden. Steigen Sie ein.«

Nach einer Weile – er hatte Marion immer wieder von der Seite gemustert – stellte er sich vor. »Ich heiße Rainer Jansen; ich bin Direktor des Golfplatzes in Velden. Und Sie? Was machen Sie so früh am Morgen auf einer einsamen Landstraße?«

»Das ist eine lange Geschichte – lang und langweilig. Ich bin übrigens Marion Märker.«

»Das werde ich mir märkern«, scherzte Rainer Jansen. »Ansonsten können Sie mich überhaupt nicht langweilen.«

Aber Marion schwieg und tat so, als würde sie einschlafen.

In Velden stoppte Jansen vor einem Delikatessengeschäft. »So, jetzt werde ich uns beiden erst mal ein schönes Frühstück besorgen. Sie sehen ja total übernächtigt aus.«

»Das ist sehr nett von Ihnen, aber ich möchte Ihnen wirklich nicht zur Last fallen.«

Doch Rainer Jansen war schon verschwunden. Durch das Fenster des Geschäftes sah Marion, wie er zwei Flaschen Champagner bezahlte – sonst nichts. Nein, dachte sie, so nicht, mein Lieber. Sie schlüpfte schnell aus dem Wagen, sah sich kurz um und ging dann durch einen großen Park. Minuten später stand sie vor dem Schloßhotel.

Ulla Wagner litt unter Lennies Gleichgültigkeit. Was als heiterer Flirt begonnen hatte, als amüsantes Verwechslungsspiel mit viel Hoffnung auf mehr, erwies sich nun als nüchterne Geschäftsbeziehung: Kaum war sie offiziell Direktionsassistentin, behandelte Lennie sie wie jeden anderen seiner Angestellten, manchmal sogar ein bißchen kühler – als habe er Angst, sie könnte sich durch ein Verhältnis mit ihm zuviel herausnehmen.

Sie saßen an diesem Morgen beide im Büro und arbeiteten. Als die Klingel am Empfang ertönte, schaute Lennie auf. »Draußen ist ein Gast, hörst du das nicht?«

»Ich geh' ja schon.«

»Ich bitte darum.« Und schon beugte er sich wieder über seine Papiere.

Ulla musterte die junge Frau mit den zerzausten Haaren und dem zerknitterten roten Kleid kritisch. Die Dame hatte kein Gepäck – das konnte nichts Gutes bringen.

»Guten Tag. Sie hatten reserviert? Auf welchen Namen?« Ulla blätterte im Gästebuch.

»Ich hatte nicht vorbestellt.«

»Tut mir leid, dann kann ich Ihnen nicht helfen. Wir sind restlos ausgebucht. Ohne Vorbestellung läuft hier in der Hochsaison gar nichts.«

Lennie kam aus dem Büro. Ulla beobachtete, wie er im Vorbeigehen in einen Spiegel schaute und schnell seine Krawatte zurechtrückte, und sie sah seinen Blick, als er die junge Frau entdeckte.

»Willkommen im Schloßhotel, gnädige Frau. Verläuft alles nach Wunsch?«

»Leider bekomme ich kein Zimmer mehr.«

»Aber selbstverständlich haben wir für Sie noch etwas frei! Was ist denn mit der Suite im zweiten Stock, Ulla?« fragte Lennie und ließ die alleinstehende Dame nicht aus den Augen.

Ulla schüttelte den Kopf. »Die müssen wir freihalten für Herrn Direktor Göbel. Er weiß noch nicht, ob er heute kommen kann.«

»Ach was«, sagte Lennie. »Der muß sich früher entscheiden. Gnädige Frau, darf ich um Ihren Namen bitten?«

»Marion Maier – Maier mit ai.«

Lennie nahm den Schlüssel vom Schlüsselbrett und begleitete die junge Frau persönlich nach oben.

Ulla sah ihm verwundert nach. So eifrig bemüht war Lennie um andere Gäste nicht. Direktor Göbel war ein sehr guter Stammgast, für den sie bislang immer etwas freigehalten hatten. Und Damen ohne Gepäck – so Lennies Order bis heute – waren nicht gern gesehen, selbst wenn sie behaupteten, ihr Gepäck werde nachgeschickt. Und dann auch noch so ein Allerweltsname – Maier mit ai! Da konnte man doch nur lachen.

Aber Ulla lachte nicht – sie sah Komplikationen auf das Hotel zukommen. Aber weshalb regte sie sich auf: Sie hatte doch keinen Grund zur Eifersucht – es war ja gar nichts Richtiges zwischen ihr und Lennie.

An eine unumstößliche Tatsache hatte Egon Kaminski sich in seinem fast fünfzigjährigen Leben gewöhnt: Er war und blieb ein Pechvogel. Ihm passierte alles, was man im Prinzip für unmöglich hielt und was man sich in den kühnsten Träumen nicht vorstellen konnte. In diesem Bewußtsein ging er durchs Leben, wodurch er selten durch irgend etwas überrascht wurde – was sollte ihm schon passieren?

So stieg Egon Kaminski an diesem Tage aus dem Zehn-Uhr-Zug auf dem Bahnhof von Velden, zerrte einen riesigen Koffer auf Rollen hinter sich her und trug unter dem anderen Arm ein unförmiges aufblasbares Gummiboot. Einer Bananenschale auf dem Bahnsteig konnte er gerade noch ausweichen, einem eisernen Pfosten, der seinem halbglatzenbedeckten Kopf im Wege stand, nicht mehr. Ein paar Minuten lang sah er Sterne. Dann entdeckte er vor dem Bahnhofsplatz ein freies Taxi, stieg hinten ein und übersah dabei völlig, daß ein kleines Mädchen das Taxi bereits erobert hatte.

»Tut mir leid«, wies ihn der Taxifahrer zurecht, »aber die Kleine war zuerst da.«

»Natürlich«, sagte Egon und machte sich zu Fuß auf den Weg zum Schloßhotel. Das aufblasbare Gummiboot hatte er unter den Arm geklemmt, den Koffer zog er hinter sich her. Wie der Zufall es wollte, klemmte plötzlich eine Rolle seines Koffers. Egon, bemüht, die Sache in Ordnung zu bringen, zerrte so heftig daran, daß sich die Schlaufe löste und der Koffer auf der abschüssigen Straße abwärts zu rollen begann. Ein entgegenkommendes Fahrzeug mußte dem rasenden Koffer ausweichen und stieß dabei mit einem anderen Auto zusammen. Als Egon endlich seinen Koffer erreicht hatte, prügelten sich die beiden Fahrer.

Egon nahm seinen Koffer wieder in Besitz, murmelte: »Ich hätte nicht herkommen dürfen!« und ging weiter. Als er das Schloßhotel erreicht hatte, ließ er Koffer und Schlauchboot vor dem Hoteleingang stehen – er hatte die Befürchtung, er würde mit dem Koffer in der Tür hängenbleiben.

In der Halle stürzte eine junge schöne Frau mit langen Haaren auf ihn zu und rief aufgeregt: »Da sind Sie ja endlich! Wir haben seit einer Stunde auf Sie gewartet.«

»Ja«, seufzte Egon, »es war nicht ganz einfach . . .«

»Nicht ganz einfach?« spottete die schöne Frau. »Das fängt ja gut an mit Ihnen! Na ja, Hauptsache, Sie sind da. Man wird Ihnen Ihr Quartier zeigen und Ihnen Arbeitskleidung geben. So können Sie hier nicht rumlaufen.« Sie zeigte fast angewidert auf seine Bermudashorts und das kurzärmelige Hemd.

»Womit anfangen?«

»Mit der Arbeit natürlich! Sie sind doch Gärtner, oder?«

»Friedhofsgärtner, genau gesagt.«

»Das macht nichts«, sagte die junge Frau und wollte sich schon von ihm abwenden. »Oder dachten Sie, Sie könnten hier Urlaub machen, nur weil Sie am Wörther See sind?«

Egon Kaminski raffte sich auf. »Ja, das hatte ich eigentlich vor. Aber ich wußte gleich, daß die Sache einen Haken haben muß. Meine Tante, Eva Krüger, hat im Preisausschreiben gewonnen – vierzehn Tage Aufenthalt im Schloßhotel. Sie konnte leider nicht persönlich kommen. Wir haben immer Pech, das ist in unserer Familie so . . .«

»Na, immerhin hat sie das Glück gehabt . . .«

»Ja, aber darüber hat sie sich so gefreut, daß sie dem Briefträger um den Hals gefallen ist. Drei Treppen tiefer ist sie dann wieder zu sich gekommen – mit gebrochenem Bein . . .«

Die schöne junge Frau mußte lachen. Auch das war typisch für Egon Kaminskis Familie: Über ihre Mißgeschicke lachten die Leute. Trotzdem: Die junge Frau drückte ihm einen Schlüssel in die Hand und wies einen Pagen an, ihn zu begleiten.

In seinem Zimmer ließ sich Egon erschöpft auf das Bett fallen. Sekunden später krachte es unter seinem Gewicht zusammen, die Gardinenstange über dem Fenster fiel mitsamt dem Vorhang herunter. Egon schloß die Augen.

Lennie Berger wandelte wieder einmal auf Freiersfüßen, das war der ganzen Hotelmannschaft klar – nicht nur Ulla. Ihr Boß sagte alle Termine ab, fuhr in die Stadt, um für Marion Maier mit ai einen Bikini und ein paar andere Kleidungsstücke zu kaufen, und ließ das Motorboot bereitstellen, weil er der fremden jungen Dame die Schönheiten des Wörther Sees zeigen wollte.

Nervös ging er jetzt in der Halle auf und ab und rauchte bereits die dritte Zigarette. Es war Viertel nach zwei. »Schulz, rufen Sie mal bei Frau Maier an! Wir waren um zwei Uhr verabredet.« Aber auf dem Zimmer meldete sich niemand. Schließlich lief Lennie die Treppe zum zweiten Stock hinauf. Schon auf der ersten Etage hörte er Marions aufgeregte Stimme.

»Können Sie mir mal sagen, weshalb Sie Ihr Boot ausgerechnet vor Ihrem Zimmer aufpumpen müssen?«

»Weil mir die Pumpe schon zweimal gestohlen wurde. Moment, wenn Sie jetzt mal die Luft anhalten, dann kann ich das Boot . . . Nein, es bewegt sich nicht . . .«

Wenig später sah Lennie die Bescherung.

Marion klebte buchstäblich an der Wand, eingeklemmt von einem prall gefüllten Gummiboot, während Egon Kaminski verzweifelt versuchte, irgendwie Bewegung in die Sache zu kriegen.

»Moment«, rief Lennie, »ich helfe!« Als er an dem Boot rüttelte, kam er mit seiner Zigarette – unbeabsichtigt natürlich – an die Gummiwand. Zischend entwich die Luft aus dem Schlauchboot. Zurück blieben eine schlappe Masse und ein völlig entgeisterter Egon Kaminski.

»Lassen Sie sich unten Flickzeug geben!« rief Lennie, legte den Arm um Marion und entschwand in Richtung Ausgang.

Lennie stand am Steuer des Motorbootes und wich umsichtig den Segelbooten und Wasserskiläufern aus, die den Wörther See bevölkerten. Endlich erreichte er freies Wasser und konnte Gas geben. Mitten auf dem See warf er Marion den Bikini zu, den er ihr gekauft hatte.

»Größe 38 war leider ausverkauft. Ich hoffe, 36 tut's auch . . .«

»Das scheint sich eher um eine Kindergröße zu handeln«, meinte Marion. »Wo soll ich mich denn umziehen?«

Lennie machte Anstalten, das Boot zu verlassen und ins Wasser zu springen. »Ich warte solange draußen.«

Marion lachte. »Nein, nein! So genant bin ich nicht. Sie müssen ja nicht gerade zusehen.«

Er drehte sich nach vorn und ließ das Boot wieder Fahrt gewinnen. Aber einen ganz kleinen Blick nach hinten gönnte er sich doch: Marion hatte das winzige Höschen schon angezogen und mühte sich jetzt mit dem Oberteil ab. Sie war so bildschön, daß es ihm regelrecht den Atem verschlug. Er hatte tatsächlich Mühe, sich von ihrem Anblick loszureißen.

Erst im letzten Augenblick entdeckte er das Gummiboot von Egon Kaminski, der seelenruhig auf dem See paddelte. Mit einem Ruck warf Lennie das Steuer herum und konnte dem Gast vom Schloßhotel gerade noch ausweichen – nur leider verlor Marion bei diesem Ausweichmanöver das Gleichgewicht. Sie fiel über Bord, ging unter, tauchte prustend wieder auf und rief: »Hilfe! Ich kann nicht schwimmen!«

Während Lennie mit dem Motorboot manövrierte, war der hilfreiche Egon schon zu Marion gepaddelt. Ängstlich krallte sie sich am Boot fest, glitt ab, fand Halt an dem aufgesetzten Flicken – und riß ihn ab. Pfeifend entwich die Luft. Das Gummiboot sank in Sekundenschnelle.

Egon reagierte geistesgegenwärtig. Er schlang von hinten einen Arm um Marions Brustkorb und schleppte sie wie ein professioneller Rettungsschwimmer zu dem Motorboot. Gemeinsam mit Lennie gelang es ihm, die halbnackte Dame ins Boot zu ziehen. Nach Luft schnappend, lag Marion schließlich auf dem Deck des Motorbootes.

»Wir müssen Wiederbelebungsversuche machen«, sagte Egon.

»Das mache ich schon!« fuhr Lennie ihn an. »Kümmern Sie sich um das Motorboot, damit wir nicht noch mal havarieren.«

Ulla erfuhr es durch einen Anruf von Benjamin Strasser. Der PR-Chef des Spielcasinos hatte ein Telefax von der Casinovereinigung erhalten. Darin wurde gewarnt vor einer Spielerin – Mitte dreißig, dunkle Haare, dunkle Augen, schlank, etwa 1,70 Meter groß –, die sich Marion Müller, Marion Schmidt oder Marion Scholz nannte, sich an Spieler mit großen Gewinnen heranmachte, mit ihnen flirtete und sie später im Hotelzimmer mit K.o.-Tropfen betäubte, um sie auszurauben. Diese Frau hatte schon in mehreren Casinos in ganz Europa Erfolg gehabt, und man empfahl den Casinos, auch die Luxushotels zu warnen.

Ulla hatte Lennie gesehen, wie er mit der nassen Marion auf dem Arm in die Halle gekommen und die Treppe hinaufgestürmt war. Sie brannte vor Ungeduld, ihn endlich warnen zu können.

Inzwischen mußte sie den Pechvogel Egon trösten und ihm immer wieder versichern, daß ihm das Hotel das Gummiboot – und die Pumpe, bitte! – ersetzen würde. Das sei doch selbstverständlich. Als kleines Trostpflaster überreichte sie ihm einen Gutschein für die Spielbank, damit er sich dort von seinem Pech erholen konnte.

»Bei meinem Unglück?« fragte er mutlos.

»Unsinn, Herr Kaminski! Sie haben doch kein Risiko. Mit diesem Gutschein brauchen Sie nur 140 Schilling Eintritt bezahlen, kriegen aber Jetons für zweihundert Schilling. Auf jeden Fall haben Sie sechzig Schilling schon mal gewonnen – falls Sie nicht mehr gewinnen.«

In diesem Augenblick kam Lennie in die Halle.

»Alles in Ordnung mit der Dame?« fragte Egon schnell.

»Alles geregelt. Sie schläft jetzt. Heute abend werde ich mit ihr ins Casino gehen, den Schreck wegspielen.«

Lennie wollte zum Ausgang eilen, aber Ulla kam hinter der Rezeption hervor und hielt ihn am Arm fest. »Lennie, es liegt mir fern, mich in deine Privatangelegenheiten zu mischen . . .«

»Dann laß es besser bleiben«, sagte er scharf.

»Lennie, bitte: Strasser hat ein Fax bekommen, in dem vor einer Frau gewarnt wird, die auf betrügerische Weise Männer ausnimmt.«

»Na und?« Er schüttelte ihre Hand ab. »Deine Fürsorge rührt mich zutiefst. Aber falls es dir entgangen ist: Ich trage seit geraumer Zeit lange Hosen, ziehe mich morgens allein an und abends meistens auch allein aus, ich kann mir sogar schon die Nase putzen und Kakao trinken, ohne mich zu bekleckern.«

»Aber diese Frau«, rief Ulla und deutete mit dem Finger nach oben, wo ungefähr die Suite liegen mußte, »diese Frau hat erstaunliche Ähnlichkeit mit deiner Frau Maier mit ai!«

Jetzt wurde Lennie richtig böse, so böse, wie Ulla ihn noch nie erlebt hatte. »Erstens ist das nicht meine Frau Maier, zweitens sehen sich alle Frauen irgendwie ähnlich, drittens bist du offenbar eifersüchtig, obwohl ich dir nie Besitzrechte eingeräumt habe. Außerdem vergiß bitte eines nicht: Frau Maier ist Gast dieses Hotels. Und dieses Hotel leite ich nicht nur, es gehört mir auch – falls du das vergessen haben solltest, Frau Direktionsassistentin.«

Mit einem kräftigen Stoß drückte er die Eingangstür auf und ließ Ulla stehen. Sie schnappte wütend nach Luft.

Costa Gaviredes war auf der Suche nach Marion den ganzen Tag über wie ein Irrer in Klagenfurt herumgefahren. Dann hatte er den Wörther See umkreist, in unzählige Restaurants geschaut, Hotelhallen abgesucht. Jetzt stand er im Casino Velden. Wenn er von der Frau, die ihn so plötzlich verlassen hatte, nichts wußte, eines wußte er: Sie liebte die Atmosphäre der Casinos, das Rollen der Kugel, das Klicken, wenn die Kugel ins Fach fiel, das Scheppern der Jetons, wenn der Croupier abräumte, das sanfte Gemurmel der Spieler.

Er beobachtete minutenlang einen Mann im Smoking, der die Tische zu überwachen schien. Schließlich sprach er ihn an. »Gehören Sie zum Casino?«

»Jawohl. Ich bin Benjamin Strasser, der PR-Chef des Casinos. Kann ich Ihnen helfen?«

»Ich suche eine Frau: circa fünfunddreißig Jahre alt, 1,70 groß, schwarze Haare, dunkle, leuchtende Augen, eine Superfigur . . .«

Benjamin Strasser sah ihn merkwürdig an. »Sucht nicht jeder von uns so eine Traumfrau?«

»Ich weiß nicht«, sagte Costa verwirrt, »manche stehen auch mehr auf Blondinen mit großem Busen. Ich weiß auch nicht, warum . . .«

»Moment mal, ich glaube, ich weiß, von wem Sie reden.« Der PR-Mann des Casinos zog ein Schreiben aus der Tasche und studierte es eingehend. »Ja, das paßt auf die Beschreibung. Hat diese Frau Sie auch geschädigt?«

»Was?« rief Costa entsetzt. »Gibt es da noch andere Männer? Das kann nicht sein, das glaube ich nicht. Oh, dieses Biest, dieses Miststück!«

»Um wieviel hat sie Sie denn erleichtert?«

»Sie hat mir alles genommen«, stöhnte Costa mit Tränen in den Augen – wunderbare, sentimentale griechische Tränen. Er wankte zum Ausgang. Ihm konnte offenbar niemand mehr helfen.

Benjamin Strasser sah dem Mann mit den wilden schwarzen Locken kopfschüttelnd nach.

Erst wollte man Egon Kaminski nicht ins Casino einlassen, weil seine Kleidung zu sportlich war – er mußte sich von einem Casinoangestellen einen Schlips leihen. Dann irrte er ziellos zwischen den Tischen hin und her und begriff nichts, obwohl er lernen wollte, wie man spielte.

Neugierig stützte er sich mit einer Hand auf den Roulette-Tisch, um besser sehen zu können, und landete natürlich genau auf einem Aschenbecher – Ziel eines anderen Spielers, der seine Zigarre ausdrücken wollte. Schmerzgepeinigt zog Egon seine Hand weg, machte eine große Gebärde und fegte dem Croupier neben sich das Toupet vom Kopf. Alle, die um den Spieltisch standen, sahen ihn entsetzt an. Er spürte förmlich, wie sie dachten: Tölpel, Provinzler, Pechvogel. Plötzlich hatte Egon die Nase voll. Ohne auch nur einen Jeton gesetzt zu haben, ging er zurück zur Kasse. »Eintauschen, bitte.«

»Das geht nicht. Die haben Sie doch gerade von uns bekommen. Das ist praktisch der Eintritt, den Sie sonst bezahlen müßten. Die müssen Sie schon setzen.«

Lustlos nahm Egon die Chips wieder in die Hand, ging zurück in den Spielsaal, warf die zweihundert Schilling in Jetons – sie waren bei seinem Glück ja doch gleich weg – auf irgendeine Nummer auf irgendeinem Roulettetisch, hörte die Kugel rollen, klicken, hörte den Croupier sagen »dreiundzwanzig, schwarz, impair . . .« und war erstaunt, daß er plötzlich einen Haufen Chips zugeschoben bekam. Er griff wieder ein paar Jetons, verteilte sie wahllos rund um eine Nummer, bekam noch mehr Chips, setzte erneut . . . Der Stapel seiner Jetons wuchs unaufhörlich. Egon war wie im Rausch. Immer größer wurden die Chips, immer höher ihr Wert – fünftausend Schilling, zehntausend Schilling – erst waren die Jetons rund, dann eckig . . . Egon Kaminski konnte es nicht begreifen. Jetzt probierte er zum ersten Mal in seinem Leben nicht das Glück und setzte wahllos – und auf einmal kam dieses Glück ganz von selbst!

Um ihn versammelten sich, wie immer in solchen Fällen, viele andere Spieler, die teilhaben wollten an dem Glück des einen, ihn berühren wollten, in seiner Nähe sein, das Geheimnis teilen, mit ihm setzen wollten.

Aber auf einmal hatte Egon genug. Das konnte doch alles nicht wahr sein! Vor ihm lagen, wie er grob im Geist überschlug, mehr als sechshundertausend Schilling, fast hunderttausend Mark. Wahrscheinlich würde ihm gleich jemand auf die Schulter tippen und ihn als Betrüger bezeichnen. Oder ihm sagen, daß er eine Kaution hinterlegen müsse oder daß das Geld gar nicht ihm gehöre, weil er kein österreichischer Staatsbürger war. Er raffte die Chips zusammen.

»Was mache ich jetzt damit?« fragte er den Croupier neben sich leise.

Aber da beugte sich schon ein junger Mann im Smoking über seine Schulter.

»Strasser«, stellte er sich vor. »Ich bin der Public-Relation-Mann des Casinos. Ich habe den Eindruck, daß Sie aufhören wollen. Sollen wir Ihnen das Geld bar auszahlen, oder wollen Sie einen Scheck?« Der Mann hatte ein Tablett dabei, auf das Egon die Chips legen konnte.

»Bar«, sagte Egon. »Wie ich mich kenne, ist der Scheck nicht gedeckt.«

»Wir können das Geld auch über Nacht im Safe einschließen, wenn Sie wollen.«

»Nein, nein, geben Sie es nur her . . .«

Sorgfältig zählte er nach, dann steckte er die großen Scheine in seine Jacke. Mit ausgebeulten Taschen eilte Egon dann zum Ausgang, immer noch in der Angst, es könne etwas geschehen, was ihm seinen Gewinn nehmen könnte.

Aufmerksam beobachtete er die Menschen, als wolle er sehen, ob ihm irgend jemand folgte, um das Geld zu stehlen. Nur weg hier, dachte Egon nervös. In diesem Moment prallte er mit Marion Maier zusammen, die gerade das Casino betreten wollte.

Beide stolperten und fanden sich auf dem weichen Velours wieder. Die Geldscheine aus Egons Taschen lagen verstreut auf dem Teppich. Egon rappelte sich umständlich auf. »Entschuldigen Sie, aber ich bin eben ein Pechvogel.«

»Schon wieder Sie!« rief Marion schmunzelnd. »Mein Lebensretter, mein Gummibootfahrer.«

Sie stand auf, griff nach den Geldscheinen, sammelte einen nach dem anderen auf, steckte sie in Egons Taschen und fragte: »Haben Sie so viel Geld gewonnen?«

»Ja. Es sind mehr als sechshunderttausend Schilling.«

»Freuen Sie sich denn gar nicht?«

»Ach«, seufzte Egon. »Wie sollte ich? Es wird sich schon noch als Irrtum herausstellen. Ich bin noch nicht raus aus dieser Spielhölle.«

Sie lachte ihn an. »Nun schauen Sie doch nicht wie drei Tage Regenwetter! Wie wäre es, wenn wir erst mal auf Ihren Gewinn anstoßen würden?«

Egon war verwirrt. So eine wunderbare Frau lachte ihn an? »Sie wollen mit mir anstoßen? Wahnsinn! Gerne doch –

aber nicht hier. Ich habe da auf dem Weg hierher etwas viel Besseres gesehen.«

Ein paar Minuten später standen sie nebeneinander an einer Würstchenbude in Velden und aßen Frankfurter. Das Geld, jetzt in einem Umschlag, lag zwischen ihnen auf der Theke. Ab und zu legte Egon seine Hand auf den Umschlag, als wolle er sich vergewissern, daß es wirklich keine Fata Morgana war.

Marion stippte ihre Wurst in den Senf. »Endlich mal was Handfestes. Ich befürchtete schon, Sie würden mich zu Champagner und Kaviar einladen; wie langweilig.« Sie strich zärtlich über den Umschlag mit dem Geld. »Was machen Sie denn jetzt mit dem vielen Geld?«

»Keine Ahnung«, sagte er. »Wenn man gewohnt ist, immer Pech zu haben im Leben . . .«

Marions schöne dunkle Augen blickten tief in seine Augen, ihre Stimme war rauh und sanft zugleich. »Mal ganz ehrlich: Worauf haben Sie jetzt Lust, richtig doll Lust, gerade in diesem Augenblick?«

Versonnen und träumerisch blickte Egon in ihren Ausschnitt. Lange zögerte er mit der Antwort, dann faßte er endlich Mut. »Ich weiß nicht – vielleicht noch eine Wurst. Auf einer Wurst kann man doch nicht stehen.«

»Jetzt mal ehrlich, Herr Kaminski. Sie müssen doch was anderes im Kopf haben als Frankfurter.«

»Ehrlich gesagt, ja, aber das ist vielleicht etwas kindisch. Wollen Sie wirklich kein Würstchen mehr?«

Marion ließ nicht locker. Schließlich flüsterte er ihr seinen tiefsten, herzlichsten Wunsch ins Ohr. Laut hätte er, ein erwachsener Friedhofsgärtner aus Bochum, diesen verwegenen Gedanken nie aussprechen können.

Marion war sofort Feuer und Flamme. Sie mußte zwar ein wenig lachen, aber wie sollte eine so elegante Frau wie sie nicht bei dem Gedanken lachen, wie sich so ein Tölpel wie er bei diesem Vorhaben anstellen würde – und das am hellichten Tag und in aller Öffentlichkeit, vor Zuschauern!

»Am besten, wir nehmen ein Taxi. Wir sollten keine Zeit verlieren. Ich finde das richtig spannend, Egon. Lassen wir doch das dumme Sie, wir sind ja gleich so nahe beieinander, da können wir auch jetzt schon du sagen.«

Als sie in das Taxi stiegen, fiel ihm der Wagen auf der anderen Seite der Straße auf. In dem Auto saß der Typ vom Casino, der ihn angesprochen hatte – Strasser war sein Name gewesen. Der Mann hatte ein Fernglas in der Hand und beobachtete sie. Merkwürdig, dachte Egon, was es alles gibt: ein Mann, den es offenbar erregt, Pärchen beim Würstchenessen zuzuschauen. Anscheinend hatte er noch viel zu lernen.

Zehn Minuten später war es soweit: Sein Herzenswunsch wurde erfüllt. Er schrie dabei vor Glück, und sie schrie auch. Sie klammerte sich an ihn, jauchzte vor Entzücken und kniff ihn in die Taille, während sie gemeinsam auf einem Schlitten auf der Sommerrodelbahn am Wörther See zu Tal rasten. Unten stürzte der Schlitten um, und sie rollten zusammen ins Gras.

»Na, zufrieden jetzt?« Marion lachte ihn an.

»Und wie! Darf ich dich mal was fragen? Also, was ich nicht verstehe – warum machst du das eigentlich? Du hättest doch was Besseres zu tun, als ausgerechnet mit mir zu rodeln. Eine Frau wie du . . .«

»Weil ich dich nett finde. Weil ich nicht will, daß dein Geld in falsche Hände kommt.« Sie schlug auf seine Brusttasche, in der das Geld steckte.

»Nein, ich meine . . . mich hat noch nie jemand nett gefunden, nicht mal meine Mutter – höchstens manchmal. Aber die ist ja auch schon lange tot.«

Marion sah ihm tief in die Augen. »Also sieh das mal so: Im Casino kann ich jeden Tag rumhängen und mich von Männern anschwärmen lassen. Das ist nichts Neues für mich. Die wollen sowieso alle nur das eine . . .«

Er sah sie verständnislos an. »Was denn?«

»Siehst du«, sagte sie, »das ist es, was ich meine: Du bist einfach anders.«

Ganz sanft küßte sie ihn auf die Wange.

Leider war Egon stark abgelenkt, weil er in der Ferne den Casino-Typ mit dem Fernglas entdeckt hatte.

Lennie Berger war unverrichteter Dinge von seiner Verabredung mit Marion zurückgekehrt: Im Casino hatte er von Benjamin Strasser erfahren, daß sie mit dem Riesengewinner Egon losgezogen war. Auch Einzelheiten hatte Benjamin seinem Freund nicht erspart.

Lennie kochte innerlich. Mit welch raffinierten Tricks sie diesen armen Wurm verführt hatte: Würstchenessen, Schlittenfahren – unerhört war das! Wie kam eine gutaussehende, so wohlerzogen wirkende Frau wie sie nur zu solchen abgefeimten Methoden? Jedenfalls war auch Lennie jetzt überzeugt, daß sie es hier mit einer ganz üblen Betrügerin zu tun hatten.

Stellte sich für ihn nur noch die Frage, wie er seinen Gast Egon Kaminski vor Schaden bewahren konnte. Noch hatte diese Marion ja nichts getan. Sie hatte zwar die Hand mehrfach auf das Geld gelegt, nach Aussage Strassers, aber bislang hatte sie das Geld nicht in ihren Besitz und Egon nicht um seinen Verstand gebracht. Aber man mußte auf der Hut sein.

Zusammen mit Ulla schmiedete Lennie einen Plan. Sie würden zu Ehren des Gewinners ein kleines Fest ausrichten. Dann konnte man auch Marion im Auge behalten. Den

Polizeichef Graßhofer wollten sie vorwarnen, damit er sofort eingreifen konnte, wenn es notwendig war.

Als Marion mit Egon endlich in der Halle auftauchte, war Lennie geradezu enttäuscht. Er warf Marion einen bösen Blick zu. »Gratuliere Ihnen, Herr Kaminski. Haben Sie Ihr Geld noch?«

Egon klopfte lächelnd auf seine Brusttasche. »Ja, natürlich. Warum?«

»Wir passen beide auf das Geld auf«, sagte Marion, blinzelte Lennie frech zu und fragte: »Eingeschnappt, weil ich nicht zu unserer Verabredung gekommen bin?«

Lennie lächelte säuerlich. »Ach was, ich freue mich, daß Sie Ihren Aufenthalt hier offenbar zu nutzen verstehen. So einen reichen Mann lernt man ja nicht jeden Tag kennen. Herr Kaminski, das Schloßhotel erlaubt sich, Ihnen zu Ehren eine kleine Feier auszurichten. Um zwanzig Uhr auf der Schloßterrasse.«

»Aber ich habe nichts Passendes zum Anziehen!« jammerte Egon entsetzt.

Marion hakte sich bei ihm unter. »Dann kaufen wir eben etwas, du armer Schatz . . .«

Sie zogen ab, Arm in Arm wie ein altes Ehepaar.

»So ein berechnendes Biest«, zischte Lennie wütend. »Und wage es nicht, mir zu sagen, das hättest du ja schon immer gewußt, Ulla.«

»Das habe ich schon immer gewußt«, sagte Ulla.

Aber das Fest wurde ein Riesenreinfall für die Detektive. Bereits nach einer halben Stunde hatten sich Marion und Egon verdrückt. Ulla und Lennie suchten fieberhaft das Hotel nach den beiden ab. Nichts! Schließlich standen sie vor Egons Zimmertür.

»Wie wirken denn K.o.-Tropfen?« fragte Ulla leise.

»Das Opfer fällt lautlos um«, berichtete Lennie bereitwillig.

Aber die Geräusche aus dem Zimmer waren weder lautlos noch deuteten sie auf eine Ohnmacht hin. Ganz im Gegenteil . . .

»Das klingt auch nicht nach Hilfeschreien«, sagte Ulla, »Eher nach . . .« Sie sah Lennie von der Seite an. »Macht dich das eifersüchtig – oder regt es dich an?«

Lennie zog Ulla beiseite. »Wir gehen. Von jetzt an muß dieser Kaminski selbst wissen, was er tut.«

»Offenbar weiß er das«, meinte Ulla schmunzelnd.

Lennie schwieg verbissen.

Das Drama fand seine Fortsetzung darin, daß am frühen Morgen Costa Gaviredes auf der Bildfläche erschien. Er hatte den Aufenthaltsort seiner Marion endlich ermittelt, fuchtelte wild mit einer Pistole herum und wurde schließlich von Polizeihauptkommissar Graßhofer in Gewahrsam genommen.

Aber das Geschrei in der Halle hatte Marion offenbar gewarnt. Sie war verschwunden.

Das einzige, was Lennie fand, als er ihr Zimmer hatte öffnen lassen, waren zusammengebundene Bettlaken, die am Balkon der Suite befestigt waren.

Egon erwachte erst durch das Hämmern an seiner Tür. Verschlafen öffnete er.

Lennie stürzte in den Raum. »Nur eine Frage: Haben Sie Ihr Geld noch?«

»Keine Ahnung! Marion wollte es für mich aufbewahren. Wo ist sie denn?«

»Sie ist weg.«

Inzwischen war auch Ulla hereingekommen, und Lennie sah sie vielsagend an.

»Ich habe es gleich gewußt«, klagte Egon, »ich habe eben immer nur Pech. Und dabei war sie so lieb heute nacht.«

»Das haben wir gehört«, sagte Lennie sauer.

Sie trafen sich alle im kleinen roten Salon des Hotels. Es war ein trüber Tag, und genauso trüb war auch ihre Stimmung. Graßhofer brachte Costa Gaviredes mit, der sich inzwischen beruhigt hatte.

Der Polizist wurde amtlich: »Sie hätten mich in Kenntnis setzen müssen, Herr Berger. Was soll ich jetzt machen? Ich kann doch wegen so einem Flittchen nicht alle Ausfallstraßen sperren lassen!«

Egons linke Gesichtshälfte zuckte nervös.

»Und außerdem sind Sie verpflichtet, von jedem Gast die Personalien aufzunehmen.«

»Beruhigen Sie sich doch, Graßhofer. Es hat keinen Sinn, sich gegenseitig Vorwürfe zu machen. So was kann jedem passieren. – Ah, guten Morgen, Herr Jansen.«

»Morgen.« Rainer Jansen, neuerdings Direktor des Golfclubs, war auffallend gut gelaunt. »Herr Berger, ich wollte mit Ihnen über den Sonderrabatt sprechen, den der Golfclub bisher Ihren Gästen eingeräumt hat.«

»Da kommen Sie im Moment sehr ungelegen, Jansen.«

»Weshalb? Ist irgend etwas Unangenehmes vorgefallen?«

Lennie erzählte es ihm und gab ihm eine genaue Beschreibung Marions.

»Und eine Wahnsinnsfigur!« warf Costa schnell ein.

Jansen wurde blaß unter seiner Sonnenbräune. »Und diese Trickbetrügerin hat heute morgen das Hotel verlassen?«

»Ja, so gegen sieben, schätze ich. Was haben Sie denn?«

»Mein Gott!« stammelte Jansen. »Ich habe dieser Frau das Haus vom Chef überlassen! Sie stand heute morgen ganz verfroren auf der Straße. Ich kannte sie, weil ich sie schon mal mitgenommen habe. Sie bat mich um Hilfe, weil sie von einem aufdringlichen Liebhaber verfolgt würde, und ich konnte ihr das nicht abschlagen.«

»Nichts wie hin!« rief Lennie, und die ganze Horde machte sich auf den Weg. Zwei Autos rasten mit quietschenden Reifen los.

In der Villa über dem Golfplatz hatte Marion es sich im Badezimmer bequem gemacht. Sie lag in der Badewanne und genoß es, endlich Ruhe zu haben. Plötzlich wurde die Tür aufgerissen.

»Ihr Spiel ist aus!« rief Jansen. »Sie sind überführt!«

Im Nu standen fünf Männer in dem kleinen Badezimmer. Marion bedeckte ihre Blöße notdürftig.

Polizeihauptkommissar Graßhofer sprach zum ersten Mal in seinem trüben Veldener Beamtenleben Sätze, die er unzählige Male bei *Miami Vice* gehört hatte: »Sie sind vorläufig festgenommen. Alles, was Sie jetzt sagen, kann gegen Sie verwendet werden.«

»Aber warum?« fragte sie mit einem kindlichen Augenaufschlag.

»Sie haben den Gewinn von Herrn Kaminski unterschlagen!« warf Lennie ihr vor. »Das wollen Sie ja wohl nicht bestreiten.«

Marion lachte. »Aber das Geld habe ich doch im Hotelsafe deponiert, beim Nachtportier. Weil Egon doch so schlampig damit umgeht.«

Egon Kaminski setzte sich vorsichtig auf den Rand der Badewanne. Ihm war schlecht. »Aber warum bist du über den Balkon verschwunden? Ich dachte, du liebst mich.«

»Nun geht mal alle raus, damit ich mir was überziehen kann«, forderte Marion energisch. »Im Wohnzimmer erkläre ich dann alles.«

Wenige Minuten später sagte sie: »Ich bin abgehauen, weil ich Costa in der Halle toben hörte.«

»Vor mir brauchst du doch nicht wegzulaufen, Marion. Ich liebe dich doch!« rief der fassungslose Costa.

»Genau darum geht es doch!« rief Marion. »Costa liebt mich, aber ich liebe ihn nicht. Wir waren mal verlobt, aber das ist seit einem Jahr aus. Dieser Sturkopf will das nicht einsehen. Er meint, wenn ich erst mal wieder auf seiner griechischen Insel bin, dann wird alles wie früher. Deswegen wollte er mich in den Süden entführen und hat mir in Hamburg ein Schlafmittel eingeflößt. In Klagenfurt wurde er dann langsam müde, und ich wurde langsam wieder wach. Er hatte meinen Paß versteckt, aber den habe ich in seiner Brieftasche gefunden. Dann habe ich ihn verlassen.«

Egon Kaminski erhob sich zu seiner vollen Größe. »Ich bin also kein Pechvogel mehr?«

»Nein, du Lieber.« Marion sah ihn zärtlich an.

»Dann wünsche ich, daß Sie sofort meine Freundin in Ruhe lassen, Herr Gavri . . . rigra . . . dedes!«

Alle lachten. Nur Graßhofer war sauer, weil es zu keiner Verhaftung gekommen war. Es wäre zu schön gewesen, wenn er die Trickbetrügerin hinter Schloß und Riegel hätte bringen können.

9. Kapitel

Adel verpflichtet zu nichts

Goderhard Graf Greifenstein trank mit abgespreiztem kleinen Finger ein Schlückchen aus seiner Mokkatasse, setzte die Tasse ab und widmete sich wieder dem Sportteil der *Times*. Auf der Seeterrasse des Schloßhotels okkupierte die Familie der Greifensteins seit Wochen einen etwas abseits stehenden Tisch, der sie vom gewöhnlichen Volk trennte. Gräfin Rutila, eine angegraute Dame von lässiger Eleganz, hatte darauf bestanden. Sie betrachtete ihren zeitungslesenden Sohn Goderhard mit wenig mütterlichen Gefühlen: Der Junge war ihre einzige Hoffnung gewesen, aber mit seinen dreißig Jahren sah er so aus wie sein Urgroßvater auf den Bildern der gräflichen Gemäldegalerie auf Schloß Greifenstein zu Greifenstein. Das heißt, die Bilder hingen schon lange nicht mehr da, sie waren alle im Pfandleihhaus. Wie konnte Godi sich nur so herausputzen: die Haare in der Mitte gescheitelt, die blonden Locken mit Pomade an die Kopfhaut geklebt, eine altmodische Nickelbrille auf der Nase und dazu ein Tweedjackett und Knickerbocker.

»Goderhard«, sagte Gräfin Rutila streng, »wo ist dein Onkel Ludwig?«

Goderhard sprang auf und starrte minutenlang auf den See. Im Schilf konnte er schließlich eine Bewegung ausmachen. »Der wird doch nicht schon wieder . . .«, ächzte er und rannte hinunter zum Steg.

Neben dem Steg stand Ludwig Graf Greifenstein halb im Wasser. Er war herausgeputzt als Ludwig II., im vollen Ornat wie weiland der König. Er hatte die Arme ausgebreitet und schritt langsam und würdevoll in den See.

»Onkel Ludwig«, rief Goderhard, »nun ist aber Schluß! Das ist diese Woche schon das dritte Mal! Hör mal, du, das ist nicht der Starnberger See – das ist der Wörther See.«

Wie in Trance antwortete Ludwig II.: »Ich weiß, ich weiß . . . beides probiert, kein Vergleich. Gudden soll jetzt kommen, ich will ihn mitnehmen . . .« Und ging unbeirrt weiter.

»Heute abend ist Dallas!« lockte Goderhard.

»Ja, bald werde ich Jock Ewing wiedersehen.«

»Jetzt komm endlich raus! Die Touristen haben ihre Fotos von dir gemacht, und du weißt, daß deine Klamotten immer ganz naß werden.«

Jetzt drehte sich Ludwig um, trottete aus dem Wasser und ging würdevoll durch den Park zum Hotel zurück. Dabei ließ er sich immer wieder in herrschaftlicher Pose – gnädig winkend – von anderen Hotelgästen fotografieren. Goderhard Graf Greifenstein war das ausgesprochen peinlich.

Nur mit Mühe gelang es ihm, den durchnäßten Siebzigjährigen mit dem eisgrauen schütteren Haar in die gräfliche Suite zu schaffen. Die Familie hatte als standesgemäße Unterkunft das Schloßhotel gewählt, weil das gräfliche Schloß nur noch eine Ruine war, in der man bei Regenwetter gewissermaßen Schwimmflossen anziehen mußte. Wie lange die Familie noch im Schloßhotel residieren konnte, war allerdings fraglich. Die Suite war seit vier Wochen nicht mehr bezahlt worden.

Gräfin Rutila rang die Hände. »Ihr wißt, ich habe immer großen Wert auf den Lebensstandard der Familie gelegt, wie es sich für unser Haus ziemt. Leider, lieber Godi, hat dein seliger Vater den Besitzstand der Greifensteins nicht gerade vermehrt.«

»Ich könnte als Bademeister arbeiten«, schlug Goderhard halbherzig vor.

»Red keinen Unsinn, mein Sohn!« herrschte Gräfin Rutila ihn ungnädig an. »Ich habe gestern mit dem Onkel von Gloria gesprochen. Wie du weißt, verwaltet Herr Jansen das Millionenvermögen seiner Nichte, seit ihre Eltern bei einem Autounfall ums Leben gekommen sind. Nun, er ist mit einer Heirat einverstanden. Du kennst Gloria seit deiner Kindheit, ihr liebt euch . . .«

Goderhard maulte: »Na ja, lieben . . . Ich mag sie ganz gern.«

Gräfin Rutila wurde wütend. »Ja, glaubst du denn, ich hätte deinen Vater geliebt, als ich ihn geheiratet habe? Ich habe mich eher vor ihm gefürchtet. Liebe ist in unseren Kreisen nicht erforderlich. Erforderlich ist eine angemessene Apanage für deinen Onkel und mich, und dafür ist im Ehevertrag gesorgt. Wenn jemand in den Hochadel einheiraten will, ist das doch wohl das Mindeste! Es liegt also an dir, unsere finanzielle Misere ein für allemal zu beenden.«

»Jawohl, Mama«, sagte Goderhard gehorsam. »Du kannst dich auf mich verlassen.«

Goderhard Graf Greifenstein strampelte auf seinem Fahrrad über einen Wiesenweg am See. Hinter sich hörte er das Galoppieren eines Pferdes. Das mußte Gloria sein.

Ehe er sich versah, war sie schon an ihm vorbeigeprescht und rief ihm ausgelassen zu: »Na, komm schon, edler Ritter, entführ mich auf dein Schloß!«

Goderhard trat wie wild in die Pedale, sah aber nur den Pferdehintern schwinden und die nackten Beine von Gloria, die nur ein T-Shirt und kurze ausgefranste Jeans trug. Ihr blondes Haar flatterte im Wind. Nach einer Weile stieg Goderhard keuchend von seinem Fahrrad und warf sich am Wiesenrand ins Gras.

Es dauerte nicht lange, bis Gloria zurückkam, vom Pferd sprang und sagte: »Mich kriegst du nur, wenn ich es will.«

»Und willst du?« Er drückte ihr einen brüderlichen Kuß auf die Wange.

Sie legte sich neben ihn ins Gras, zupfte einen Grashalm ab und nahm ihn in den Mund. »Onkel Rainer rückt mir in letzter Zeit dauernd auf den Pelz. Er will unbedingt eine Gräfin aus mir machen. Ich steh' nicht auf Titel, das weißt du ja.«

Was nichts an ihrem Verhältnis änderte, fand Goderhard. Sie schwelgten in Erinnerungen an ihre gemeinsame Kindheit und lachten über das Floß, das sie gebaut hatten, über ihre Schwimmpartie im Schloßteich, als sie beide nach Amerika segeln wollten und dabei fast ertrunken wären, über das Gesicht der Gräfin Thurn und Droschke, als Goderhard ihr bei der Polonaise absichtlich auf die Schleppe getreten war.

»Meine Mutter will nur die Kohle«, sagte Goderhard bitter. »Dazu müßte ich dich ja nicht unbedingt heiraten. Ich könnte dich doch adoptieren.«

»Ich weiß nicht, ob das gutgehen würde, Godi. Willst du mich denn nicht heiraten?«

»Ja, Gloria, schon . . .« sagte er lahm.

»Also, dann laß uns deiner Mutter und meinem Onkel doch in drei Teufelsnamen den Gefallen tun. Ich fände es auch gut – ich mag dich.« Sie beugte sich über ihn und begann ihn zu küssen.

Als sie nach einer Weile genug hatte, wischte er sich die Lippen sorgfältig mit seinem gräflichen Taschentuch ab.

»Gut, wenn es sein muß.«

Als Gloria davongaloppierte, sah er nur das Kind von damals – nicht die junge Frau von heute. Doch er durfte seine Mutter nicht enttäuschen . . .

Im Großen Saal des Schloßhotels, in dem schon seinerzeit der Kaiser getafelt hatte, waren die langen Tische mit dem feinsten Damast gedeckt. Lennie hatte das silberne Besteck auflegen lassen, die alten Silberpokale funkelten im Licht der Lüster. Zusammen mit der Gräfin kümmerte er sich um die Sitzordnung. Unzählige Gäste, vor allem die adeligen, waren ihrem Stand und Titel entsprechend zu plazieren – unter Berücksichtigung diverser Animositäten und Vorlieben. Josip und Malec, die beiden Hausdiener, trugen auf Geheiß der Gräfin Rokokoperücken und alte blaue Dienerlivreen mit goldenen Litzen. Für die Urne des Urahnen der Familie Greifenstein mußte noch ein Ehrenplatz gefunden werden. Prinzipiell, so forderte es die jahrhundertalte Tradition der Greifensteins, mußte die Urne bei allen Hochzeiten und Beerdigungen dabeisein, sonst lag angeblich kein Segen auf der Sache.

Ulla betrat den Saal mit einem ellenlangen Computerausdruck, den sie wie einen Schleier hinter sich herzog.

Lennie lotste sie in eine Ecke. »Was willst du? Ich hab' zu tun, ich muß gleich zur Hochzeit. Schließlich bin ich Trauzeuge.«

»Das ist die Rechnung der Greifensteins: 430 000 Schilling. Sie haben ja noch nie einen Pfennig gezahlt.«

»Die werden schon zahlen, wenn Gloria erst unter der Haube ist. Schließlich sind sie von uraltem Adel. Ich habe im Gotha nachgeguckt: Winfried der Wuchtige, verlieh seinem Chefkoch Alwin Greif im zwölften Jahrhundert den Adelstitel unter der Bedingung, daß er in Zukunft seine Hände sowohl aus der Suppe wie aus den Töchtern Winfrieds hielte. Da drinnen ist seine Asche.« Lennie wies auf eine kleine Konsole, auf der die Urne stand.

»Von da an«, fuhr Lennie fort, »tröstete sich Alwin Greif von Greifenstein mit den Stubenmädchen des kaiserlichen Hofes – manchmal soll auch ein Page darunter gewesen sein – und rächte sich an seinem Herrscher, indem er ihm nur noch österreichische und italienische Weine kredenzte . . .«

Chefportier Schulz unterbrach Lennies Vortrag.

»Jetzt reicht's mir, Chef! Nicht nur, daß die Gräfin unser ganzes Personal herumkommandiert – jetzt soll ich auch noch das Schloß mit der zerfledderten Fahne der Greifensteins beflaggen und eine Hochzeitskutsche herbeizaubern!«

»Die muß doch zu besorgen sein, Schulz. Beeilen Sie sich. Für das gräfliche Haus wird alles getan. Denn die einzige Chance, meine Herrschaften«, – Lennie sah Ulla und Schulz eindringlich an – »zu unserem Geld zu kommen, ist die Heirat. Sonst bin ich bald pleite und muß euch alle über den Winter entlassen. Also: Ihr wißt Bescheid . . . Keine Sorge: Der Trauzeuge von Goderhard wird sehr bald nach der Hochzeit kassieren.«

Auf einer Wiese am See stand ein Leichenwagen. Vor dem Wagen posierte ein junges Mädchen namens Suzie Plakato – eigentlich hieß sie Bübli mit Nachnamen, aber das schien ihr nicht passend – für die Coverfotos ihrer ersten Platte.

Der Fotograf mit seinem Gefolge – bestehend aus Stylistin, Assistent und Lichttechniker – hatte große Sonnenschirme aufgestellt und drückte jetzt ununterbrochen auf den Auslöser seiner Kamera. Ein Trommelfeuer von Worten prasselte auf das junge Mädchen mit dem fingernagelkurzen schwarzen Haar und dem vorn geknöpften schwarzen Lederkleid nieder.

»Okay, Baby! Ridiridiright . . . Ein bißchen mehr Power, bitte . . . So ist's schön, noch mal . . . Bleib so . . . Super! Suzie! Wenn die Platte so wird wie das Cover, dann seh' ich dich schon in den Charts. Bleib so, ich mach' nur schnell ein Pola . . .«

Suzie rekelte sich in ihrer schwarzen Lederkluft auf dem Sarg und reckte dem Fotografen die geballte Faust entgegen . . .

»So, du kannst dich jetzt entspannen. Wir müssen umbauen. Leg dich hin und schlaf ein bißchen. Warst lang genug aktiv.«

Suzie öffnete ihr Lederkleid, unter dem sie nichts als ihre nackte Haut trug, und legte sich in den Sarg.

Derweil näherte sich die Hochzeitskutsche der Greifensteins, die von vier weißen Pferden gezogen wurde. Im Fond der Kutsche saßen Gräfin Rutila, der junge Graf Goderhard, Graf Ludwig und Lennie Berger, auf dem Kutschbock thronten die beiden livrierten Hausdiener.

Kurz bevor sie den Leichenwagen erreicht hatten, rief Graf Ludwig energisch: »Halt, ich muß mal!«

Die Kutsche hielt, Graf Ludwig lief über die Wiese und steuerte zielstrebig auf das Seeufer zu – mit ausgebreiteten Armen und wie immer sehr würdevoll.

»Hol ihn zurück!« kreischte die Gräfin völlig außer sich, als sie entdeckte, was Graf Ludwig vorhatte. »Goderhard, dein Onkel!«

»Ich werde mir doch nicht meine Hochzeitskleider versauen«, brummte ihr Sohn unwillig. »Herr Berger, würden Sie bitte so freundlich sein?«

Lennie hastete ans Ufer.

In der Zwischenzeit stieg Goderhard aus der Kutsche und

näherte sich neugierig dem Leichenwagen. Er sah die nackten Beine einer Leiche aus einem geöffneten Sarg herausragen, trat näher und entdeckte nun etwas, was er noch nie gesehen hatte: ein süßes, schlafendes Mädchen mit kleinen nackten Brüsten, einer Stupsnase und dem schlanken Leib einer Sylphide. Das war ganz was anderes als die etwas stämmige Gloria . . .

Also holte er die kleine Mundspraydose mit Pfefferminzgeschmack aus seiner Fracktasche, sprühte sich eine Unmenge davon in den Mund, beugte sich über das schlafende Mädchen und küßte es – wie der Prinz Dornröschen . . . oder war es Schneewittchen?

Ohne die Augen zu öffnen, schlang das Mädchen die Arme zärtlich um seinen Nacken und knutschte ihn leidenschaftlich.

Dann erst schlug sie die Augen auf. »Wer bist du?«

Goderhard sprühte nochmals und antwortete: »Schneewittchen, ich bin dein Prinz Pfefferminz.«

Gerade wollte er das fremde Mädchen abermals küssen, da trat Gräfin Rutila hinter ihn, schlug mit dem bräutlichen Blumenbukett wütend auf ihn ein und zischte: »Goderhard, mäßige dich! Du vergißt dich! Und Sie, schamloses Weib, lassen Sie meinen Sohn los!«

Inzwischen trat Gloria in ihrem langen weißen Hochzeitskleid nervös von einem Fuß auf den anderen. Sie stand an der Seite ihres Onkels vor der wunderschönen kleinen Kirche Maria Wörth auf dem Hügel über dem See.

Auch Rainer Jansen war nervös. Stirnrunzelnd schaute er immer wieder auf seine Uhr. Endlich kam die Kutsche – die Hochzeit war gerettet. An der Verbindung von Gloria und Goderhard war Rainer Jansen sehr gelegen. Er hatte nämlich eine phantastische Idee: Wenn Gloria Gräfin war, konnte sie ihn dann nicht zum Vater nehmen? Und wenn er sie adoptierte, dann wäre er Graf Greifenstein. Er mußte unbedingt klären, ob das möglich war.

Während der Pfarrer seine Mammut-Rede hielt – vom glücklichen Brautpaar, der keuschen Braut und dem erwartungsvollen Bräutigam –, schloß Goderhard von Greifenstein die Augen und sah immer wieder das schöne, zärtliche nackte Mädchen vor sich, das seine Arme um seinen Nakken geschlungen und seine Zunge in seinen pfefferminzgesprayten Mund gedrängt hatte.

Er wurde unsanft aus seinem Traum gerissen, als der Pfarrer fragte: »Willst du, Graf Goderhard von Greifenstein, diese deine Braut, Gloria Schönthan, zur Frau nehmen, so antwortete mit Ja.«

Goderhard antwortete nicht.

»Willst du«, wiederholte der Pfarrer nach einem Räuspern, »Goderhard von Greifenstein . . .«

Und da platzte Goderhard heraus: »Nein, auf keinen Fall. Nein, nein, nein!«

Ein Aufschrei ging durch die Menge. Fotografen stürzten sich auf das Paar, ein Blitzlichtgewitter brach los. Gräfin Rutila sank ohnmächtig zu Boden, Graf Ludwig klatschte vor Freude in die Hände, und Lennie Berger dachte nur eines: Jetzt ist mein Geld im Eimer.

In der gräflichen Suite im Schloßhotel herrschte Gewitterstimmung. Goderhard saß zusammengesunken in einem Lehnstuhl, während Gräfin Rutila wutschnaubend im Zimmer auf und ab ging.

»Entehrt! Geschändet und entehrt!« rief die Gräfin anklagend. »Unser Name ist geächtet, unser Geschlecht liegt im Staub – und pleite sind wir obendrein.«

»Aber Rutila«, wandte Ludwig vorsichtig ein. »Ich kann den Jungen verstehen. Ein ungeliebtes Wesen heiraten . . .«

»Halt den Mund!« herrschte Rutila ihn böse an. »Wenn du deine blöde Show nicht abgezogen hättest, wäre das alles nicht passiert.«

Beleidigt zog sich der Alte zurück. »Ich habe Kopfschmerzen. Doktor von Gudden soll kommen.«

»Aber nicht zu dir, du Trottel! Goderhard, du bekommst noch eine Chance. Ich werde einen Psychiater bitten, dir ein Attest auszustellen – er wird dir vorübergehende geistige Umnachtung bescheinigen. Das kommt ja in unserer Familie häufiger vor . . .«

Der Brautschleier lag zerfetzt in der Ecke, das weiße Spitzenkleid zerknüllt am Boden vor dem Bett – Gloria selbst lag schluchzend quer über dem Bett und trommelte ab und zu mit den Fäusten auf die Kissen.

»Na, das war ja eine schöne Bescherung«, sagte ihr Onkel Rainer Jansen. »Da steckt garantiert wieder dieser Lennie Berger vom Schloßhotel dahinter.«

»Laß mich bitte allein, Onkel Rainer.«

»Berger hat deinen Goderhard aufgehetzt, darauf wette ich . . .«

»Unsinn, Onkel! Der Idiot hat sich ins eigene Fleisch geschnitten. Gibt mir einen Korb, bloß weil er irgendeine blöde Kuh in einem Leichenwagen geküßt hat. Dabei bin ich für ihn geschaffen! Mit einer anderen kommt Godi doch gar nicht klar. Ich weiß das, Onkel.«

Rainer Jansen tätschelte seiner Nichte beruhigend die Schulter. »Na schön, ich werde nochmals mit der Gräfin sprechen . . .«

»Nein, das tust du nicht. Von Godis bekloppter Verwandtschaft habe ich die Nase voll. Rede lieber mit Godi . . . Was er jetzt wohl gerade macht?«

»Das werde ich herausfinden.«

Also machte sich Rainer Jansen auf die Suche nach diesem gräflichen Versager, der nicht nur Gloria, sondern auch ihn vor seinen ganzen Golfclub-Mitgliedern bloßgestellt hatte. Jansen zog durch die Kneipen und Hotels, bis er Goderhard in einer Disco fand.

Der Grafensproß tanzte selbstverloren vor einem Podium, in der einen Hand eine Wunderkerze und ein Blumensträußchen in der anderen, während oben die Rockband »Die Auferstandenen Leichen« mit ihrer Sängerin Suzie ihre Songs dahinfetzte.

Jansen drängte sich durch die Menge der Fans, die wie in Trance mit erhobenen Armen tanzten.

Er zog Goderhard am Ärmel hinter sich her. »Ich muß Sie sprechen, Graf.«

»Ich bedaure ehrlich, daß Gloria gekränkt ist. Das alles tut mir wirklich leid.«

»Noch ist es nicht zu spät«, sagte Jansen. »Kommen Sie morgen um elf in den Golfclub. Wenn Sie Glück haben, wird Gloria Ihre Entschuldigung annehmen, und alles kann noch gut werden.«

»Mach ich, mach ich glatt – aber jetzt muß ich mich sputen«, verkündete Goderhard hektisch und verschwand in die hinteren Räume der Disco.

Goderhard Graf Greifenstein tastete sich durch den halbdunklen Gang zu den Garderoben, starrte auf jedes Türschild und fand schließlich die Garberobe mit dem Schild »Suzie«, das die Sängerin der »Auferstandenen Leichen« mit Lippenstift geschrieben hatte. Nachdem er noch schnell das Mundspray gezückt hatte, klopfte er artig an die Tür.

»Is offen«, tönte eine rauhe Stimme.

Goderhard streckte erst die Blumen durch die halboffene Tür, dann dienerte er in den Raum. Vor ihm stand Suzie.

Ihre Haare waren naß, um ihre Hüften hatte sie ein blaues Frotteetuch geschlungen, ihr Oberkörper war nackt.

»Die Laienbühne probt nebenan! Mach die Tür zu – oder erschreckt dich das?« Sie schnippte mit den Fingern über ihre Brustwarzen.

»Ich bin's doch«, sagte Goderhard und schluckte heftig.

»Ich bin's auch.«

»Dein Pfefferminzprinz, Schneewittchen . . .«

»Ach du«, sagte sie gelangweilt. »Leg das Gemüse dahin und zisch ab! Ich will duschen.«

Goderhard sank auf die Knie. »Ich liebe dich, Suzie, meine Prinzessin.«

»Wieso liebst du mich? Ich liebe dich doch auch nicht.«

Suzie mußte aus Norddeutschland kommen. So antwortete man einem Grafen von Greifenstein zu Greifenstein nicht, wenn er sein Herz aus der Hose holte.

»Ich liebe dich wirklich. Ich hab' sogar meine Braut stehenlassen deinetwegen.«

»Prima, mach die Tür zu – aber von außen!«

»Empfindest du denn gar nichts für mich?« fragte er gequält. »Deine Küssen brennen noch auf meinen Lippen.«

»Wenn die Lippen brennen, mußt du dir was draufschmieren«, riet ihm Suzie gelangweilt. »Komm, spinn hier nicht rum! Schau doch mal in den Spiegel, da mußt du doch selber das Grausen kriegen.« Damit war sie weg und knallte die Badezimmertür hinter sich zu.

Nachdenklich betrachtete sich Goderhard im Garderobenspiegel. Tatsächlich: Vor ihm stand ein Mann von gestern, in Klamotten von vorgestern, mit einer Frisur wie ein Oberlehrer aus Kaisers Zeiten.

Goderhard seufzte kurz, legte die Blumen auf eine Kommode unter dem Spiegel und beschloß, etwas zu unternehmen.

Die Verwandlung des Goderhard Graf Greifenstein begann am nächsten Morgen in einem Friseursalon auf der Kurpromenade in Velden. Als er nach einer Stunde herauskam, sah sein blonder Lockenkopf aus wie der von Thomas Gottschalk. Wenig später betrachtete Goderhard kritisch den neuen Grafen im Spiegel eines Herrenmodegeschäfts. Suzie hatte völlig recht: Der komische graugestreifte Anzug, das Hemd mit Vatermörderkragen und der strenge Schlips waren total out. Er würde einen neuen Mann aus sich machen. Vergnügt begann er vor sich hinzusingen: *Neue Männer braucht das Land . . .*

Die Grafenkrone auf seinem Hemd schien eine magische Wirkung zu haben. Die Verkäufer wollten ihm immer mehr andrehen, auch wenn er noch so oft beteuerte, er sei doch eigentlich pleite. Aber macht doch nichts, das hat doch Zeit, Herr Graf, versicherte man ihm ununterbrochen. Godi kam sich vor wie in einer Oper. Schließlich war er zufrieden. In weiten hellen Gabardinehosen, einem Sakko – oversized, in bunten Farben, mit Riesenkaros – und einem Richard-Wagner-Schlips, der wieder ganz modern war, verließ er das Geschäft.

Er blickte auf die Kirchturmuhr. Es war fünf vor elf. Junge, das wird knapp, dachte er. Wenn er die Sache noch retten wollte, mußte er jetzt schnell zu Gloria.

Alle Taxis, die er anhalten wollte, waren bereits besetzt und fuhren vorbei. Doch der neue äußere Goderhard hatte auch einen neuen inneren Goderhard hervorgezaubert: Das nächste Fahrzeug – zufällig war es das Dienstfahrzeug von Polizeihauptkommissar Graßhofer – hielt Goderhard an, indem er sich mitten auf die Straße stellte.

»Was ist denn?« rief Graßhofer ärgerlich aus dem Fenster.

»Also«, sagte Goderhard, »Ihr Profil gefällt mir gar nicht.«

»Na, Ihre Nase ist auch nicht viel schöner.«

»Ich meine Ihre Reifen. Sehen Sie sich die doch mal an.«

Graßhofer stieg aus dem Wagen und betrachtete die Reifen. »Die sind neu. Wollen Sie mich verarschen? Wissen Sie überhaupt, wer ich bin? Ich bin Polizeihauptkommissar Graßhofer.«

»Und wissen Sie, wer ich bin?«

»Nein«, sagte der Polizist.

»Dann ist es ja gut.« Ehe Graßhofer reagieren konnte, saß Goderhard in dem Polizeifahrzeug, legte den ersten Gang ein und fuhr mit quietschenden Reifen davon.

Gloria wartete schon ungeduldig. Sie stand in einem buntgeblümten Sommerkleid vor dem Clubhaus, die Haare frisch toupiert, und sah unendlich bürgerlich aus.

»Traust du dich jetzt nur noch mit Polizeischutz zu mir, Godi?« zog sie ihn auf, als er vor ihr stand.

»Die Karre habe ich mir ausgeborgt.«

»Mann – wie siehst du aus, Godi? Total verwandelt. Jetzt bin ich dir wohl zu spießig, seit du die Leiche geküßt hast, was? Aber es steht dir gut.«

Gloria war so lieb, so nett, so harmlos . . . Dieses fremde Geschöpf mit der grellen Schminke, das sich nackt in einen Sarg legte und keine Probleme hatte, nackt mit ihm in einer Garderobe zu stehen, reizte ihn weit mehr. »Tut mir leid, Gloria. Ich weiß auch nicht, wie es weitergehen soll. Es ist halt alles blöd gelaufen. Wenn ich nicht mit der doofen Kutsche da vorbeigefahren wäre und wenn Onkel Ludwig nicht . . .«

Sie unterbrach ihn heftig. »Mann, nimm doch mal dein Leben selbst in die Hand, Godi! Werde endlich erwachsen! Mich hast du als Sandkastenfreundin gekriegt, die andere fällt dir schlafend in die Arme. Du bist vielleicht ein Held – überläßt alles dem Zufall! Aber vielleicht sollte ich dieser

Suzie dankbar sein, weil sie mich vor dem Reinfall meines Lebens bewahrt hat.«

»Nöö«, widersprach Goderhard lahm, »du wärst schon die Richtige gewesen. Es war halt nur der falsche Zeitpunkt.«

»Meinst du, ich bin aus Holz?« Tränen traten Gloria in die Augen, und sie ärgerte sich sichtlich darüber. »Godi, nimm doch nicht alles auf die leichte Schulter!«

Jetzt war Goderhard peinlich berührt. Er zuckte hilflos mit den Schultern und hauchte ihr einen kleinen Bruderkuß auf die Stirn. »Sei mir bitte nicht böse, Gloria, aber . . .«

Mit hängenden Schultern ging er davon und sah nicht mehr, wie Gloria ihm in kindlichem Trotz die Zunge herausstreckte.

Das Dienstfahrzeug von Herrn Polizeihauptkommissar Graßhofer ließ er vor dem Golfclub stehen. Sollten sich andere damit herumärgern, er hatte Besseres zu tun.

Als Goderhard Graf Greifenstein die Hotelhalle betrat, lief er Lennie Berger direkt in die Arme. »Graf, ich muß Sie doch bitten, auf Ihre Frau Mutter einzuwirken – die Rechnung . . .«

»Natürlich, Herr Berger. Wird gemacht.«

»Wenn Sie nicht heiraten, wie wollen Sie dann . . .«

»Aber lieber Herr Berger«, sagte Goderhard herablassend, »die Greifensteins haben noch immer alle Schwierigkeiten mit links bewältigt. Sie bekommen Ihr Geld, keine Sorge. Aber jetzt entschuldigen Sie mich bitte, ich muß dringend etwas erledigen.« Weg war er.

Lennie blickte ihm verwundert nach, als Goderhard kurz danach mit einer Badetasche unterm Arm in Richtung Strandbad ging. Was er wohl vorhatte? Er holte sein Fernglas, um ihn weiter zu beobachten.

Bald hatte er Goderhard entdeckt. Der junge Graf kam in einer knappen Badehose aus der Umkleidekabine und spielte den Muskelprotz. Er schlenderte zwischen den Sonnenbadenden hindurch, reckte den Hals und versuchte Suzie auf sich aufmerksam zu machen, die mit den Jungs ihrer Band Ball spielte.

Aber Suzie beachtete ihn nicht – oder sie erkannte ihn nicht.

Plötzlich hatte sie genug vom Ballspiel, packte eine aufgeblasene Luftmatratze und paddelte damit ein paar Meter auf den See hinaus.

Rasch schwamm Goderhard hinterher.

Oben auf dem Dach murmelte Lennie vor sich: »Von wegen Heirat mit der reichen Gloria – mit dieser zerrupften Kirchenmaus Suzie macht der rum! Oh, mein schönes Geld!«

Voller Rachegedanken zog er sich zurück.

Suzie lag auf ihrer Luftmatratze, sonnte sich in ihrem winzigen Bikini und träumte von großen Plattenerfolgen und von dem Spitzen-Producer, der sich doch endlich einmal melden mußte – nicht so ein Idiot, den man bezahlen mußte, damit er ein paar Platten preßte. So war es nämlich bisher gelaufen.

Plötzlich tauchte ein blonder nasser Kopf neben ihr auf.

»Hallo, ich bin's. Ich liebe dich immer noch.«

»Mir scheint, du bist nicht ganz dicht.«

Goderhard versuchte auf die Matratze zu klettern, was diese fast zum Kentern brachte.

»Hör auf!« zischte Suzie wütend. »Hau ab, mach' ne Fliege!«

Er spielte den Ertrinkenden und röchelte: »Es war schön, dich noch einmal zu sehen. Jetzt muß ich leider ertrinken. Seenymphen, ich komme . . .«

Seine Hände griffen mit einer theatralischen Geste in die Luft.

Suzie zog ihn an den Haaren. »Du sollst mit dem Scheiß aufhören!«

»Okay«, lenkte Goderhard ein. »Aber dann mußt du mit mir einen Kaffee trinken oder Kuchen essen oder ins Bett gehen.«

»Also gut, Kaffee.«

»Nicht lieber Bett?«

»Na, komm erst mal rauf . . .«

Vorsichtig kletterte er auf die Luftmatratze.

Seine Hartnäckigkeit gefiel Suzie offensichtlich. Sie begann von ihren Plänen zu erzählen, von den Producern, den Reisen, den großen Erfolgen, die sie vor sich sah.

Begeistert hörte Goderhard ihr zu. »Du, ich mach' dir einen Vorschlag: Jetzt nimmst du erst mal mich, und dann kommt alles andere von selbst. Ich bin nämlich so 'ne Art Glücksschwein. Also eigentlich mehr Schwein, aber schon auch Glück.«

»Und wie soll das funktionieren?«

»Also, erst mal müßte ich mich an deinen Hals hängen, ungefähr so . . .« Goderhard schlang seine Arme um sie und küßte sie heftig.

»Gar nicht so übel«, sagte Suzie. »Man wird zwar nicht gerade bewußtlos . . .«

»Aber der Kuß brennt ein Loch in dein Hemd . . .«

In diesem Augenblick tauchte der Kopf von Lennie Berger neben ihnen auf. Eine Hand mit einer silbernen Gabel ragte aus dem Wasser, die Gabel drang in die Luftmatratze ein, und pfeifend entwich die Luft.

»Nicht in mein Hemd«, sagte Suzie lachend, »aber in die Matratze!«

Später im Strandcafé wartete Suzie Plakato auf Goderhard

Graf Greifenstein und war völlig von den Socken über seinen gefönten Lockenkopf und seine neue Kleidung. »Was haben sie denn mit dir gemacht?«

»Volkshochschulkurs: Wie fange ich mir eine Schlagersängerin ein . . .«

»Und hast du auch einen Namen außer Pfefferminzprinz?«

»Klar: Ich bin Graf Goderhard Lamoral Jeremias von Greifenstein zu Greifenstein-Donnerhall.«

Suzie lachte, bis ihr die Tränen kamen.

Es mußte endlich etwas geschehen, fand Lennie. Er erinnerte sich an das taktische Geschick seiner Mutter und ihre Strategie: Immer wenn er ein Mädchen gefunden hatte, das nach Ansicht seiner Mutter nicht zu ihm paßte, dann hatte sie dieses Mädchen dauernd eingeladen, sie mit in den Urlaub genommen und sie so lange mit der Familie konfrontiert, bis Lennie selbst begriffen hatte, daß das Mädchen wirklich nicht zu ihm paßte. Jedenfalls hatte er das meistens geglaubt.

Nun drängte ihn auch noch Rainer Jansen. Der Direktor des Golfclubs glaubte, er, Lennie, habe die Heirat verhindert.

»Irrtum, Jansen, ich bin genauso an dieser Ehe interessiert wie Sie«, verriet ihm Lennie.

»Wollen Sie mich auf den Arm nehmen?«

»Überlegen Sie doch mal, Jansen: Die gräfliche Familie logiert nun schon viele Wochen bei mir, hat die beste Suite und hat noch keinen Schilling bezahlt. Ein paar Gäste kommen, weil sie Onkel Ludwig im See baden sehen wollen, das gebe ich zu – trotzdem wird das ein Totalverlust, wenn Ihre Nichte nicht irgendwann in die Kasse greift. Mit dieser Schlagersängerin wird der gute Goderhard jedenfalls nicht zu Geld kommen.«

Jansen glaubte ihm, aber er war ratlos. »Und wie wollen Sie das ändern?«

»Nun, da Goderhard von dieser Mieze anscheinend nicht loskommt, habe ich mir etwas einfallen lassen. Ich habe ein Fest organisiert, ganz im Stil der alten Gräfin. Kommen Sie doch heute abend auch. Im Frack bitte . . .«

Im Roten Salon des Schlosses war die Tafel für zwanzig Personen festlich gedeckt. Am Kopfende saß bereits Graf Ludwig in der glitzernden Uniform des Königs und wartete auf seine Gäste. Josip und Malec servierten in Livree den Aperitif. Die meisten Gäste waren schon eingetroffen, als Goderhard erschien. Zum Entsetzen seiner Mutter trug er sein neues Outfit, hinter dem Gräfin Rutila sofort den bösen Einfluß »dieser Tingeltangeltänzerin« vermutete. Es gab Streit, als ihr Sohn darauf beharrte, daß Suzie eine sehr begabte Sängerin sei.

Wie auf ein geheimes Signal hin, perfekt organisiert von Lennie, wirbelte der Gegenstand des gräflichen Streits in den Raum: Suzie, im knappen schwarzen Lederkleid, mit blutrot geschminkten Lippen, und ihre Jungs in Leder und Niethosen, mit wilden Haaren und Ketten um den Hals. Die »Auferstandenen Leichen« begannen sofort mit wildem Getöse *Lady Madonna* zu spielen.

Gräfin Rutila beobachtete den Auftritt mit wachsendem Entsetzen.

Empört rief sie: »Halt, noch einmal halt! Herr Berger, schmeißen Sie dieses Volk raus! Und dieses Flittchen« – sie wies mit dem Zeigefinger auf Suzie – »will ich hier nie wieder sehen . . .«

»Mama«, sagte Goderhard, »meine Freunde bleiben, oder ich gehe mit ihnen.«

»Deine Freunde?« rief Gräfin Rutila mit sich überschlagender Stimme. »Wenn das deine Freunde sind, dann geh doch zu ihnen. Ist das die Welt, in der du leben möchtest? Bitte, ich halte dich nicht.«

Suzie winkte ihren Musikern. »Kommt, Jungs, bevor der Alten das Toupet wegfliegt.«

Ohne sich noch um seine Mutter zu kümmern, verließ Goderhard den Roten Salon, das Schloßhotel und die Welt der Grafen und Barone, Dienstboten und Lakaien.

Lennie raufte sich die Haare. Jetzt konnte nur noch Gloria helfen.

Nach einer Woche ließ sich Gloria von Lennie Berger zu der alten Fabrikhalle bringen, in der die »Auferstandenen Leichen« hausten. Sie hatte sich für diesen Besuch sehr viel Mühe gegeben und hatte sich schick gemacht. Sie wollte schließlich ihren Grafen wiedergewinnen. Im Lady-Di-Look betrat sie die verwahrloste Halle, in der überall riesige Verstärker herumstanden, Musikzeitschriften und Notenblätter auf dem Boden lagen, halbabgerissene Plakate und Poster von Popgruppen an den Wänden hingen. In der Mitte des Raumes lag eine riesige Matratze auf dem Boden, von der Goderhard Graf Greifenstein – nur mit Unterhosen und einem fleckigen T-Shirt bekleidet – in großer Hast die Spuren einer Liebesnacht beseitigen wollte: einen BH, einen Slip, ein zerknülltes Handtuch . . .

»Laß das nur liegen, Godi, ich bin nicht von gestern.«

Er blickte sie an. »Hallo, Gloria, so früh schon unterwegs?«

»Ja, ich wollte nur mal das Mädchen sehen, dessentwegen du mich versetzt hast. Ich will wissen, was sie hat, was ich nicht habe.«

»So ein Blödsinn!« rief Godi. »Die hat nichts, was du nicht auch hast.«

Suzie kam aus dem Bad. Sie hatte ein Badetuch um die

Hüften geschlungen und starrte das fremde Mädchen an. »Wer is'n das?«

»Eine alte Tante«, sagte Gloria.

»Eine Freundin von dir?« fragte Suzie.

»Nee, mehr so ein alter Kumpel.«

Gloria sah ihn giftig an. »Früher habe ich ab und zu mit ihm gespielt – im Sandkasten. So, ich hab' gesehen, was hier los ist, ich geh' mal lieber. Viel Vergnügen noch.«

Im Weggehen griff sie nach einem der flippigen Kleidchen von Suzie, stellte sich vor den Spiegel, hielt das freche kurze Ding vor ihren Lady-Di-Look und betrachtete sich.

»Leg das weg, Glori!« bat Goderhard leise. »So was steht dir nicht, dafür hast du nicht die Figur.«

Wütend ließ Gloria das Kleid auf den Boden fallen und rauschte davon.

Draußen mußte sie sich erst einmal sammeln. Innerlich kochte sie vor Wut. Sie baute sich vor Lennies Wagen auf und fauchte: »Ich bin für so was nicht gebaut, hat der Kerl gesagt! Ich nicht, aber diese Rockbiene. Der Kerl hat ja keine Augen im Kopf. Oder bin ich wirklich so verbaut, Lennie?«

»Ihre Figur ist schon okay, Gloria . . .«

Sie hörte das unausgesprochene Aber. »Was ist los mit mir, Lennie, bitte seien Sie ehrlich.«

»Na ja, Ihr Outfit stimmt nicht ganz. Aber das läßt sich ändern. Steigen Sie ein!«

Eine halbe Stunde später wartete Lennie vor der Umkleidekabine in einer schicken Boutique und ließ Gloria eine kleine Modenschau absolvieren. Doch alles war noch zu elegant, noch nicht ausgeflippt genug. Gloria spürte seine stille Mißbilligung und fragte die Verkäuferin immer wieder, ob sie nicht etwas noch Verrückteres habe.

»Ja schon, aber ich weiß nicht . . .«

»Geben Sie her! Dieser Rockziege werde ich es zeigen. Warte, mein Freund Goderhard, was du kannst, kann ich schon lange!«

Mit bunten flippigen Klamotten, superkurzen Röcken und einer wilden Strähnenfrisur zog Gloria schließlich in den Kampf mit ihrer Konkurrentin und überredete Lennie, den Verliebten zu spielen. Lennie machte nur mit, um endlich an sein Geld zu kommen – aber ganz unangenehm waren ihm die Küsse der kleinen Gloria auch nicht, die sie ihm bei jeder Gelegenheit aufdrückte, wenn Goderhard in der Nähe auftauchte.

Aber Goderhard beachtete Gloria überhaupt nicht. Wenn sie und Lennie ihm begegneten, nickte er nur Lennie flüchtig zu und kümmerte sich weiter nicht um das sich küssende Paar.

»Der sieht mich nicht mal. Vielleicht hat er mich auch nicht erkannt in meiner neuen Kleidung?«

»Du bist ein völlig neuer Mensch, Gloria. Und das wird dein Goderhard auch noch begreifen.«

Die Wende wurde von einer ganz anderen Seite herbeigeführt.

Ludwig Graf Greifenstein, Godis Onkel, trennte sich von seiner Rolle als König Ludwig, weil sie ihm einfach langweilig geworden war. Statt dessen stürzte er sich – ganz Feuer und Flamme – in die neue Welt seines Neffen Goderhard.

Unentwegt trieb er sich hinter den Kulissen in der Nähe der Band herum, ging Suzie zur Hand, wenn sie sich schminkte, reichte ihr zwischen den Auftritten ihre Kleider, gab ihr Tips, wie sie ihre Kriegsbemalung noch wirkungsvoller gestalten konnte, und erwies sich als echter Kenner der Showszene.

»Wirklich, Suzie, dein Talent ist total verschwendet. Du müßtest am Broadway auftreten oder im Madison Square Garden. Singen kann jeder, aber wenn man so aussieht und so sexy ist wie du, dann sollte man nach Höherem streben«, säuselte er ihr ins Ohr.

Suzie zog ihren Bademantel aus und spazierte nackt vor Goderhards Onkel auf und ab. »Ich bin doch schon froh, wenn ich hier in Pörtschach auftreten kann.«

»Ich kenn' Gott und die Welt, Suzie, und ich hab' schon viele Talente entdeckt und gefördert: die Nena, die Madonna. Wenn du willst, mach' ich dich groß. Brauch' ich auch nicht mehr die Posse mit dem Ludwig zu spielen.«

Nackt, wie sie war, setzte Suzie sich auf Onkel Ludwigs Schoß und kraulte seine grauen Haare. »Mensch, Graf. Wenn du wirklich was für mich tun könntest . . .«

In diesem Moment betrat Goderhard die Garderobe und erstarrte.

»Suzie, das ist mein Onkel!«

»Wie schön, dann bleibt ja alles in der Familie.« Sie ließ sich überhaupt nicht stören bei ihrer Tätigkeit.

»Verdammt noch mal, Suzie – der Mann ist siebzig!«

»Contenance, lieber Neffe – und klopf in Zukunft an! Du vergißt deine gute Erziehung. Adel verpflichtet.«

Goderhard war jetzt wütend. »Adel verpflichtet zu nichts. Was willst du denn von Suzie?«

»Ich werde sie managen«, verkündete Ludwig freudestrahlend.

»Charlie Chaplin hat mit vierundsiebzig noch ein Kind gezeugt«, meldete sich Suzie zu Wort. »Und bei deinem Onkel rührt sich noch alles. Also laß mich in Ruhe! Du bist süß, aber doof. Und jetzt muß ich raus.«

»Ach ja, dein Scheißgesinge. Hauptsache, da grölen ein paar rum und du hältst dich für Madonna . . .«

Plötzlich war Goderhard Graf von Greifenstein zu Greifenstein-Donnerhall wieder allein. Er irrte durch die Kneipen, trank viel zuviel und noch mehr, wenn er gerade mal wieder Gloria und Lennie in inniger Umarmung gesehen hatte. Eines Morgens stand er an der Brüstung der Terrasse vor dem gräflichen Tisch und starrte trübsinnig auf den See. Hinter ihm frühstückten Suzie und Onkel Ludwig in bester Laune.

»Hey, Godi!« rief Suzie. »Deine Eier werden kalt.«

»Meine Eier«, sprach er zum See hin, ohne sich nach Suzie umzudrehen, weil er den Anblick des verliebten ungleichen Paares nicht ertragen konnte, »meine Eier gehen dich gar nichts mehr an.«

»Soll das ein adliges Verhalten sein?« fragte Ludwig, der in den letzten Tagen richtig aufgeblüht war und sich wie ein Teenie benahm.

»Genau. Nimm dir ein Beispiel an Ludi: ein Gentleman mit blauem Blut und guten Beziehungen. Sei doch nicht sauer, Godi, das paßt genausowenig zu dir, wie ich zu dir gepaßt habe.«

Goderhard setzte sich an den Tisch. »Danke für den Tip, das habe ich inzwischen auch gemerkt. Ich bin das ärmste Schwein der Welt. Erst hat mich eine geliebt, dann habe ich mich in die Falsche verliebt, und inzwischen hat sich die Richtige in den Falschen verliebt. Ich werde mich umbringen . . .«

»Red keinen Stuß!« sagte Suzie burschikos, wandte sich zu Ludwig und säuselte: »Mausilein, willst du noch ein Hörnchen mit Honig?«

Goderhard hielt es nicht mehr auf seinem Stuhl. Er stürzte davon.

Gloria saß, nur mit einem T-Shirt bekleidet, vor dem Spiegel in ihrem Zimmer im Golfclub. Als es an der Tür klopfte, antwortete sie nicht, sondern lackierte weiter ihre Fußnägel.

Wieder klopfte es. »Ich bin's, Godi! Kann ich mal reinkommen?«

Gloria antwortete nicht.

»Erinnerst du dich noch, daß wir fast mal geheiratet haben? War doch irgendwie eine schöne Zeit, oder? Ich habe vieles falsch gemacht in meinem Leben, Glori, ich geb's zu. Bitte gib mir doch ein kleines Zeichen, einen Kuß, irgendwas . . .«

Doch so leicht war sie, Gloria Schönthan, nicht rumzukriegen. Sie schwieg beharrlich.

»Na gut, ich fahr' jetzt zum Familienschloß und stürze mich vom Turm«, verkündete Goderhard Graf Greifenstein deprimiert.

Als Godi nichts mehr von sich hören ließ, sprang Gloria auf, lief zum Fenster und sah gerade noch, wie er in seinem uralten Auto davonfuhr. Rasch schlüpfte sie in ihre Reithosen, zog sich eine Jacke über und stürzte aus dem Haus.

Es stürmte heftig. Wild entschlossen sah Gloria sich um und entdeckte eine Dame, die gerade ein Pferd besteigen wollte. Sie stieß sie unsanft beiseite, sprang auf das Pferd und ritt im Galopp davon.

Sie fand Goderhard schließlich auf dem Turm des baufälligen Schlosses. Völlig außer Atem vom scharfen Ritt und den unzähligen Stufen zur Burg, die sie im Laufschritt genommen hatte, schrie sie gegen den Sturm an: »Godi, nicht! Godi, tu's nicht!«

Goderhard Graf Greifenstein hatte eine Flasche Champagner in der Hand, leerte den letzten Tropfen, warf die Flasche in den Burggraben und sah ihr versonnen nach. »Also gut. Ich war ein Trottel, Glori. Aber irgendwie war es nicht schlecht. Sonst hätte ich nie gemerkt, daß ich dich liebe. Stell dir vor, wir wären achtzig Jahre verheiratet, hätten hundert Kinder zusammen – und ich hätte nie gemerkt, daß ich dich liebe. Verzeih mir, Glori – oder ich springe da runter.«

»Und wenn ich dir nicht verzeihe?«

»Dann stoße ich dich vom Turm. Nein, das ist Schwachsinn. Aber ich konnte ja nicht wissen, wie du wirklich bist. Für mich warst du immer wie eine Schwester. Aber als ich dich mit diesem Lennie sah, war das wie eine Erscheinung: Auf einmal fand ich dich ganz toll.«

Der Sturm riß an ihren Haaren. Gloria ging auf Goderhard zu und schmiegte sich an ihn.

» . . . und seitdem liebe ich dich«, gestand er verschämt.

»War das mit den hundert Kindern ernst gemeint?«

»Na ja, fangen wir erst mal mit einem an.«

»Gleich?«

»Einen kleinen Vorgeschmack könntest du mir schon mal geben.«

So kam es also doch noch zu der Fürstenhochzeit. Der Pfarrer konnte seine Rede einfach noch mal halten. Onkel Ludwig dirigierte den Chor wie weiland König Ludwig, allerdings ohne Parade-Uniform. Gräfin Rutila lächelte zufrieden, war doch ihre Apanage gesichert, und Lennie Berger bekam gleich nach der Hochzeit von Rainer Jansen einen Scheck überreicht.

Und Goderhard sagte dieses Mal ganz deutlich und laut: »Ja.«

10. Kapitel

Mister Charlie aus L.A.

Die ersten Blätter fielen auf die Kurpromenade von Velden. Es ging ein leichter Wind, und die Segler nutzten die letzten schönen Tage auf dem See. Auf einem der Boote lag Anja Weber auf dem Vordeck und genoß die milde Herbstsonne. Lennie Berger stand am Ruder.

»Das ist der große Vorteil der Nachsaison, Anja. Man kann mal wieder ruhig die Natur genießen.«

»Wann schließt du das Hotel?«

»Im Oktober. Ich brauche den ganzen Winter, um alles umzubauen.«

»Das Kurhotel bleibt über die Wintersaison auf. Verschönerungssüchtige Damen und Menschen, die abmagern wollen, gibt's genug. Du, Lennie – wenn du dich einsam fühlen solltest: Du kannst gern zu mir ins Hotel kommen, mal richtig ausspannen.«

Ihr Blick und die Hoffnung darin entging ihm nicht.

Manchmal hatte Lennie es satt, allein zu sein, und wollte kein Schmetterling mehr sein, der von Blüte zu Blüte flatterte . . . Aber das waren wohl Herbstgefühle. Manchmal dachte er an Anja, manchmal an Ulla – und dann kam immer wieder die Erinnerung an die süße blonde Ida, die ihn so schnöde verlassen hatte, nur weil sie eifersüchtig gewesen war auf eine längst erloschene Flamme.

Verse von Rilke gingen ihm durch den Kopf: *Wer jetzt allein ist, wird es lange bleiben, wer jetzt kein Haus hat, baut sich keines mehr* . . . Sentimentaler Quatsch! Er mußte arbeiten, das Hotel umbauen, die nächste Saison vorbereiten, sich mit der Kurverwaltung und dem Bürgermeister auseinandersetzen – und mit Jansen, der unbedingt ein Stück vom Schloßpark kaufen wollte, um seinen Golfplatz zu vergrößern. Doch das würde er, Lennie, verhindern. Der alte Intrigant hatte ihm schon genug Ärger bereitet, er wollte ihn nicht noch näher auf der Pelle haben.

Er blickte auf die Uhr. »Halb drei, Anja, ich muß zurück . . .«

Zum Abschied küßte er sie etwas länger auf den Mund, nicht nur auf die Wange wie sonst. Prompt schmiegte Anja sich an ihn.

Als er auf das Portal des Hotels zuging, sah er, daß Ulla am Fenster stand und die ganze Szene beobachtet hatte.

Lennie betrat das Büro. Ulla saß wieder an ihrem Schreibtisch und blätterte in irgendwelchen Papieren.

»Ach, Lennie . . . Ich gehe übrigens bald. Mein Vater braucht mich für die Skisaison.«

»Deshalb?« Er deutete nach draußen auf die Stelle, wo er vor ein paar Minuten Anja geküßt hatte.

»Ja«, gab Ulla zu. »Deshalb vielleicht etwas früher als geplant. Ich sag's ehrlich.«

»Aber ich mag dich sehr, Ulla, das weißt du.«

»Aber entscheiden kannst du dich nie. Erst war's der Vamp, der mit dem Casinogewinner abgehauen ist, dann war's deine reiche Gräfin, die jetzt bei ihrem angetrauten Gatten ist. Du denkst immer an andere . . . Aber lassen wir dieses Thema. Was ich dir noch sagen wollte: Wenn du Urlaub machen willst oder einen Job für den Winter suchst – bei uns bist du herzlich willkommen.«

»Das ist jetzt schon die zweite Einladung.«

»Du wirst doch nicht zu Anja ins Kurhotel gehen, Lennie?«

»Ich weiß es nicht, Ulla. Laß mir Zeit.«

Sofort ging Ulla zur Tagesordnung über. Das Hotel war beinahe leer bis auf ein paar ältere Damen und einen Pop-Veranstalter namens Bob Sager, der seine Suite im zweiten Stock seit Wochen nicht bezahlt hatte. Immer wieder beteuerte er, die Rechnung werde über kurz oder lang beglichen – er warte nur auf seinen Bruder Charlie aus Los Angeles, einen Millionär, der sein Vermögen unter dem Namen Charlie Sayer gemacht hatte.

Das Telefon klingelte. Bob Sager hob den Hörer ab. Unten in der Halle warteten drei Männer auf ihn, richtete Ulla aus. Im Schlafzimmer des Appartements packte seine Freundin Ruth gerade ihre Koffer, weil sie ihn verlassen wollte. Bob Sager wußte nicht mehr, wo ihm der Kopf stand. Er war jetzt fünfzig Jahre alt und wußte, daß es schwierig sein würde, jemals wieder so ein hübsches Mädchen zu finden. Immerhin hatte Ruth ihn in den letzten Jahren ständig begleitet – auch bei seinen Pleiten mit den Popkonzerten, auch, als er einen Autohandel in den Konkurs getrieben hatte.

Der hagere Mann mit dem schütteren Haar trat ins Zimmer. »Nun bleib doch wenigstens, bis Charlie kommt.«

Ungerührt warf Ruth weiter Kleider in ihren Koffer. »Karl kommt nicht, wann begreifst du das endlich? Du hast ihm schon x-mal geschrieben und telegrafiert. Dem Kerl war es nicht einmal die Mühe wert, dir zu antworten, deinem sauberen Zwillingsbruder Karl. Wahrscheinlich ist er genauso ein Versager wie du.«

Sie ging ans Telefon und bestellte ein Taxi. »Die Rechnung zahlt Herr Sager. – Tschüs, Bob. Nimm's nicht so schwer . . .«

Er sah ihr nach und fragte sich, wie es weitergehen sollte.

Braungebrannt stand Ida mit ihrem kleinen Koffer in der Hand vor dem Spielcasino. Den ganzen Sommer hatte sie in Santo Domingo zugebracht, jetzt war sie heimgekehrt nach Kärnten – um ein neues altes Leben zu beginnen.

Der uniformierte Portier vor dem Casinogebäude hielt den Arm vor die Tür und versperrte ihr den Weg. »Der Spielbetrieb beginnt erst um drei Uhr.«

»Ich weiß.« Ida drückte ihm einfach ihre Reisetasche in die Hand. »Heben Sie die mal für mich auf?« Und schon war sie durch die gläserne Eingangstür geschlüpft. Vor dem großen Saal blieb sie stehen. Sie hörte die Klänge des Orchesters, das drinnen übte.

Ein großartiges Gefühl durchströmte sie: zu Hause, endlich! Sie holte tief Luft und betrat den Saal. Abrupt brach die Orchestermusik ab. Eine Stimme forderte sie über Lautsprecher auf: »Bitte verlassen Sie sofort den Spielsaal!«

Ida scherte sich nicht darum. Sie sah sich um, dann entdeckte sie Benjamin Strasser, der nicht wie sonst einen Smoking trug, sondern eine legere Strickjacke. Strahlend ging sie auf ihn zu.

»Hallo, Benjamin! Wie schön, dich wiederzusehen.« Sie streckte ihm die Hand entgegen, doch er übersah sie.

»Fräulein Ida Jendritzki. Daß man Sie einmal wiedersieht . . .«

»Aber Benjamin! Ich bin doch so froh, wieder zu Hause zu sein, hier, wo ich hingehöre.«

»Es hat sich manches geändert«, sagte Strasser förmlich, »und zu Hause ist wohl etwas übertrieben. Sie sind damals übertrieben hastig abgereist. Ihr Vertrag ist gekündigt.

Oder dachten Sie vielleicht, wir würden warten, bis Sie hier wieder aufkreuzen? Wir sind doch kein Wohlfahrtsinstitut.«

Sie mochte es noch nicht glauben. »Aber Herr Puschnig hat mir versichert, daß ich jederzeit . . .«

»Herr Puschnig befindet sich in Santo Domingo – er ist nicht mehr Direktor dieses Hauses. Ich bin hier der Boß. Da Sie es vorgezogen haben, mit Ihrem Freund Puschnig in die Karibik zu gehen, wurde Ihre Stelle anderweitig besetzt. Aber Sie waren doch mal Stubenmädchen im Schloßhotel?«

»Ja«, sagte Ida kleinlaut, »früher – aber . . .«

»Nun, was man einmal gelernt hat, vergißt man nicht so schnell. Sie können morgen in der Putzkolonne anfangen, wenn Sie wollen. Mehr kann ich Ihnen nicht bieten.«

»Nein danke, Herr Strasser«, sagte Ida, drehte sich auf dem Absatz um und ging schnell hinaus.

»Eine Hundsgemeinheit, Ida. Dieser Strasser . . .« Renate, die Barfrau auf der Terrasse des Spielcasinos, schenkte Ida kopfschüttelnd einen Cognac ein. »Trink das auf den Schreck! Männer, typisch. Nur weil du damals nicht mit ihm geflirtet hast, sondern mit Lennie. Du solltest gleich mit Lennie reden, der hat bestimmt was für dich.«

»Niemals.« Ida trank den Cognac in einem Zug aus und schüttelte sich. »Ich werde Lennie treffen, dann werde ich weitersehen – aber ich lasse mir nicht von ihm helfen. Keine Protektion mehr. Ich will ehrlich arbeiten.« Und dann fragte sie ihre Freundin doch ganz vorsichtig nach Lennie.

»Der kommt oft her. Jedes Mal mit einer anderen Braut – allerdings nichts Festes, wie man hört.«

Ein hagerer älterer Mann setzte sich an die Bar und bestellte einen doppelten Whisky. Ida musterte ihn verstohlen. Er trug die Uniform der Hausdiener vom Schloßhotel – blauer Kittel mit dem Aufdruck »Schloßhotel« und grüne

Schürze –, aber sein ganzes Verhalten paßte nicht zu dieser Uniform. Ida ließ ihre Neugier keine Ruhe. Schließlich fragte sie ihn.

»Nee, ich wohne da. In der Halle warteten unliebsame Gäste auf mich, deshalb habe ich mit einem Hausdiener die Kleider getauscht. Man muß ja heutzutage mit allen Tricks arbeiten. Gestatten, Bob Sager, Manager.« Plötzlich lachte er laut auf. »Die Typen sind hinter dem Falschen hergerannt.«

»Was wollten die denn von Ihnen?« fragte Ida.

»Na, was schon? Geld natürlich.« Plötzlich sprang er auf und riß ein Plakat von der Wand, auf dem groß angekündigt war: »Konzertdirektion Sager präsentiert – Starsänger Placido Domingo auf der Burg Finkenstein.« »Ich kann's nicht mehr sehen!« Er warf das Plakat zerknüllt auf den Boden. »Natürlich war das nicht der echte Domingo. Nur ein Kerl, der zufällig so heißt. Ich hab' gedacht, das wär' ein toller Werbegag. Das Konzert war ausverkauft, aber als dann dieser kleine mickrige Ibizenko mit seiner fiesen Knödelstimme auf die Bühne kam, war der Teufel los.«

»Das kann ich mir vorstellen«, sagte Ida und lachte.

»Die Leute brüllten und pfiffen und zertrümmerten alles, was nicht niet- und nagelfest war. Ich mußte die Eintrittspreise zurückzahlen, und jetzt wollen die Leute von Burg Finkenstein das Geld für das Mobiliar . . .«

Er jammerte über sein Schicksal, trank einen Whisky nach dem anderen, verfluchte seine Freundin, die ihn verlassen hatte, und die Gläubiger, die ihn nicht in Ruhe lassen wollten – obwohl sie doch nur zu warten brauchten, bis sein Bruder Charlie kam, der Millionär.

Schließlich torkelte Bob Sager vom Barhocker und fragte lallend: »Wie komm' ich jetzt wieder ins Schloß zurück? Die Aasgeier sind doch hinter mir her.«

»Ich wüßte da was«, sagte Ida. »Ich kenn' mich im Schloßhotel besser aus als jeder andere. Ich schmuggle Sie einfach durch den Personaleingang in Ihr Zimmer.«

Nach der nicht ungefährlichen, aber geglückten Aktion hievte Ida den Betrunkenen auf die Couch in seinem Wohnzimmer und drückte ihm anschließend eine kalte Handtuchkompresse auf die Stirn. Als er nach einer Weile wieder munter wurde, jammerte er erneut.

»Jetzt bin ich reingekommen, gut und schön. Aber da unten warten die Geier, und das Hotel will auch sein Geld. Was mach' ich nur?«

»Ich denke, Ihr Bruder kommt und regelt alles.«

Bob Sager richtete sich mühsam auf und stöhnte gequält. Sein Schädel brummte entsetzlich. »Das Problem ist, Ida – mein Bruder Charlie kommt nicht. Warum sollte er auch kommen? Zwanzig Jahre lang habe ich mich nicht um ihn gekümmert – da soll er plötzlich wie ein Weihnachtsmann vor der Türe stehen? Nein, Ida, ich bin am Ende. Mir bleibt nur noch . . .« Er setzte den Zeigefinger an die Schläfe wie eine Pistole.

Ida riet ihm, doch erst einmal aus dem teuren Hotel auszuziehen, er habe doch – das hatte Renate ihr zugeflüstert – ein Haus oberhalb des Golfplatzes. Da könne er doch erst einmal wohnen.

»Das ist eine Ruine«, sagte Bob, »und außerdem gehört das Haus meinem Bruder Charlie. Nein, mit mir ist es aus.«

Ida dachte nach. Da war nun dieser nette Mann, mutlos und am Ende. Er fühlte sich im Stich gelassen, und ihr, Ida, ging es genauso. Sie waren zwei Schiffbrüchige auf einem Floß. Irgendeine Lösung mußte es geben. Vor allem diesem arroganten Benjamin Strasser wollte sie es heimzahlen, ihm beweisen, daß sie es auch ohne Protektion zu etwas bringen konnte. In diesem Moment kam ihr eine Idee.

»Bob, Ihr Bruder sieht doch genauso aus wie Sie, oder? Sprechen Sie ein bißchen englisch? Haben Sie vielleicht irgendeinen Freund in Frankfurt, der für Sie ein Telegramm aufgeben kann?«

Als Bob Sager nickte, frohlockte Ida: »Dann weiß ich, wie sie aus der Bredouille herauskommen können. Ich helfe Ihnen dabei, Bob. Sie gehen jetzt erst einmal unter die Dusche – und dann auf in den Kampf!«

Im Büro des Schloßhotels öffnete Ulla ein Telegramm. Flüchtig las sie den Inhalt. Dann sprang sie auf. »Lennie, du kriegst die Motten – der Bruder kommt wirklich! Hier ist das Telegramm: ›Ankomme 24.9. um 10.40 Uhr mit Flug 412 aus Frankfurt. Bitte Suite für mich und meine Sekretärin reservieren. Abholen mit Limousine vom Flugplatz. Charlie Sayer.‹«

»Sag Josip, er soll den Daimler klarmachen«, ordnete Lennie an. »Ich hole den Mann selbst ab. Und ruf Bob an, wir fahren gemeinsam. Na, der wird sich freuen, wenn er endlich aus seinen Schwierigkeiten rauskommt!«

Eine Stunde später fuhr Josip mit dem Daimler vor. Es war ein altersschwacher Wagen, der schon aus den dreißiger Jahren stammte und nur selten benutzt wurde. Bob Sager und Lennie saßen im Fond, als Josip den Daimler langsam über die Landstraße in Richtung Klagenfurt lenkte.

Bob war nervös, dauernd blickte er auf seine Uhr. »Was schleichen Sie denn so, Josip? Geben Sie Gas, wir kommen noch zu spät.«

»Nix Gas, ist alter Wagen, muß langsam fahren, sonst verlieren Rad.«

»Geben Sie Gas! Besser, wir verlieren ein Rad, als daß wir meinen Bruder verärgern. Nach zwanzig Jahren kommt er endlich, und dann holt ihn niemand ab.«

»Wir haben noch genügend Zeit«, beruhigte ihn Lennie. »Die Maschine ist noch nicht gelandet, und bis alle Passagiere raus sind . . .«

Aber Bob war so aufgeregt, daß er vor dem Flughafengebäude sofort aus dem Wagen sprang.

»So warten Sie doch, Bob!« rief Lennie.

»Nein, Sie passen Charlie unten ab, ich winke ihm von oben zu. Damit er mich gleich sieht!« schrie Bob und war schon in der Flughalle verschwunden.

Lennie konnte seine Unruhe verstehen.

Also wartete er hinter der Sperre und fragte sich, wie er Bobs Bruder eigentlich erkennen sollte, falls Bob selbst nicht rechtzeitig erscheinen würde. Aber das stellte sich schnell als problemlos heraus: Der auffällig amerikanisch gekleidete Mann mit dem bunten Hemd, dem Texanerhut, der schreiend gelben Hose und den roten Socken, der aus der Abfertigung kam, trug zwar einen Schnurrbart und eine dicke Hornbrille, aber ansonsten glich er Bob aufs Haar.

Nur wirkte er nicht so zerknittert und niedergeschlagen wie Bob in letzter Zeit.

Als Lennie den Mann ansprach – »Mister Sayer, I presume?« – stürzte der mit ausgestreckter Hand auf ihn zu, schüttelte mit beiden Händen Lennies Hand und rief: »Yes, hello, nice to meet you. Where is my brother?« Anschließend wiederholte er seine Worte auf deutsch, mit starkem amerikanischen Akzent: »Wo ist mein Bruder?«

Doch ehe Lennie ihm antworten konnte, war seine Aufmerksamkeit völlig gefesselt von einer jungen blonden Frau in einem eleganten beigefarbenen Reisekostüm. Die blonden Haare waren glatt und streng nach hinten frisiert, und in der Hand trug sie einen schwarzen Aktenkoffer.

Lennie starrte sie fassungslos an. »Ida, bist du das?«

»Hallo, Lennie«, sagte sie kühl und stellte die Herren

einander vor: »Mister Berger, der Boß des Schloßhotels – Charlie Sayer.«

Es gab noch einige Verwirrung, weil Bob auf rätselhafte Weise verschwunden war, aber Charlie Sayer drängte zum Aufbruch. Er hatte Hunger und wollte schnell ins Hotel. Er wollte nicht länger auf seinen Bruder warten.

»Always was he late – immer zu spät, der Boy. Schon bei der Geburt ist er eine ganze Stunde zu spät gekommen. Das hat der Bursche nie wieder aufgeholt. Lassen Sie uns gehen, ich werde Bob später sehen . . .«

»Und das Gepäck?«

Ida sagte schnell: »Mr. Sayer reist immer mit kleinem Gepäck. Er wird sich hier besorgen, was er braucht.«

Bob genoß seine Rolle als Bruder Charlie sehr. Ida hatte ihm den großen Bluff gut erklärt. Sie hatte ihm die Geschichte von Mark Twain mit der Eine-Million-Pfund-Note erzählt: Ein Penner bekommt eine Eine-Million-Pfund-Note in die Hand, und alle halten ihn für einen spleenigen Millionär. Plötzlich hat er überall Kredit, braucht keinen Pfennig von seinem Geld auszugeben, kann allerlei Geschäfte abwickeln und wird zum Schluß wirklich reich.

Für ihren Coup hatte Ida Bob ihr ganzes Kapital zur Verfügung gestellt, das sie in Santo Domingo gespart hatte: zwei Fünftausend-Dollar-Noten. Die steckten in Bobs Brieftasche, und immer, wenn die Rede aufs Geld kam, zückte er diese Brieftasche und blätterte in den beiden Noten, als gäbe es davon noch viel mehr.

Bob spielte seine Rolle als Charlie verdammt gut. Beim Mittagessen auf der Schloßterrasse fragte er Lennie sofort, ob er das Schloßhotel nicht kaufen könne.

»Das ist nicht zu kaufen«, wehrte Lennie ab.

»Alles ist zu kaufen, es kommt nur auf den Preis an.«

Ihr Gespräch wurde unterbrochen, als drei Herren an den Tisch traten – die drei Herren, die Bob seit Tagen nachstellten: ein Druckereibesitzer, ein Studioboß und der Verwalter der Halle, in der eines von Bobs Konzerten geplatzt war.

»Herr Sager«, sagte der Studioboß, »wir haben es jetzt satt. Ihre Verkleidung nützt Ihnen gar nichts. Wir wollen unser Geld, und zwar sofort.«

Charlie-Bob blickte Lennie fragend an: »What's the matter – was diese Herren von mir wollen?«

»Diese Herren wollen von Ihrem Bruder Geld kassieren, das er ihnen schuldet.« Lennie wandte sich an die drei Herren. »Das ist nicht Bob Sager, das ist Mister Charlie Sayer, Bobs Zwillingsbruder aus Amerika . . .«

Charlie-Bob zückte sofort seine Brieftasche. »Geld? Mein Bruder hat Schulden? Ich zahle alles.« Er zog eine Ecke der Fünftausend-Dollar-Note aus der Brieftasche. »Wieviel?«

»Fünfzigtausend . . .« sagte der Studioboß rasch.

»Dollar?«

»Nein, Schilling.«

»Wieviel ist das in richtigem Geld?«

»Knapp fünftausend Dollar«, sagte Lennie.

Charlie lief rot an. »Und wegen so einer Lappalie stören Sie mich beim Essen? Kommen Sie morgen wieder, dann regeln wir das.«

Bevor die Herren wieder abzogen, erkundigte er sich nach den Firmen der drei, und im Nu schmiedete er große Pläne. Er wollte die Halle kaufen, behauptete, er könne ein Frank-Sinatra-Konzert vermitteln, und vergab an den Druckereibesitzer schon Aufträge für die Plakate. Als er schließlich doch mit Bargeld winkte – als Anzahlung, falls sie ihm nicht trauten –, wehrten alle drei entsetzt ab. Das habe doch Zeit, es komme doch jetzt nicht auf solche Kleinigkeiten an. Sie witterten alle das große Geld.

»Okay«, verkündete Charlie-Bob abschließend. »Ich werde heute abend mit meinem Freund Frankie-Boy telefonieren. ›The Voice‹ wird sich freuen, am schönen Wörther See zu gastieren . . .«

Geradezu dankbar verschwanden die drei Herren.

Lennie schien ein wenig skeptisch. Bevor er aber wegen dieser Angelegenheit nachhaken konnte, wurde Bob von Ida gerettet.

»Ihr Bruder möchte Sie oben in der Suite sehen, Mister Sayer. Er fühlt sich nicht wohl.«

»Bleib, Ida«, bat Lennie, als Charlie-Bob entschwunden war. »Nach so vielen Jahren wollen die beiden Brüder bestimmt allein ihr Wiedersehen feiern.«

»Nein, Lennie, wir sehen uns am Abend. Das hier ist mein Job, dafür werde ich bezahlt.«

Abends im Spielcasino wäre die Sache fast schiefgegangen. Es begann damit, daß Jansen Lennie wieder einmal ansprach wegen der Erweiterung des Golfplatzes. Die beiden saßen an der Bar des Spielcasinos.

»Das Stück Land vom Schloß kriegen Sie nicht, Jansen, das habe ich Ihnen schon öfter gesagt.«

»Ich könnte auch nach Westen ausweichen, aber da steht mir ein altes Landhaus im Weg.«

»Dann reißen Sie es ab.«

»Das geht nicht, es gehört einem Amerikaner, einem Mister Sayer aus Chicago. Der Mann reagiert nicht auf Angebote.«

Lennie lachte. »Drehen Sie sich mal um, Jansen. Das da drüben ist Mister Sayer mit seiner Sekretärin. Ida Jendritzki kennen Sie ja. Sie kann vielleicht ein gutes Wort bei Mister Sayer für Sie einlegen.«

Aber Mister Sayer hatte andere Pläne. Geschäftliche

Besprechungen führe er nur in seinem Büro im Schloß. »Lassen Sie sich einen Termin von meiner Sekretärin geben. Ich will jetzt spielen.«

Ida lotste Charlie-Bob zu einem Tisch, an dem sie fast risikolos ihren Bluff würde ausführen können. »Minimum: 50 Schilling – Maximum: 10000 Schilling«, stand da.

Charlie-Bob hatte Benjamin Strasser schon im Vorübergehen angeboten, den ganzen Schuppen zu kaufen, um ihn seiner Kette von Spielcasinos in Las Vegas anzugliedern. Strasser hatte nur gelacht, sich aber dem Supermillionär aus Amerika an die Fersen geheftet.

»Hier können wir spielen«, flüsterte Ida jetzt. »Leg eine Fünftausend-Dollar-Note auf rot. Der Einsatz wird zurückgewiesen.«

Er warf lässig die Banknote auf das rote Feld.

»Bedaure«, sagte der Croupier, »Zehntausend Schilling sind das Limit.« Mit dem Rechen schob er die Note zurück.

Plötzlich stand Strasser neben ihnen. »Schon gut, für Mister Sayer ist das Limit aufgehoben.«

Die Kugel rollte. »Rien ne va plus . . . Drei, Rot.«

Blitzschnell angelte Charlie-Bob nach der Banknote, der Croupier schob sieben große gelbe Jetons auf das rote Feld. Charlie-Bob wischte sich den Schweiß von der Stirn, und Ida unterdrückte mühsam einen Freudenschrei. Den Gewinn ließen sie stehen. Beim nächsten Mal kam Schwarz. »Wie gewonnen, so zerronnen«, sagte Ida. »Aber wir haben unseren Einsatz zurück.«

Eine kräftige Hand berührte zart ihren Rücken. Lennie. »Hauptsache, du hast deinen Einsatz zurück, Ida«, flüsterte er ihr ins Ohr. »Komm, ich muß dich sprechen. Wir verschwinden von hier.«

»Ich muß Charlie sagen, wo ich hingehe.«

Lennie zog sie mit sich. »Ach was, du bist doch nicht sein

Kindermädchen! Er wird auch mal ohne dich auskommen können. Oder hast du Angst um dein Geld?«

Sie saßen in einer Nische in Francos kleiner Bar. Franco saß am Klavier und spielte wie in alten Zeiten für Ida *Strangers in the night*, Idas Lieblingsmelodie.

»Du weißt es also«, sagte Ida deprimiert.

Lennie legte eine Hand auf ihre Hand. »Liebste Ida – mich kann man so leicht nicht hinters Licht führen. Erstens ist Bob nicht ein einziges Mal aufgetaucht, zweitens spricht dieser Charlie ein verheerendes Englisch, drittens zeigt sich immer wieder, daß er über Dinge Bescheid weiß, die er gar nicht wissen kann. Ich gebe zu, ich bin auch auf ihn reingefallen – aber nur kurz.«

»Du verrätst uns nicht?«

»Nein – wenn du mir sagst, wozu die ganze Show gut sein soll.«

»Es fing alles damit an«, begann Ida, »daß Strasser mich nur als Putzfrau einstellen wollte . . .«

Ein Mann kann auch zuviel Glück bei den Frauen haben. Diese schmerzliche Erfahrung blieb Lennie Berger an diesem frühen Abend in Francos Bar wieder einmal nicht erspart. Er saß neben Ida, hatte den Arm um ihre schmale Schultern gelegt, küßte sie erst auf die Wange, knabberte dann an ihrem Ohrläppchen und genoß es, wie sie ihre anfängliche Zurückhaltung zunehmend aufgab.

»O Lennie, es war so eine lange Zeit ohne dich.«

»Ich hab' dich auch schrecklich vermißt . . .«

Auf einmal fiel ein Schatten auf den Tisch. Ulla mit ihren langen blonden Haaren stand vor ihnen und sagte zu Ida: »Paß auf, gleich geht er dir an die Wäsche! Ich kenn' das. Heute morgen war ich dran, jetzt zieht er die Nummer bei dir ab. Weißt du, was er mir heute morgen zugeflüstert hat?«

Dicht am Ohr von Ida murmelte sie ein paar Worte.

»Na, entzückend!« rief Ida.

»Ich hab's zwar anders gesagt, aber dasselbe gemeint. Wir liegen ziemlich auf derselben Wellenlänge, Ida. Ich bin übrigens die Ulla. Ich jobbe als Aushilfskraft im Schloßhotel.«

»Und ich als Aushilfssekretärin bei Mister Sayer.«

»Zwei Aushilfskatzen«, stellte Ulla spöttisch fest. »Darauf sollten wir einen heben. Lennie, bist du so süß und holst uns was zu trinken?«

Lennie holte bei Franco eine Flasche Wein und setzte sich wieder zu Ida und Ulla, aber die beiden redeten miteinander, als wäre er überhaupt nicht vorhanden.

Irgendwann hatte er es satt und ging zurück ins Hotel. Er setzte sich in sein Büro, öffnete eine Flasche Wein und prostete sich selbst zu. »Nichts als Ärger mit den Weibern. Am besten, man bleibt solo.« Soweit war es mit ihm gekommen, daß er schon mit sich selbst sprach. Als im dunklen Türrahmen eine weibliche Silhouette erschien, sprang Lennie auf. »Ida? Ida . . .«

Langsam trat die Frau in den Lichtkegel der Schreibtischlampe.

Es war nicht Ida – es war Anja.

»Anja, du?«

»Enttäuscht?«

»Nein, im Gegenteil! Ich freue mich, daß du da bist. Dann muß ich nicht einsam und allein trinken.«

Er schenkte ein zweites Glas Wein ein. »Prost – auf uns!«

Das Zimmermädchen Resi reinigte den Korridor vor Zimmer 38, als sich leise eine Tür öffnete. Neugierig sah Resi auf. »Guten Morgen.«

»Morgen«, sagte Anja Weber hastig und lief über den Gang.

Resi sah ihr verwundert nach. Die Direktorin vom Kurhotel hatte sich eindeutig zu schnell angezogen, dachte sie. Die Strümpfe waren verdreht, der Pullover ein bißchen hochgezogen.

Resi überlegte, aus welchem Zimmer Frau Weber gekommen war – ach ja, 38. Sie hatte gar nicht gewußt, daß das Zimmer belegt war. Mit ihrem Generalschlüssel öffnete sie das Zimmer. Das Ganze ließ ihr doch keine Ruhe. Der Raum lag im Halbdunkel. Resi zog die Vorhänge auf und sah, daß ein Mann im Bett lag.

»Ui, der Chef. Guten Morgen, Herr Berger.«

Lennie grunzte nur verschlafen.

Auf dem Boden lag ein spitzenbesetzer Büstenhalter. Resi hob ihn mit zwei Fingern hoch und schwenkte ihn in der Luft. »Na, der is net schlecht, der gefällt mir. Der würd' mir auch passen.«

»Dann nimm ihn und verschwinde – aber schnell«, brummte Lennie.

Als Resi aus dem Zimmer schlich, prallte sie auf dem Gang um ein Haar mit Ulla Wagner zusammen. Die Direktionsassistentin sah den BH in Resis Hand sofort.

»Hat den ein Gast vergessen?«

»Naa, der Herr Berger hat ihn mir geschenkt. Er braucht ihn nicht mehr, hat er gesagt.«

Ulla spähte in das Zimmer, sah den schlafenden Lennie und das zerwühlte Bett und dachte: Die Ida hatte recht behalten. Gestern noch hatte sie gesagt, wenn zwei sich streiten, freut sich der Dritte. Das also war wohl das Ende. Sie würde sofort gehen.

Als sie wenig später von einem Kellner angesprochen wurde, der eine Anweisung haben wollte, sagte sie nur kurz: »Das alles regelt ab sofort und in Zukunft Herr Berger selbst.«

An einem herrlichen Septembermorgen erreichte die Verwirrung ihren Höhepunkt.

Morgens um elf verkaufte Bob – verkleidet als Charlie – das alte Landhaus am Golfplatz für zweihunderttausend Schilling in bar an Rainer Jansen. Auf Barzahlung hatte er bestanden – die notariellen Formalitäten könnte man später erledigen, hatte er gemeint. »In Amerika wir zahlen immer cash.«

Danach hatte er den Bart abgenommen, die Brille abgesetzt und wollte als neugeborener Bob gerade zu Ida eilen, um ihr die große Neuigkeit mitzuteilen – da begegnete ihm Rainer Jansen noch einmal. An sich kein Problem, doch Bob war bei seiner Rechnung ein winziger kleiner Fehler unterlaufen: Er trug nämlich den Umschlag mit dem Geld, das ihm Jansen gerade gegeben hatte, noch in der Hand.

Jansen sah ihn und schrie: »Bob Sager – du Schuft, du Betrüger!«

Nur mit Mühe gelang es Bob zu fliehen und sich zwischen den Rosenrabatten im Park zu verstecken, während Jansen wutschnaubend durch den Park lief und nach ihm suchte.

Um halb zwölf stand Lennie zufällig vor dem Eingang des Schloßhotels, als ein Taxi vorfuhr. Aus dem Wagen stieg ein Mann in einem abgetragenen Anzug und mit einem Koffer in der Hand, der mit einem Lederriemen zugebunden war.

»Entschuldigen Sie bitte. Könnten Sie mir hier in der Nähe eine billige Pension empfehlen?«

Lennie blickte den Mann an. Es bestand kein Zweifel: Dies mußte der echte Charlie Sayer sein. Wenn man von dem kleinen Lippenbärtchen absah und der anderen Frisur, ähnelten er und Bob sich wie ein Ei dem anderen. Lennie sagte es ihm auf den Kopf zu.

Charlie Sayer war erstaunt: »Sehen wir uns immer noch so ähnlich? Wo ist mein Bruder?«

»Das weiß ich im Moment nicht so genau.«

In diesem Augenblick schoß Rainer Jansen auf den echten Charlie Sayer zu, packte ihn an den Schultern, schüttelte ihn und griff schließlich mit zwei Fingern nach dem Bärtchen und zupfte daran.

Charlie Sayer schrie auf.

»Sind Sie verrückt geworden, Jansen?« Lennie stieß ihn beiseite.

»Der Mann ist ein Schwindler, ein Betrüger!«

»Das ist Mister Charlie Sayer«, sagte Lennie gefährlich ruhig. »Wenn Sie nicht sofort verschwinden, Jansen, hol' ich die Polizei.«

»Ich hole die Polizei, keine Sorge!« rief Jansen und eilte davon.

Jetzt endlich wagte sich Bob aus seinem Versteck. Zögernd ging er auf den fremden Mann an Lennies Seite zu, blieb stehen und fragte, als könne er seinen Augen nicht trauen:

»Charlie? Charlie – bist du es wirklich?«

»Hallo, Bobby.«

Jubelnd eilten die beiden Brüder aufeinander zu, umarmten sich, betrachteten sich dann prüfend und stellten übereinstimmend fest, daß sie beide noch recht gut aussahen, auch wenn sie ein bißchen älter geworden waren. Allerdings war Bob enttäuscht über den bescheidenen Aufzug seines Bruders und die Tatsache, daß der nicht standesgemäß im Schloßhotel absteigen wollte.

»Was meinst du«, fragte Charlie, »wie ich mein Geld gemacht habe? Und schließlich bin ich kein Millionär.«

»Kein Millionär?« wiederholte Bob fassungslos.

»Jetzt bist du enttäuscht ... Aber Geld ist nicht alles.«

»Na ja, wie man's nimmt. Du bist kein Millionär?«

Charlie lachte. »Nein, bei uns in den Staaten spricht man erst von Millionär, wenn man zehn Millionen auf der Bank hat . . . Ich hab' aber nur acht Millionen. Nun mach dir mal jetzt keine Sorgen mehr. Wenn du Schulden hast, dann begleiche ich sie natürlich. Und wir werden jetzt hier gemeinsam etwas aufbauen. Erst bringen wir mal unser altes schönes Landhaus wieder in Ordnung . . .«

»Das wollte ich gerade in deinem Namen verkaufen. Stell dir vor – für zweihunderttausend Schilling!« Bob zögerte. »Na ja, eigentlich habe ich es schon verkauft . . .«

»Daraus wird nichts. Ich hab' mich ein bißchen umgehört, lieber Bobby. Ich bin nämlich schon ein paar Tage hier: Das Haus ist mindestens zehn Millionen Schilling wert! Da wollte dich wohl einer übers Ohr hauen.«

»Jansen!« stammelte Bob empört. »Dieser Gauner! Er wollte das Haus angeblich für seinen Golfplatz haben.«

Charlie setzte sich auf die Brüstung der Seeterrasse.

»Mein lieber Bruder – das ist nicht *sein* Golfclub. Der Club gehört zu meinen Unternehmungen. Und Jansen wird heute noch entlassen. Weißt du jemanden, der den Club übernehmen könnte?«

Bob legte die Stirn in Falten – das tat er immer, wenn er angestrengt nachdachte.

Auf dem Bootssteg vor dem Hotel lag Ida in ihrem roten Bikini und genoß die letzten Strahlen der milden Septembersonne.

Lennie Berger ging auf Ida zu, setzte sich neben sie und nahm ihre Hand. »Kommst du zurück zu mir ins Hotel? Jetzt ist doch alles gut. Ulla ist weg . . .«

»Und Anja? Ulla hat mir von Anja erzählt. Frauen halten manchmal zusammen, Lennie. Du hast es zu toll getrieben.«

»Wir haben beschlossen, uns nicht mehr zu sehen«, sagte Lennie ernst. »Du mußt mir glauben. Wir haben beide festgestellt, daß wir nicht zusammenpassen.«

Ida lachte. »Das habt ihr aber sehr genau ausprobiert, scheint mir.«

»Manchmal weiß man es eben erst nachher«, sagte Lennie leise und betonte das »nachher«.

»Trotzdem gibt es noch ein Problem, Lennie. Charlie hat mir die Leitung des Golfclubs angeboten.«

»Geh bloß nicht darauf ein, Ida. Jansen schreibt dir seinen Rausschmiß zu und sinnt auf Rache.«

»Ich hab' vor keinem Mann mehr Angst, Lennie. Das ist vorbei. Ich hab' auch vor dir keine Angst mehr.« Sie richtete sich auf und sah ihm in die Augen. »Ulla hat mir gesagt, daß du sie im Winter besuchen willst.«

»Das kommt ganz auf dich an. Ich brauch' dich, Ida. Die Zeit ohne dich war nicht gut für mich. Ich brauch' dich für mich, und ich brauch' dich fürs Schloßhotel. Ich habe große Pläne.«

»Und was habe ich damit zu tun?«

Lennie nahm sie in die Arme, streichelte liebevoll ihren nackten Rücken und zog sie an sich. »Ida, ich liebe dich. Erinnerst du dich noch an unseren Abschied am Flughafen? Du hast gesagt, die Zeit heilt alle Wunden. Bei mir hat die Zeit keine Wunde geheilt. Ich liebe dich wie damals – alles andere war nur ein Zwischenspiel.«

»Bei mir gab's kein Zwischenspiel«, verriet ihm Ida lächelnd. »Bei mir war es immer nur Liebe – Liebe und Sehnsucht.«

»Keine Mißverständnisse mehr?«

»Keine Mißverständnisse, Lennie. Ich liebe dich.«

Ihre Lippen fanden sich zu einem leidenschaftlichen Kuß.